Für Krieg gibt es nur eine geeignete Zeit:
Die Vergangenheit

Die Kapitel 18, 19 und 20 widme ich meinem
Großvater Hinrich Sellhorn-Timm, der im
Zweiten Weltkrieg für kurze Zeit bei den Jagd-
fliegern war.
Er wurde durch britische Jagbomber in seiner
JU-52, die voller Munition war, abgeschossen.

Waffenbrüder im Osten

-

Klaus Witte

Der große Krieg ist vorbei. Aber dunkle Wolken
sind bereits am Horizont zu sehen.
Klaus Witte wird tief in den Osten müssen.

---

von Egbert Sellhorn-Timm

4. Auflage - 2021

Bibliografische Information der Deutschen Nationalbibliothek: Die Deutsche Nationalbibliothek verzeichnet diese Publikation in der Deutschen Nationalbibliografie; detaillierte bibliografische Daten sind im Internet über dnb.dnb.de abrufbar.

Herstellung und Verlag:
BoD – Books on Demand, Norderstedt

ISBN: 978-3-7528-9618-3

Kapitel 1 - Der neue Auftrag

Kapitel 2 - In die Sowjetunion

Kapitel 3 - Dunkle Wolken am Horizont

Kapitel 4 - Ulan Bator

Kapitel 5 - Alte Kameraden

Kapitel 6 - Erste Kämpfe

Kapitel 7 - Der Himmel ist voll

Kapitel 8 - Die amerikanischen Riesen

Kapitel 9 - Aktionen und Reaktionen

Kapitel 10 - Das neue Projekt

Kapitel 11 - Flakpanzer vor!

Kapitel 12 - Abgeschnitten

Kapitel 13 - Der Tod und die Geburt

Kapitel 14 - Revanche

Kapitel 15 - Der neue Panzer

Kapitel 16 - Die Operation

Kapitel 17 - Das Panzerass

Kapitel 18 - Wem gehört der Himmel?

Kapitel 19 - Nurflügler

Kapitel 20 - Feuer am Himmel

Kapitel 21 - Die Entscheidung

Vorwort

Das dritte Buch!
Nach meinem Roman „Neue Panzer für die Ostfront - Klaus Witte" und das dazugehörende große „Neue Panzer für die Ostfront - Bildband".

Lange habe ich überlegt, ein weiteres Buch zu schreiben.
Habe ich noch genug Ideen?
Wird es nur ein Aufguss des ersten Romans?
Enttäusche ich vielleicht die Leser?
Ich mache mir immer viel Gedanken in meinem Leben.

Aber es gibt ein Sprichwort: Du bereust immer das, was Du nicht gemacht hast.

Und da ist es nun! Das neue Buch. Die Fortsetzung des ersten Romans mit neuen Panzern, neuen Flugzeugen, neuen Protagonisten und eine Geschichte, die es in sich hat. Mit einer völlig neuen Konstellation, mit der keiner gerechnet hat.

Die Geschichte von Klaus Witte und Hans Latzke.
Im Einsatz mit ihren neuen Waffenbrüdern.
In den endlosen Steppen der Mongolei gegen alte und neue Gegner.

Kapitel 1 – Der neue Auftrag

Scheppernd fällt der große Schraubenschlüssel zu Boden.
„Verdammt noch mal!!", schimpfe ich.
„Na, Klaus, kommst Du ohne den Panzerkampf nicht mehr klar?", lacht Hans mich an. „Kannst Du mal den Sabbel halten?", maule ich Hans an. Wir schauen uns an…..und lachen.

Es ist der 15. März 1949.
Seit etwa zehn Monaten schweigen die Waffen in Europa. Mit dem Tod Stalins kam es sehr schnell im Mai 1948 zum Waffenstillstand. Das sowjetische Militär hat ihn getötet. Wie knapp vier Jahre vorher unsere Militärs Hitler umbrachten.
Die Verhandlungen liefen recht zügig, denn beide Seiten hatten kein Interesse mehr, große Forderungen zu stellen. Alle wollten nur noch den Frieden. Zurück zu ihren Familien. Keine Bombenangriffe mehr erleben. Alle wollten es. Deutsche……und die Russen.
Seit Monaten läuft der massive Wiederaufbau des Landes und die Straßen sind wieder befahrbar. Die gesamte Bevölkerung ist dabei, die Trümmer wegzuräumen und aus dem Schutt der Bombenangriffe wieder Häuser entstehen zu lassen.

Hans und ich sind nach dem Krieg zunächst in den langersehnten Urlaub gegangen. Nach drei Monaten wurden wir beide wieder in das Reichsministerium für Rüstung und Kriegsproduktion berufen. Wir sollen trotz des Kriegsendes weiterhin in kleinem Rahmen an neuen Panzerfahrzeugen arbeiten und bereits erprobte Fahrzeuge weiter verbessern.

Wir liegen unter einem E-25 mit einer 10,5 cm-Kanone und montieren die verstärkte Aufhängung. Die Hallentür geht auf und mehrere Offiziere treten ein: „General Klaus Witte?" „Ja!", rufe ich unter den Panzer hervor. „General Hans Latzke?" „Auch hier!!", ruft mein Kamerad und Freund. Wir kommen unter dem Panzer hervor, wischen unsere Hände am Lappen ab und salutieren vor den drei Offizieren. Die Offiziere grüßen zurück. „Ich bin General Eugen Stammer, dies sind General Franz Hoffer und Oberst Sepp Heinrich." Wir geben uns die Hände. Keinem von ihnen stört es, daß unsere Hände noch schmutzig sind. „Wir sind ihre neuen Ansprechpartner im Bereich Forschung, Entwicklung, Erprobung und Freigabe. Wir sind das Bindeglied zwischen Ihnen und dem Ministerium." „Stammer…...Hoffer….", grüble ich laut. „Ich kenne Ihre Namen….aber woher?" „Nun, General Witte, wir sind die Männer, die in der 1. Erprobungseinheit die Kampfpanzer der E-Serie erprobten und die Flakpanzer entwickelten." , antwortet General Stammer. „Ja, richtig!", fällt es mir wieder ein. „Sie haben in der Schlacht um Warschau eine große Zahl schwerer sowjetischer Panzer abgeschossen. Ich erinnere mich. Eine großartige Leistung."

Oberst Heinrich tritt auf uns heran: „Meine Herren, ich bin so erfreut, Sie beide kennenzulernen!" Fast ehrfürchtig schüttelt der junge Offizier uns die Hände. „Die Schlacht gegen die britischen und US-amerikanischen Panzer im Süden der Front…..Ihre Berichte waren unglaublich!" „Danke, Herr Oberst.", antworte ich. Ich muß fast schmunzeln über die aufgeregte Art des Offiziers.

„Was kann ich für Sie tun, die Herren?", frage ich. „General Witte, wir haben den Auftrag bekommen, Ihre Arbeit hier zu dokumentieren. Ferner sollen wir eine Art

Kooperation mit den Russen aufbauen und Sie, General Witte, spielen dabei eine Rolle." Ich ziehe die Augenbrauen hoch. „Ihr Schwiegervater, Herr General."

Mein Schwiegervater. Generalmajor Tolmachov der Roten Armee. Der Vater von meiner Frau Tatjana. Und Großvater unserer Tochter Sonja.

„Warum spielt das eine Rolle, General Stammer?" „Wir wissen, daß die Russen sehr familiär sind. Auch in wirtschaftlichen und politischen Dingen. Und Ihr Herr Schwiegervater ist bei der Roten Armee aufgestiegen. Er bekleidet eine Schlüsselposition. Ähnlich wie Sie. Diese Konstellation wollen wir nutzen. Zum beiderseitigen Vorteil.", erwidert der General. „Aber erzählen Sie....an welchen Elementen des E-25 arbeiten Sie gerade?" Jetzt sind Hans und ich in unserem Element!

Wir treten an den E-25 heran: „Wir haben den Jagdpanzer völlig überarbeitet! Wir haben von der Stahlindustrie besser vergütetes Material erhalten. Damit ist die Panzerung widerstandsfähiger ohne dicker und somit schwerer zu sein. Die Motoren wurden vom Hersteller überarbeitet und sind nun um etwa 60 PS stärker ohne an Zuverlässigkeit zu verlieren. Bessere Optiken wurden eingebaut und eine geänderte Lenkung. Die Hauptverbesserung ist jedoch die Kanone. Sie ist nun länger und präziser und erzielt eine höhere Reichweite und Durchschlagskraft. Dazu war es aber nötig, das Fahrwerk vorn zu verstärken und geänderte Federn einzubauen. Dieses Fahrzeug ist nun ein E-25 10,5 cm Ausführung B. Und ich verspreche Ihnen.....er wird seinen Dienst tun!"

Hans sieht mein Leuchten in den Augen. Er lächelt. Denn er fühlt genauso wie ich………

Abends sitze ich mit Tatjana und Sonja in unserem eigenen Haus in Berlin am Tisch und essen Abendbrot.

„Tatjana, ich werde mit Deinem Vater zusammenarbeiten." Meiner Frau bleibt fast das Brot im Hals stecken und schaut mich großen Augen an. Ich erzähle ihr vom Gespräch mit den Offizieren in der Panzerhalle. „Werden wir zu meinem Vater fahren und ihn gemeinsam sehen können?", fragt Tatjana. „Ich denke nicht. Aber wir werden ihn später besuchen. Das verspreche ich Dir." Sie lächelt mich an und legt ihre Hand auf meine. „Dann wird mein Vater sein Enkelkind irgendwann sehen können."

Einige Tage später bin ich mit Hans im Reichsministerium für Rüstung und Kriegsproduktion. Wir sitzen mit den Generälen Stammer und Hoffer und dem Oberst Heinrich am Tisch und sprechen über die Vorgehensweise und den Zeitplan der Tätigkeitsaufnahme mit dem Generalmajor Tolmachov in der Sowjetunion.

„General Witte, General Latzke! Danke, daß Sie hier sind!", eröffnet Dr. Lehmann das Gespräch. Dr. Lehmann ist der Koordinator des Ministeriums für alle Tätigkeiten außerhalb des Deutschen Reiches im Bereich Kettenfahrzeuge. „Durch die besondere familiäre Konstellation haben Sie die rühmliche Aufgabe mit der sowjetischen Entwicklungsgruppe um Generalmajor Tolmachov Kontakt aufzunehmen und erste Schritte zum Kennenlernen einzuleiten. Wie Sie wissen, gab es vor dem großen Krieg eine enge Kooperation beider Länder im Bereich Panzertechnik und wir möchten genau daran wieder anknöpfen. Nun die Details........." Stunden später sind wir fertig.

„Gut, die Herren! Nun sind Sie voll informiert und haben tiefe Einsichten in den Plänen. Sie werden in drei Wochen in Richtung Moskau abfliegen. Und, General Witte, grüßen Sie Ihre Frau von mir. Sie wird sicher glücklich sein, daß sie mit ihrer Tochter den Obersten sehen wird.", lächelt mich Dr. Lehmann an. Tatjana und Sonja fliegen mit! Ich freue mich so für meine Frau, die schon seit Jahren ihren Vater nicht sah. Und sie kann nun endlich Sonja ihrem Großvater vorstellen.

Kapitel 2 – In die Sowjetunion

21. April 1949
Hans, Tatjana, Sonja, ich und unsere deutschen Offiziere
sitzen in einer viermotorigen Focke-Wulf Fw 200 Condor
in Richtung Sowjetunion. Der Flug nach Moskau wird
etwa 10 Stunden dauern.
Gedankenverloren schaue ich raus auf die unendlichen
Flächen Russlands. Dort unten waren wir alle gewesen....
......haben gekämpft... viele Männer dort gelassen......um
jeden Kilometer gerungen.....um ihn wieder an die Russen zu verlieren. Nun fliegen wir völlig unbehelligt mit
einer sowjetischen Jäger-Eskorte in Richtung Hauptstadt.
Das Brummen der vier Motoren wirkt einschläfernd. Anfangs stand Sonja interessiert am Fenster. Nun schläft sie
schon seit Stunden ruhig und friedlich. Nichtsahnend,
was hier im Krieg passierte. Ich werde es ihr erzählen.
Irgendwann.....

Nach neun Stunden und 36 Minuten sehen wir sie: Moskau! Die riesengroße Stadt. Die Hauptstadt der Sowjetunion!
Wir drehen langsam ein und setzen zur Landung an. Die
russischen Jagdflieger salutieren und fliegen weg.

Nach der Landung werden wir von einer Delegation verschiedener Offiziere empfangen. Auch Tatjanas Vater ist
dabei. Ich schaue meine Frau an....ihre Augen leuchten.
Die Gesichter der begleitenden russischen Offiziere sehen allerdings finster aus. Der Krieg ist noch zu sehr in
unseren Köpfen.
Tatjanas Vater kommt lächelnd auf uns zu, grüßt militärisch und gibt mir·und Hans die Hand und schaut dann

14

alle an: „ Ich bin General Alexander Tolmachov. Ich begrüße Sie in der großartigen Hauptstadt der Sowjetunion. In Moskau!", spricht er und grinst dann. „Das war der förmliche Teil." Er dreht sich zu Tatjana und umarmt sie sehr innig. Die anderen russischen Offiziere grinsen. Denn die Umarmung dauert eine Weile. Wir schauen in die Gesichter der uns gegenüberstehenden Offiziere…..
….und grinsen mit.
„Opa!" Die kleine Sonja zupft an der Jacke von General Tolmachov. Wir können alle nicht mehr. Die Russen und wir brechen in Gelächter aus. Unsere Tochter Sonja hat das Eis nun völlig gebrochen.

General Alexander Tolmachov. Ein großer, stämmiger und 1, 85 Meter großer Mann, mit einem markanten Gesicht, daß viel Lebenserfahrung widerspiegelt. Als Oberst war er im großen Krieg anfangs Leiter in einem Kriegsgefangenenlager und kam dann später in die schweren Kampfeinheiten der Panzerverbände. Er ist ein in sich gekehrter und besonnener Soldat, der Weitsicht zeigt und in schwierigen Situationen die richtige Entscheidung treffen kann. Seine militärisch-technischen Kenntnisse haben ihn schnell im technischen Korps aufsteigen lassen.

Abends sitzen wir nach den ersten Besprechungen über die Zusammenarbeit des deutschen und des russischen Militärs in einer Gaststätte und essen und trinken in gemütlicher Atmosphäre.
Die russische Mentalität ist beeindruckend. Es gibt ein russisches Sprichwort: Es gibt eine Zeit des Leidens. Aber es gibt auch eine Zeit des Feierns. Dann feiere!
Und sie feiern! Und wie!

Tatjana ist schon früh mit Sonja in das Hotel gefahren. Hans und ich sitzen mit den unseren deutschen und den russischen Offizieren um den Tisch herum und erzählen uns Witze. Die Russen können alle deutsch. Für eine ganze Zeit lang galt es als schick, deutsch zu lernen. Das erleichtert uns die Kommunikation erheblich.

Der Abend wird später. Und er wird feuchtfröhlicher.

Trinksprüche machen die Runde.

Ein russischer Oberst hebt das Glas: „Auf Sergej, der bei Stalingrad sein Leben verlor. Der durch eine deutsche Granate zerfetzt wurde!" Wir schauen uns an. Die Russen trinken ihr Glas aus. Sepp Heinrich steht auf: „Auf all die deutschen Soldaten, die durch russische Artillerie umkamen!" „Ein russischer Offizier giftet den Oberst Heinrich an: „Nachdem Ihr Deutsche uns angegriffen habt!!" „Aber wir sind direkt in Eure Angriffsvorbereitungen reingestoßen!! Ihr wolltest uns doch auch angreifen. Wir kamen Euch nur zuvor!!", bellt Heinrich zurück. Die deutschen und russischen Offiziere stehen auf. Einige heben ihre geballten Fäuste. Ein Wort gibt das andere. Der wortreiche Schlagabtausch wird heftiger....

Plötzlich schlägt eine Wodka-Flasche laut auf den Tisch. Die Männer sind still und schauen dorthin, wo das Knallen herkam. Es ist General Tolmachov, der an der Stirnseite des Tisches sitzt. Der Tisch ist voll von Wodka. Er schaut grimmig in die Runde. Schaut jedem Einzelnen in die Augen. Er sieht Wut und Hass........dann schauen er zur Flasche, kippt sich einen Schluck Wodka in sein Glas und steht auf: „Auf meine Enkelin Sonja, Tochter von meiner Tochter Tatjana und meinem deutschen Schwiegersohn Klaus. Ein Kind zweier Menschen.....deren Liebe größer ist als Feindschaft und Groll. Mögen wir uns an ihnen ein Beispiel nehmen. Nasdarowje!!!!" Sofort stoßen alle Offiziere - Russen wie Deutsche - das Glas in die Höhe: „Nasdarowje!!!!", tönt es wie aus einer Kehle.......

Am nächsten Morgen haben Hans und ich üble Kopfschmerzen.
„Das hätte nicht passieren dürfen....", murmle ich. „Das Besäufnis?", meint Hans. „Nein.....das wir uns gestern fast geprügelt haben.....wir müssen feinfühliger sein. Zum Glück hat General Tolmachov alles gerettet. Aber er wird nicht immer da sein." Hans schaut mich gequält an: „Ja. Wir müssen unsere Leute im Zaum halten. Sepp hätte es fast vergeigt. Wir werden mit ihnen reden müssen."
Wir sind uns einig.......

Am Nachmittag sind wir mit der russischen Offiziers-Delegation in einer Panzerfabrik verabredet.
Nach dem Vorfall gestern ist die Stimmung gedämpft. Offensichtlich hat General Tolmachov seine Männer ins Gebet genommen. Wir ebenso mit unseren Offizieren.

Die Führung beginnt zwar etwas reserviert, aber sachlich. Wir betreten eine riesige Halle. Sie scheint endlos. Mit Sicherheit mehrere hundert Meter lang. Rechts und links der Halle stehen Panzer in verschiedenen Baustufen. Überall sind Monteure, die Teile anbauen, mit kleinen Kränen größere Teile umherschwenken und Schweißgeräte benutzen. Das permanente Geräusch von Werkzeugen ist in der Luft. Wir gehen langsam an den Produktionsplätzen vorbei. Auf der linken Seite werden JS-3 montiert. Der schwere Panzer mit dem Schildkrötenturm, der unseren Panzermännern so sehr das Fürchten lehrte. Auf der rechten Seite stehen kurz vor der Endmontage JS-4 auf ihren Plätzen. Er ist einer der zwei schweren

Giganten, die die Spitze des schweren Panzerbaus der Sowjetunion bilden.

Das erste Mal sehen wir diese Panzer nicht im Kampf. Sie sind völlig sauber und ohne Gebrauchsspuren. Es wirkt so unwirklich. Ich bin froh, daß wir gegen diese Giganten nicht mehr antreten müssen.

Die russischen Offiziere sehen unsere Blicke. Und können scheinbar unsere Gedanken lesen. „Sie sind froh, daß Sie diese Panzer nicht mehr von vorn sehen müssen. Richtig?", fragt mich einer der Offiziere. Ich nicke. „So geht es uns mit Ihren Panzern. Wir fürchten uns vor ihren Panzern. Nur zeigen wir das nicht. Wir sind Russen." Wir schauen uns beide tief in die Augen. Und wir sind uns wirklich einig. Nie wieder........

Nach der Führung in der Panzerfabrik sitzen wir im Besprechungsraum und diskutieren über Panzerungen aus Guß- und Walzstahl, Legierungen, die ballistischen Formen und andere technische Details des Panzerbaus. Wir reden bis spät am Abend: „....und dann haben wir auf Anhieb die Produktionszahlen in die Höhe schrauben können. Das ist der Vorteil der Gußtürme", sinniert General Kusnezow. „Das ist richtig, General, allerdings können unsere Panzer nach einem Treffer am Turm repariert werden. Zudem ist geschweißter Panzerstahl stabiler und duktil, also elastisch. Guß hingegen ist sehr spröde und bricht sofort bei einem schweren Treffer. Die Überlebensquote der Panzermänner ist dann niedrig", antworte ich.

Der russische General nickt zustimmend und antwortet: „Ja, wir sind da grundverschieden. Aber so können wir Massen an Panzern bauen. Auch wenn wir Massen an Panzer verlieren. Und damit können wir leben." Ich nippe an meinem Tee: „General Kusnezow, vergessen Sie nicht......das russische Volk ist so viel größer, hat viel mehr Menschen......der russische Boden hat unendlich viele Ressourcen. Wir aber haben nur begrenzte Ressourcen....und noch weniger Menschen. Im Gegensatz zu Stalins Doktrin mußten wir im Krieg mit unseren Ressourcen haushalten. Wir konnten uns den Verlust von Zehntausenden Panzerbesatzungen einfach nicht leisten. Unsere erfahrenen Panzermänner mußten auch bei einem Abschuß überleben. Und somit überlebt auch die Erfahrung der Besatzungen!" Der russische General überlegt kurz und nickt zustimmend. Dann antwortet er: „Wir können viel voneinander lernen."

Weitere Tage vergehen, wo wir mit unserer deutschen Delegation mit vielen russischen Ingenieuren und Militärs sprechen, Kontroversen diskutieren und beilegen und in vielen Punkten Übereinstimmungen finden. Wir bauen langsam das Mißtrauen ab und finden Gemeinsamkeiten. Langsam........ganz langsam heilen die Wunden des Krieges.....

Es ist der 6. Mai 1949. Der Tag des Abflugs.
Wir stehen an der Fw 200 Condor und verabschieden uns von unseren Gastgebern. Es wurden keine neuen Freunde. Aber das haben wir in der kurzen Zeit auch nicht erwartet.

General Tolmachov steht vor seiner Tochter Tatjana. Sie schaut an ihrem Vater hoch. die liebenden Augen der Tochter zu ihrem Vater. Sie sprechen etwas auf russisch. Dann küssen sich beide drei Mal auf die Wangen. Dann nimmt General Tolmachov seine Enkelin auf dem Arm

19

und drückt sie an sich, während die kleine Sonja seinen Hals umarmt. Er setzt sie ab und dreht sich zu mir um. Er geht einen Schritt auf mich zu und wir umarmen uns. „Passe gut auf die Familie auf." „Ja, Alexander. Das werde ich. Ich werde sie mit meinem Leben schützen." Er läßt mich wieder los, legt seine Hände auf meine Schultern und lächelt leicht. „Ich weiß, mein Sohn." Dann salutieren wir.
Wir steigen in das Flugzeug ein und starten in Richtung Deutsches Reich.......

Kaum in Berlin angekommen, gehen wir ins Reichsministerium für Rüstung und Kriegsproduktion, um unseren Bericht abzuliefern. Die verantwortlichen Leiter hören uns aufmerksam zu und stellen viele Fragen. Sie sind zufrieden mit dem vielversprechenden Ergebnis. Es wird wieder eine militärische Zusammenarbeit zwischen dem Deutschen Reich und der Sowjetunion geben!

General Eugen Stammer, General Franz Hoffer und Oberst Sepp Heinrich werden abkommandiert ins Ministerium und bereiten die nächsten Schritte vor.
Hans und ich werden wieder an die Weiterentwicklung des Jagdpanzers E-25 gehen.

10. Mai 1949.
General Chiang Kai-shek, der nationalistische Führer der Kuomintang und Staatspräsident von China, erhebt Anspruch auf die Mongolei

Die Mongolei bekräftigt ihre Souveränität und lehnt eine Vereinigung mit China ab.

Im Laufe der nächsten Wochen wird der Ton Chinas gegenüber der Mongolei schärfer.

Die Mongolei, daß kaum Waffen und nur eine kleine Anzahl von Soldaten hat, ruft ihren großen Verbündeten an, um Unterstützung gegen die Drohung aus Peking zu erhalten. Dieser stimmt einer militärischen Hilfe zu.

Der Verbündete ist die Sowjetunion.

Am 1. Juli 1949 bietet der Militärrat in Berlin dem russischen Militärrat in Moskau militärische Hilfe an. Diese wird im Falle eines Krieges in der Mongolei dankend angenommen.

Und die Geschichte nimmt seinen Lauf.............

Kapitel 3 – Dunkle Wolken am Horizont

Das Telefon klingelt. Ich gehe vom Lesezimmer, wo ich mit meiner Frau und Tochter sitze, in den Flur und nehme den Hörer ab: „Witte!" „General Klaus Witte?" „Ja." „Hier ist Staatssekretär Schiller aus dem Außenministerium. Es ist was passiert. Im Osten. Wir brauchen Sie. Haben Sie Zeit?" Ich schaue hoch. Tatjana steht am Türrahmen mit Sonja auf dem Arm. Ich schaue ihr in die Augen. „Ja, ich habe Zeit." „Gut. Kommen Sie ins Reichsministerium für Rüstung und Kriegsproduktion. Wir werden auf Sie warten. Danke. Auf Wiederhören." Ich lege auf.
„Du mußt wieder los, Klaus. Richtig?" Tatjana weiß genau, was los ist. Sie kennt bereits meinen Blick. „Ja. Es ist vermutlich die Mongolei." „Ja, ich habe es geahnt, Klaus. Du mußt gehen. Ich vertraue auf Dich." Tatjana nimmt mich in den Arm und küßt mich zärtlich.
15 Minuten später sitze ich im Auto in Richtung Ministerium.

Ich gehe durch die langen Gänge des Reichsministeriums für Rüstung und Kriegsproduktion und betrete den Sitzungssaal.
Stammer, Hoffer und Heinrich sind bereits da. Auch Dr. Lehmann, der Koordinator des Ministeriums für alle Tätigkeiten außerhalb des Deutschen Reiches im Bereich Kettenfahrzeuge, und Staatssekretär Schiller vom Außenministerium sind anwesend.
Ich setze mich hin und nehme meine Mütze ab. In dem Moment geht die Tür auf und Hans kommt rein. Wir sehen uns und lächeln. Er kommt sofort zu mir und setzt sich neben mich.

„Gut! Nun sind alle da!", eröffnet Dr. Lehmann die Sitzung. „Bitte, Herr Schiller." Mit einer Handgeste weist Dr. Lehmann auf Herrn Schiller. „Danke. Meine Herren, wir haben heute Morgen eine Nachricht aus Moskau bekommen. Die chinesische Luftwaffe hat vor zwei Tagen mehrere Grenzstädte in der Mongolei bombardiert und deren Luftwaffe hinweggefegt. Weitere Angriffe folgten und es kam zu ersten Luftgefechten mit sowjetischen Jagdfliegern. Da an der Grenze zur Mongolei die russischen Kräfte schwach sind, konnten die Chinesen ihre Ziele erreichen. Nun verlegen die Russen weitere Luft- und Bodeneinheiten in den Osten.
Aber es gibt eine weitere sehr beunruhigende Tatsache: Die Chinesen flogen mit veralteten britischen Flugzeugen aus dem großen Krieg und..... mit neuen modernen US-amerikanischen Flugzeugen! Allerdings waren alle mit chinesischen Abzeichen versehen. Ein russischer Pilot will auch beschwören, daß im Nahkampf gegen die US-Flugzeuge auch keine Chinesen am Steuer saßen."
„Herr Schiller, das bedeutet was? Das wir es mit Amerikanern in der chinesischen Luftwaffe zu tun haben?", wirft Hans die Frage in den Raum. „General Latzke, davon müssen wir ausgehen." Wir schauen uns alle an.
Dann spricht Dr. Lehmann: „Meine Herren....und somit kommen wir ins Spiel! Der sowjetische Militärrat hat nun unser Hilfsangebot angenommen. Wir werden ein Armeekorps zusammenstellen, daß überwiegend aus Panzerdivisionen besteht. In einer dieser Divisionen wird eine technische Erprobungseinheit integriert werden. Und das sind Sie." Dr. Lehmann schaut zu Hans und zu mir. „Sie beide werden mit Unterstützung von General Stammer, General Hoffer und Oberst Heinrich die Rote Armee in der Mongolei unterstützen.

Es werden wieder deutsche Panzer in Russland rollen. Aber dieses Mal Seite an Seite mit den russischen Panzern!"
Noch lange sitzen wir im Raum und besprechen die Details. Eines steht fest. Wir werden wieder in den Kampf ziehen!

Abends komme ich spät nach Hause. Hans und ich waren noch in einer Kneipe und sprachen über die kommenden Ereignisse.
Tatjana kommt die Treppe runter. „Klaus….es ist spät."
„Entschuldige bitte. Es waren viele Ereignisse."

Wir setzen uns ins Lesezimmer.
Tatjana schaut mich fragend an. „Wir werden nach Osten abkommandiert. Hans und ich werden in einer neuen technischen Erprobungseinheit in die Mongolei geschickt und unterstützen dort die sowjetischen Truppen. Die Chinesen haben Angriffe gegen die Mongolei geführt, die ja mit der Sowjetunion verbündet ist. Aber die Amerikaner haben ihre Finger im Spiel.
Tatjana……ich werde wieder eine Weile weg sein."
Ich stehe auf, knie mich vor ihr nieder und nehme ihre Hände. „Klaus. Ich weiß, es ist Deine Arbeit. Und Du liebst Deine Arbeit. Komme heil wieder zurück. Ich werde auf Dich warten. Denn….", sie lächelt mich an……,
„…wir werden bald zu viert sein." „Du bekommst ein Kind??", frage ich völlig überrascht „Ja, Klaus!" Sie schaut mich mit ihren strahlenden Augen an. Ich umarme sie sehr innig. Ich küsse ihre zarte Stirn…….ihre Wangen…...ihre Lippen…...wie ich diese Frau liebe….ich könnte es nicht ertragen, sie zu verlieren….sie für immer allein zu lassen.

„Ja, ich komme zurück! Hans wird auf mich aufpassen."
„Ja Klaus. Ich weiß. Er ist sehr loyal zu Dir. Mit solchen Freunden kann man alles schaffen."
Noch lange bleiben wir wach in der Nacht………

Es ist der 8. Juli 1949.
Hans und ich treffen uns mit Stammer, Hoffer und Heinrich im Reichsministerium für Rüstung und Kriegsproduktion und besprechen die Planung für die Zusammenstellung der technischen Erprobungseinheit.
General Stammer eröffnet das Gespräch: „Die Chinesen haben anfangs grenznahe Ortschaften bombardiert. Dabei habe sie die mongolische Luftabwehr ausgeschaltet. Die Mongolei hat nun die Sowjetunion um Hilfe gebeten. Das rief aber die USA auf dem Plan, die ihrerseits der Sowjetunion drohten, wenn sie in den Konflikt eingreifen sollten. Dies hat nun die Russen aber nicht davon abgehalten, ein erstes Kontingent sowjetischer Truppen über die mongolische Grenze zu schicken. Auch wurden Flugzeuge in die Mongolei geschickt.
Einige Tage später hat die chinesische Luftwaffe größere Städte angeflogen, unter anderem Ulan Bator, die Hauptstadt der Mongolei. Nachdem die Angriffe der Chinesen stärker wurden, sind die Russen auf Konfrontation gegangen und es kam zu ersten Luftkämpfen, wobei - wie nun bekannt ist - auch US-amerikanische Piloten in den Flugzeugen saßen.
Dies ist nun die jetzige Ausgangssituation!"
Hans und ich nicken. Schon rattert es in meinem Gehirn, was wir alles brauchen werden.
„General Stammer, wir werden eine Auflistung machen, was wir alles benötigen, um effizient agieren zu können."

„Ja, machen Sie das. Ich erwarte Ihre Anforderungen in den nächsten Tagen."

Hans und ich setzen uns zusammen und beraten, was wir alles benötigen. Es wird eine lange Nacht.......

Das Ergebnis:

Zwei Ingenieure
24 Mechaniker (für grobe Arbeiten)
24 Techniker (für feine Arbeiten)
36 Fahrer
28 Mann der Versorgungseinheit

8 ausgestattete Werkstattwagen mit 32 Mann Besatzung

6 Bergepanzer (je zwei Panther, Tiger II, E-100)
mit 24 Mann Besatzung

Ein umfangreiches Kontingent an Ersatzteilen, Werkzeugen und Ausrüstung

30 Laster
6 Schwimmkübel

Am 9. Juli 1949 geben wir die Liste General Stammer.
Er nimmt sie in die Hand, liest sie und nickt zustimmend.
„Das wird sich alles besorgen lassen, die Herren." „Wir haben noch einen Wunsch, General Stammer. Wir brauchen unsere alten Kameraden, mit denen wir in der alten 3. Technischen Erprobungseinheit gedient haben. Sie sind sehr zuverlässig und erfahren. Auf diese Leute können wir uns verlassen.", spreche ich. „Wir werden alle

Leute aus Ihrer alten Einheit zusammensuchen, die wir bekommen können." Wir grüßen uns militärisch.
Hans und ich fahren wieder zurück in unsere Panzerhalle.

Kaum in der Halle angekommen, fährt ein PKW vor und Dr. Lehmann steigt aus: „Die Herren Generäle! Ich muß mit Ihnen sprechen." Wir bitten ihn in das Besprechungszimmer. „Die Herren, Sie werden in absehbarer Zeit in die Mongolei versetzt und werden im Verbund einer Panzerdivision eine neu zu schaffende technische Erprobungseinheit befehligen, die mit größter Wahrscheinlichkeit gegen chinesische Truppen antreten wird. Auch ist es möglich, auf amerikanische Soldaten mit ihrer Ausrüstung zu treffen. Darauf müssen wir uns militärisch wie technisch vorbereiten. Sie beide werden mehrere überarbeitete Fahrzeuge in die Mongolei mitnehmen und dort einsetzen. Wie sieht es mit Ihrem überarbeiteten E-25 aus?" Ich ergreife das Wort: „Nun, Herr Dr. Lehmann, der E-25 10,5 cm Ausf. B ist fertig. Der Prototyp ist einsatzbereit. Wir wollen nun auf dessen Basis weitere neun Stück montieren." „Machen Sie das! Sie erhalten volle Unterstützung! Eine weitere Arbeitsgruppe hat ebenfalls den E-25 mit einer 10,5 cm Kanone überarbeitet. Hier werden gerade insgesamt acht Fahrzeuge montiert. Der Name dieses E-25 ist Moskito." Wir schauen uns an. Na, das wird ja interessant! „Herr Dr. Lehmann, wie viele technische Erprobungseinheiten wird es geben?" „Nur Ihre, die Herren, nur Ihre."

In den nächsten drei Wochen sind wir intensiv beschäftigt, die geordnete Ausrüstung zu kontrollieren und bereitzustellen, die Struktur der technischen Erprobungs-

einheit aufzubauen die alten Kameraden zusammenzu-
trommeln. Einige wollen nicht....ich kann es verstehen.

Ich stehe mit einer Mappe in einem Nebenraum der Halle
und studiere die Ersatzteileliste. Hinter mir geht die Tür
auf. Ich registriere es kaum. „Melde gehorsamst, Besatzung Witte vollständig angetreten!", ruft jemand hinter
mir. Ich schau auf....die Stimme kenne ich doch. Ich drehe mich um.....und da stehen sie! Wiehnert, der Fahrer,
Klöppe, der Richtkanonier, Müller, der Ladekanonier und
Wucherle, der Funker. Alle breit grinsend. „Jungs!! Ihr
seit da!!" Wir fallen uns lachend in die Arme.
Meine Panzerbesatzung! Meine Kameraden! Ich hatte so
gebangt, daß sie nicht kommen würden. Aber im tiefsten
Inneren wußte ich, daß sie kommen würden. Denn ich
kann mich auf meine Männer blind verlassen. Immer! Zu
jeder Zeit! Ich würde ihnen ohne Zögern mein Leben
anvertrauen. Und die Jungs vertrauen mir blind. Das ist
Kameradschaft!

Am nächsten Morgen.
Als alle 240 Männer der neuen technischen Erprobungseinheit an unserem Standort eingetroffen sind, lassen wir
alle auf dem Kasernenhof nahe Berlin im Halbkreis antreten.
Ich trete mit Hans vor die Männer.
„Guten Morgen, Männer!!", rufe ich. „Guten Morgen,
General!!!", tönt wie aus einem Mund.
„Männer!! Es ist wieder soweit! Wir haben einen Auftrag! Das Ministerium für Rüstung und Kriegsproduktion
hat uns die Aufgabe gegeben, wie im großen Krieg neue
Fahrzeuge zu erproben. Aber dieses Mal werden wir
nicht gegen einen alten Feind fahren.....dieses Mal fah-

ren wir gegen einen neuen Feind. Es sind die Chinesen. Dieses Mal werden wir auch nicht unser Vaterland vor den Russen verteidigen müssen. Dieses Mal, Männer.....kämpfen wir in der fernen Mongolei. Seite an Seite mit unseren neuen Waffenbrüdern....den Russen!"

Ich schaue genau in die Runde....in die Gesichter der Männer vor mir.....viele kenne ich....wir waren gemeinsam in den Kampf gezogen.....gegen die Russen. Wir sahen ihnen in die Augen. Unserem russischen Feind. Und jetzt....jetzt sind es unsere Kameraden im Kampf gegen China.

„Seit Ihr bereit!?!" „Jawoll, General!!", tönt es wieder über dem Platz. Die Männer sind entschlossen. Sie sind loyal und treu.

Am 30. Juli 1949 ist es soweit.

Unsere Anforderungen wurden erfüllt und ein riesiger Tross steht am Bahnhof in der Nähe von Berlin bereit.

240 Mann, 68 Fahrzeuge und Unmengen Material werden auf zwei Eisenbahnzüge verladen.

Als Hans und ich mit Tatjana und Sonja am Verladebahnhof ankommen, sind die Soldaten mit der Verladung fast fertig. Wir steigen aus dem Auto aus.

Ich schaue meiner Frau tief in ihre wunderschönen blauen Augen: „Ich muß jetzt gehen." Ich lehne meinen Kopf ganz sanft an ihren Kopf. Ich flüstere: „Passe bitte auf unsere beiden Kinder auf." „Ja, Klaus. Das werde ich. Mache Dir keine Sorgen." Ich lehne mich wieder etwas zurück und küsse Tatjana. Hans hält sich dezent im Hintergrund. Im Hintergrund hören wir eine Stimme: „Alles fertig! Wir sind abfahrbereit!" Ich schaue zu Hans. Er nickt mir wortlos zu. Es ist soweit.

„Tatjana, ich schreibe Dir, sobald ich in der Mongolei angekommen bin. Warte auf meinen Brief!" Ich laufe los zum Lademeister. „Ja, Klaus, ja!", ruft Tatjana mir hinterher.

Hans und ich kommen beim Lademeister an. „Wir müssen sofort los. Sagen Sie dem Lokführer bescheid." „Jawoll, ich werde es sofort veranlassen, Herr General."

Hans und ich steigen in einen der Personenwaggons, die für die Offiziere und Mannschaften am Zug angehängt worden sind. Uns stehen nun Abertausende Kilometer bevor. Um es genau zu nehmen: Wir fahren 8.000 Kilometer!!

Wir setzen uns in unser Abteil und verstauen unsere Sachen. Der Zug ruckt bereits an und ich stelle mich ans Fenster. Da steht sie....meine Tatjana. Sie winkt mir zu. Auch meine kleine Sonja. Ich winke zurück und weiß, daß ich beide nun eine Weile nicht mehr sehen werde. Aber ich bin ein deutscher Soldat. Ein Offizier. Mit einer großen Verantwortung. Ich werde meine Pflicht erfüllen! Aber ich bin auch Ehemann und Vater.....dem das Herz schwer ist....

„Hast Du ihr es gesagt?", fragt Hans mich. „Nein, habe ich nicht. Tatjana denkt, daß wir an einer ruhigeren Front eingesetzt werden." „Hans schaut raus: „Und dabei werden wir inmitten des Hauptkrisengebietes eingesetzt." „Ja, es ist besser. Ich will nicht, daß die Schwangerschaft gefährdet wird."

Ich schaue raus. Es stehen dunkle Wolken am Horizont. Ob es die ersten Vorboten sind?

Kapitel 4 – Ulan Bator

„Sch Sch Padomm Padomm Sch Sch Padomm Padomm."
Die Bahnfahrt ist sehr monoton. Immer wieder schlafen
wir ein.
Die Gegend ändert sich langsam. Als wir Deutschland
verlassen, sehen wir nur noch wenige Häuser. Weitere
Stunden später fahren wir durch Weißrussland. Die Gegend wirkt trostlos.

Nach drei Tagen kommen wir in Moskau an.

In Moskau laden wir Lebensmittel nach. Auch einige
russische Verbindungsoffiziere steigen zu. Die Offiziere
stellen sich kurz und knapp vor und verschwinden in ihr
Abteil. Es sind Oberst Sergej Gromow, Leutnant Stanislav Sidorow und Leutnant Wladimir Tarassow. Sie wollen erst mal abseits von uns Deutschen sitzen.

Wir erfahren, daß in zwei Tagen ein weiterer Zug aus
Deutschland in Richtung Mongolei aufbrechen wird.

Nach drei Stunden Aufenthalt fährt der Zug weiter in
Richtung Osten........

Tage vergehen. Dieses Land ist schier endlos!
Wir fahren über Ufa nach Tscheljabinsk. Hier steht die
größte Panzerfabrik der Welt! Und es ist die Heimatstadt
von Tatjana.
Wir machen wieder Halt. Nur kurz sehen wir aus der
Ferne die endlosen Hallen, wo einst Tausende Panzer
produziert und gegen uns geschickt wurden. Ich wundere

mich, wie wir diesen endlosen Panzermassen so lange
standhalten konnten.......

Wir fahren weiter nach Omsk und Nowosibirsk. Bei
Krasnojarsk fahren wir in den Süden und überschreiten
nach insgesamt 10 Tagen die mongolische Grenze bei
Erzin.

Zwei Tage später fährt der Zug in Ulan Bator ein.
Schnaubend und stampfend fährt der Zug in den kleinen
Bahnhof ein und hält am Gleis mit der Rampe.
Heute, am 12. August 1949, ist es heiß. 32° zeigt das
Thermometer.
Die Männer steigen aus und machen sich sofort an die
Arbeit, die Güterwaggons zu entladen. Neugierig be-
obachten uns die Mongolen mit gebührendem Abstand.

Ulan Bator. Die Hauptstadt der Mongolei. Mit etwa
600.000 Einwohnern die größte Stadt, aber nach europäischen Maßstäben relativ klein.
Die Mongolei ist etwa drei Mal größer als Deutschland,
hat aber nur 1,5 Millionen Bewohner. Das gesamte Gebiet der Mongolei liegt auf weitläufigen Hochebenen und
wird von etwa ein Drittel Hochgebirgen eingenommen.
Endlos sind die Gebiete. Von Horizont zu Horizont gibt
es oft nur kleine Erderhebungen und Gras. Das alles
durchbrochen von Flüssen und kleinen Seen. Nur selten
sehen wir Bäume.

Ein stämmiger russischer Offizier mit mehreren Soldaten
kommt zwischen den Dampfschwaden der Lok: „Klaus!
Mein Sohn!" Es ist General Alexander Tolmachov.
„Alexander!" Wir umarmen uns herzlich. „Willkommen

in der Mongolei! Unseren braven Verbündeten in Asien."
Er dreht sich um zu einem der Soldaten: „Dies ist Leutnant Batu der mongolischen Armee. Er wird Euch in allen Belangen helfen." Wir grüßen uns militärisch. „Danke, Alexander. Leutnant Batu. Es freut mich, Sie kennenzulernen." Wir geben uns die Hand. „Seien Sie willkommen in unserem wunderschönen Land, der Mongolei, General Witte. General Latzke. Ihre Hallen werden für Sie etwas außerhalb der Stadt bereitgestellt und wir hoffen auf Zufriedenheit unserer Gäste."

Motor für Motor röhren los. Schwarzer Qualm kommt aus den Auspuffrohren. Nach der kurzen Warmlaufphase wird der Qualm hell. Die flachen Panzer rucken nun langsam mit quietschenden Ketten an und rollen vorsichtig mit nach oben gestellten Kanonen die Rampe herunter. Wir sind an diesem Tag die Sensation in der Hauptstadt.

Nach zwei Stunden beziehen wir unsere Hallen und bereiten uns für den ersten Einsatz vor.
Die drei Verbindungsoffiziere der Sowjets - Oberst Gromow, Leutnant Sidorow, Leutnant Tarassow - kommen in die Halle und grüßen uns militärisch. Wir grüßen zurück. Sie schauen etwas verwirrt, als Hans und ich ölverschmiert und verschmutzt aus den Panzern klettern.
„General Witte, General Latzke, hier sind die neuesten Meldungen von der Front." Oberst Gromow überreicht mir ein Schriftstück. Ich lasse Hans mitlesen.

Mitteilung vom Militärrat der Sowjetunion in Moskau:
Die chinesische Armee hat vor drei Tagen die Grenzen der Mongolei überschritten. Es ist hauptsächlich Infante-

rie, die auf die Hauptstadt der Mongolei, Ulan Bator, zumarschiert.

Die Grenzüberschreitung erfolgte
- Im Süden bei Zamiin-Uud
- Im Südosten bei Erdenetsagaan
- Im Osten bei Khavirga

Die chinesische Infanterie marschiert mit 20 Kilometern pro Tag.
Der Widerstand der mongolischen Armee ist nicht nennenswert.
Die Anzahl der chinesischen Panzer ist gering.

Der Geheimdienst berichtet, daß China in den USA eine ganze Reihe von Panzerkampffahrzeugen bestellt hat.

Die Bestellung im Detail:

Sherman: 8.000
Hellcat: 1.000
Chaffee: 2.000
Pershing: 1.000

Es wird davon ausgegangen, daß eine erhebliche Anzahl der chinesischen Flugzeuge mit amerikanischen Piloten im Einsatz sind.

Ich schaue auf und nicke den drei russischen Offizieren dankend zu. „Das ist aber eine Menge Material, was da auf uns zukommen kann", bemerke ich.
„Mit welcher Anzahl von chinesischen Soldaten rechnen wir?", fragt Hans. „Die Aufklärung spricht von insgesamt

560.000 Soldaten.", antwortet Oberst Gromow „Wie viele Soldaten haben wir zur Verfügung?", frage ich. „General Witte, wir haben etwa 35.000 mongolische Soldaten, 150.000 Soldaten der Roten Armee und Ihre Einheit. „Das ist doch etwas wenig", spricht Hans. Die russischen Offiziere schauen sich an und grinsen. Dann drehen sich zu uns um und brüllen auf einmal los: „Urrrääää!!!!" Hans und ich erschrecken uns fast.

Es ist seltsam. Auf der einen Weise sind wir fasziniert von der Art der Russen. Diese bedingungslose Hingabe im Kampf. Und auf der anderen Seite erinnern wir uns an den großen Krieg. Dieser Schlachtruf bedeutete für uns immer schwere Kämpfe und große Verluste.

Aber dieses Mal.....ja, dieses Mal sind die Soldaten mit dem furchterregenden Schlachtruf auf unserer Seite.

Aber ob sie die Flut der chinesischen Soldaten aufhalten können? Wir werden sehen.....

Leutnant Tarassow ergreift das Wort: „Der nächste Zug aus Deutschland wird voraussichtlich in vier Tagen eintreffen. Und wir haben erfahren, daß der dritte Zug zwei Tage später ankommen wird." Wir nicken.

„Das wird dann auch höchste Zeit, denn der Chinese wird wohl dann schon sehr nahe sein", sagt Hans. Die russischen Offiziere nicken kaum sichtbar.

In den nächsten Tagen machen wir unsere E-25 gefechtsbereit. Wir schießen sie ein und tauschen die Luftfilter aus, da es hier teilweise recht staubig ist.

Am 16. August kommt der zweite Zug in Ulan Bator an. Es ist die sehr kampferfahrene 12. Panzerdivision, ausgerüstet mit E-25 T, die Turm-Version des E-25. Die Panzerdivision hat 85 dieser Panzertyps mitgebracht. Auch wurden 18 weitere Flakpanzer des Typs „Sperber" mitgebracht. Das sind Panzer auf Basis des E-25 mit einem nun erstmals vollständig geschlossenen Turm und zwei 30 mm-Flugabwehrgeschützen.

Hans und ich gehen zu der Flak-Abteilung und schauen uns die Flakpanzer an. Der Rumpf ist identisch. Die obere Platte wurde um einige Zentimeter gesenkt, Ähnlich wie bei E-25 T. Ein relativ kleiner, runder Turm ist draufgesetzt worden. Es ist der der Turm des Flakpanzers „Kugelblitz" in leicht geänderter Form. Die Geschütze sind zwei 30-mm-Kanonen MK 103/38. Der Höhenschwenkbereich geht von −7 bis +80°. Wir sind beeindruckt.

Ein paar Meter weiter werden zwei dieser Panzer eingeschossen. „Rammrammramm!!! Rammrammramm!!!"

Die Leuchtspurgeschosse huschen zum Ziel, ein alter Pferdewagen, und zertrümmern die Beplankung. Immer wieder feuern die Flakpanzer. Danach wird das schnelle Drehen des Turms trainiert sowie auch die zügige Änderung des Höhenrichtbereichs. Immer wenn die Rohre auf das Übungsziel zielen, feuert der Kanonier und trifft meist präzise.

Nun sind wir wirklich beeindruckt!!

Wir werden uns wohl vor Angriffen aus der Luft nicht mehr ganz so fürchten müssen.

Langsam entwickelt sich Ulan Bator zum riesiges Militärlager. Überall sind sowjetische und deutsche Truppen zu sehen. Und es kommen noch mehr.

Aber bald.....sehr bald sind die chinesischen Armeen hier.

Kapitel 5 - Alte Kameraden

Der dritte Zug au Deutschland kommt am 18. August 1949 in Ulan Bator an.

Hans und ich machen uns zusammen mit Leutnant Batu auf dem Weg, um die neuen deutschen Einheiten zu empfangen und einzuweisen.
Wir machen uns mit einem Schwimmkübel auf dem Weg zum Bahnhof.

Wir fahren durch die Straßen der Hauptstadt. Mittlerweile haben sich die Mongolen an unserem Anblick gewöhnt. Die Straßen sind staubig. Es ist nur wenig Vegetation zu sehen. Die Häuser haben bestenfalls drei Stockwerke. Im Hintergrund sind Berge zu sehen. Die Klöster der Stadt stechen mit ihrer Schönheit hervor.

In der Ferne sehen wir die Rauchwolken der ankommenden Eisenbahn. Wir sehen an der Rauchfahne, wie der Zug immer näherkommt und der Rauch langsam weniger wird. Er ist da.

Drei Straßenzüge weiter kommen wir am Bahnhof an.
Da steht er: Der lange Güterzug mit Tiefwagen für die Panzer und die Personenwaggons der Offiziere und Mannschaften.
Wir wissen nicht, welche Panzerdivision es ist, denn daß wurde erst entschieden, als wir bereits unterwegs waren.

Unser Schwimmkübel hält unweit des Gleises, wo der Zug soeben zum Stehen gekommen ist.

Hans und ich sind erstaunt. Das sind ja mittlere E-50 und schwere E-75, die da auf den Tiefwaggons stehen.

Jetzt gehen die Türen auf von den Personenwaggons. Wir sind wieder erstaunt, denn die deutschen Soldaten, die dort aussteigen, haben Tarnkleidung an.

Hans schaut mich an: „Das sieht doch nach Waffen-SS aus." „Ich denke auch. Aber ich dachte, diese Einheiten wurden aufgelöst." Wir schauen auf die taktischen Zeichen. Es ist die 2. Waffen-SS-Division „Das Reich".

Zischend stößt der Zug Dampf aus. Überall sind Nebelschwaden.

„Hans....Hans....siehst Du auch, was ich sehe?" Ich klopfe Hans auf die Schulter. „Das ist doch....." Bevor Hans den Satz beendet, rufe ich quer über das Gelände: „Werner! Werner Streicher!" Der Soldat in der Tarnkleidung dreht sich um. Unsere Blicke treffen sich. „Jungs? Seid Ihr das? Ich werd verrückt!!! Hans!!! Klaus!!!" Lachend kommen wir uns entgegen und fallen uns in die Arme. „Mensch, Werner! Du hier? Warum gerade Du?" Wir klopfen uns auf die Schultern. „Ich wurde in meiner Werkstatt angerufen und gefragt, ob ich das Kommando einer Panzerdivision übernehmen möchte. Es sind viele meiner alten Kameraden dabei. Naja, und kann ich meine Kameraden denn in Stich lassen?" „Niemals!", antworten Hans und ich gleichzeitig. Wir lachen. „Jungs!", spricht Werner, „laßt uns heute Abend was trinken. Ich geb einen aus!" „Na, das ist doch mal eine Ansage!", antwortet Hans lachend.

Wir verabschieden uns. Werner gibt Anweisungen und die Waffen-SS-Männer befolgen sie sofort. Hans und ich fahren in das Hauptquartier der mongolischen Armee. Wir müssen die Gefechtsaufstellung mit den Mongolen und den Russen besprechen. Denn die Chinesen sind fast da.....

Abends sitzen Werner, Hans und ich in der Halle der technischen Erprobungseinheit.
Wir stehen an einem E-25 10,5 cm Ausf. B. Werner schaut sich das lange Geschütz an und nickt zustimmend: „Die Kanone sieht aus, als ob sie richtig Löcher machen kann." Er prostet der Kanone zu und nimmt einen Schluck aus seinem Weinglas. Wir gehen in das kleine Büro der Halle und setzen uns.
„Sag mal, Werner, ich dachte, die Waffen-SS-Einheiten wurden aufgelöst, weil sie Himmler unterstellt waren", frage ich. „Ja, das sollten sie auch", antwortet Werner, „allerdings haben Paul Hausser und weitere hohe Offiziere Einspruch erhoben. Trotzdem wurden etliche Divisionen aufgelöst. Divisionen wie die 13. Waffen-Gebirgs-Division der SS "Handschar", wo die Kroaten dienten. Oder die 25. Waffen-Grenadier-Division der SS "Hunyadi" mit den ungarischen Soldaten. Bis auf „die 5. SS-Panzerdivision „Wiking" gibt es keine Division mehr mit nichtdeutschen Soldaten. Der große Krieg ist ja zu Ende. Und alle wollten nach Hause. Und einige andere nicht aufgelösten Divisionen wurden umbenannt. Die 1. SS-Panzerdivision „Leibstandarte Adolf Hitler" wurde in „Deutschland" unbenannt. Die 12. SS-Panzerdivision „Hitlerjugend" heißt nun „Reichsjugend".
Auch wurden so einige linientreue Leute aus den Divisionen entfernt. Bei einigen Divisionen waren es mehr, bei anderen weniger.
Es gibt jetzt noch die 1., 2., 3., 5., 10. und 12. SS-Division der Waffen-SS. Der Rest ist Geschichte......."

Wir schweigen. Jeder denkt sich seinen Teil.

„Jungs, wie sieht die Lage hier aus? Dies ist ja immerhin nicht die Sowjetunion." „Nun", ich ergreife das Wort, „die Mongolei hat kaum Militär und hat nun die Russen und uns im Land. Wir sichern zusammen hier die Hauptstadt. Die chinesischen Armeen haben im Süden, Süd-Osten und im Osten die mongolischen Grenzen überschritten und marschieren auf Ulan Bator zu. Da sie zu Fuß kommen, sind sie relativ langsam. Wir haben vom Geheimdienst erfahren, daß sie zwar Panzer mitführen, es soll aber eine übersichtliche Anzahl sein. Aber die Chinesen haben eine Menge amerikanische Panzer bestellt." „Dann bin ich mal gespannt, was da denn auf uns zukommt…", antwortet Werner.

Der Abend wird mit vielen Gesprächen aus der Zeit des großen Krieges verbracht. Es tut gut, mit einem alten Kameraden zu reden. Und wir hoffen - wie im letzten Krieg - auf ein baldiges Wiedersehen.

Kapitel 6 - Erste Kämpfe

„General Witte! General Witte!! Sie sind da!", keuchend kommt ein Meldesoldat in unsere Halle. „Die chinesische Armee ist etwa 16 Kilometer vor der Stadt gesichtet worden." „Danke. Sagen Sie Brigadeführer Streicher von der 2. Waffen-SS-Division „Das Reich" bescheid, daß wir in etwa 20 Minuten zu ihm kommen werden." „Jawoll, General Witte". Der Soldat salutiert und läuft los. Ich grüße zurück.

Nachdem ich mich bereitgemacht habe, gehe ich zu meinen Soldaten und weise sie ein. Die Männer hören still und konzentriert zu. Viele alte Kameraden des großen Krieges verstehen es sofort. Wir sind eine eingespielte Mannschaft! Auf sie ist Verlass!

Hans und ich machen uns sofort auf zu Werner.
Ein paar Minuten später hält unser Schwimmkübel neben dem Panzer von Werner. Wir springen raus und grüßen knapp unseren Freund und Kameraden. „Werner, Du stehst an unserer linken Flanke an dieser Stelle...", ich zeige ihm die Position auf einer Karte. „...und hier und hier stehe die anderen Einheiten der 12. Panzerdivision." Ich tippe auf die verschiedenen Stellungen der Division auf der Karte. Die technische Erprobungseinheit liegt genau dazwischen. Werner nickt kurz, bestätigt die Positionen und wir grüßen uns militärisch.
Es geht los!

Als Hans und ich mit dem Schwimmkübel losfahren, schauen wir uns kurz nach der Abfahrt an. Es fühlt sich an.........wie ......wie die Einsätze des großen Krieges.

Wir kommen an unserem Panzern an. Wir springen aus dem Schwimmkübel und steigen sofort in die E-25 ein. Kurz bevor Hans und ich in den Luken verschwinden, halten wir inne, schauen uns kurz an und nicken kaum merklich.

Die Motoren laufen an. Sie brabbeln und blubbern. Dann legt mein Fahrer Wiehnert den Gang ein und der Jagdpanzer ruckt an. Der Panzer fährt langsam los. Die Ketten graben sich in den Boden, rollen sich ab und treiben das Fahrzeug vorwärts. Grollend folgen die anderen Panzer unserer Einheit.

Kaum sind wir auf unserer Position, sehen wir am Horizont die Staubwolken der anrückenden chinesischen Armee. Der Puls geht hoch, die Hände werden schwitzig. Ich schaue durch das Fernglas. Langsam erkenne ich die Soldaten auf dem weitläufigen flachen Land ohne Bäume. Die Chinesen haben überhaupt keine Deckung. Ich sehe zunächst nur eine riesige Zahl an Soldaten, die zu Fuß auf uns zukommen. Dann sehe ich einen Panzer. Ich erkenne den Typ nicht. Dann kommen noch mehr.

Ich nehme das Funkgerät: „Hier General Witte! Der Gegner rückt in unserem Abschnitt mit etwa 6.000 Soldaten und 20 Panzern an. Schaltet zuerst die Panzer aus. Dann kümmern wir uns um die Infanteristen."

Die Chinesen sind etwa 2.000 Meter entfernt.
Über Funk höre ich, daß im Süden der Stadt die Russen bereits erste Gefechte haben.

„Achtung! Alles hört auf mein Kommando! Feuer!!!"
Schon rumst es aus 18 10,5 cm-Geschützen unserer E-25. Wir sehen, wir die Granaten zum Gegner rüberrau-

schen....Einschlag! Einschlag! Die chinesischen Panzer explodieren! 16 der 20 chinesischen Panzer sind ausgeschaltet. Die chinesische Infanterie ist kurz verwirrt und fängt an zu laufen. Nicht zurück.....sie laufen nun uns direkt entgegen. „Sind die wahnsinnig?", murmle ich leise. Dann spreche ich laut: „Sprenggranaten rein und ab." Die ersten Sprenggranaten verlassen die Rohre der 10,5er. Wir sehen, wie in diesem Teppich aus chinesischen Soldaten Löcher gerissen werden. Die Löcher werden sofort wieder durch die nachrückenden Soldaten geschlossen. Das Heer der herannahenden Soldaten reißt nicht ab. Es werden immer mehr. Eine schier endlose Menge an Menschen. Wir feuern und feuern. Tausende werden getötet.

Über Funk höre ich, wie die ersten Chinesen die russischen Linien erreichen. Es kommt zum Nahkampf.
Nach einer gefühlten Unendlichkeit kommen die Chinesen in die Reichweite unserer Maschinengewehre. Wir mähen sie nieder wie Gras......

Nach 30 Minuten ist der Angriff vorbei.
Das Feld ist übersät von Tausenden toter chinesischer Soldaten. Es sieht furchtbar aus. Ich habe damit nicht gerechnet, daß die ersten Kampfhandlungen so schlimm werden. Nicht für uns. Unsere Verluste sind mit nur wenigen Mann sehr übersichtlich, aber diese chinesischen Soldaten.....sie rennen so offen in unsere Waffen....als ob sie hoffen, daß uns die Munition ausgeht. Warum machen sie das? Das ist doch verrückt!

Wir haben kaum Gefangene gemacht. Nur viele Verwundet haben wir aufsammeln können. Sie werden in den nordwestlichen Teil der Stadt gebracht und notdürftig versorgt.

Am Abend treffen wir uns mit Offizieren der sowjetischen und mongolischen Armee.

Hans, ich, Werner Streicher, General Eugen Stammer, General Franz Hoffer, Oberst Sepp Heinrich auf der deutschen Seite, Generalmajor Alexander Tolmachov, sowie die Verbindungsoffiziere Oberst Sergej Gromow, Leutnant Stanislav Sidorow und Leutnant Wladimir Tarassow auf der sowjetischen Seite und Leutnant Batu, der Verbindungsoffizier der mongolischen Streitkräfte, sitzen am großen runden Tisch im Gebäude des Bürgermeisters der Hauptstadt.

Generalmajor Tolmachov steht auf: „Genossen, Freunde....das waren die ersten ernsthaften Kämpfe auf mongolischem Gebiet. Die chinesische Armee hat große Verluste erlitten, aber die Aufklärung hat erfahren, daß weitere Divisionen der Chinesen unterwegs sind. Sie sind zurzeit dabei, ihre Einheiten zu sammeln. Der Schwerpunkt des ersten Angriffs war an der Südseite der Stadt. Wir vermuten, daß der nächste Schwerpunkt an der Ostseite der Stadt sein wird. Dort sind unsere deutschen Waffenbrüder. Wir werden nun Reserveeinheiten hinter den deutschen Einheiten in Stellung gehen lassen und bei Bedarf werden diese eingesetzt werden." Er nickt uns zu. Wir nicken zurück.

General Tolmachov führt fort......nach einer Stunde wird die Besprechung beendet.

Die Truppen werden umgruppiert nach den Vorgaben und wir warten nun den nächsten Angriff ab.

Zwei Tage später. Es ist der 21. August 1949.
Wir bekommen Nachricht aus Moskau, daß der nächste
Zug aus Deutschland unterwegs ist. Er hat Ersatzteile,
Munition, neue Fahrzeuge und Soldaten für unsere Erprobungseinheit geladen.
Jeden Tag kommt ein Zug aus der Sowjetunion an. Immer mehr russische Soldaten und Panzer kommen hier
an. Damals hatte ich mich davor gefürchtet. Jetzt bin ich
froh darüber.

Ein Melder kommt in die Halle. „General Witte! Hier
eine Meldung vom Stab." Er grüßt und übergibt mir einen Zettel. „Danke. Wegtreten." Ich grüße den Melder
und er verläßt die Halle.
Hans schaut mich von einem Panzer aus an. Ich sage zu
ihm: „Es geht wieder los. Die Chinesen rücken an und
sind in zwei Stunden hier." „Dann wollen wir die Damen
mal nicht warten lassen!", ruft Hans.

Als wir wieder in Richtung unserer Stellung aufbrechen,
schaue ich auf unsere Reservemunition. Sie wird merklich weniger......

Nach 30 Minuten sind wir bereit und melden dem Ar-
meestab in Ulan Bator volle Kampfbereitschaft.

Wir sitzen in unseren Panzern in gestaffelter Position.
Vor uns russische Infanterie. Ebenso rechts und links.
Wir haben eine spezielle Kompanie zum Schutz von General Tolmachov erhalten. Er ließ die Rotarmisten
schwören, daß sie unsere Einheit bis zum Tod verteidigen
werden. Ich hoffe, es kommt nicht dazu.

An unserer linken Flanke ist die 2. SS-Panzerdivision mit den E-50 und E-75. An der rechten Flanke ist die deutsche 12. Panzerdivision mit den E-25 T und den Flakpanzern „Sperber".

Wir warten.............

Wir hören etwas.....kaum wahrnehmbar.....ich drehe meinen Kopf nach rechts und links und spitze die Ohren. Das......das klingt wie ein Hornissenschwarm. Ich drehe mich um und rufe: „Fliegeralarm!!!" Sofort werden die MGs nach oben gerichtet. Ich rufe in den Panzer: „Wucherle! Sofort Meldung an die 2. SS! Die sollen ihre Flakpanzer vorziehen!" „Jawoll!", kommt die Antwort aus dem Panzer.
Nach einer Minute sehe ich sie.
Ich setze das Fernglas ab und greife mir das Funkgerät: „An alle! Das sind amerikanische P-38 Lightning! Etwa 50 Stück. Die tragen auch Bomben oder Raketen! Fertigmachen zur Abwehr!!"
Die Männer laden die Waffen durch. Die kleinen Türme auf den E-25 mit den Maschinenkanonen recken sich dem fliegenden Gegner entgegen. Auf der linken Flanke sehe wir, wie die „Sperber" Flakpanzer sich fertigmachen.
Die ersten 8,8 Flak feuern. Wir sehen die Explosionswolken. Erst fünf, dann sieben, zehn...... Da! Ein Treffer! Eine P-38 explodiert! Noch eine! Und dann sind sie da. Weiße schmale Rauchstreifen rasen auf unsere Stellungen zu. Raketen!!! Schon schlagen sie ein. Überall steigen Erdfontänen auf. Geschütze werden getroffen und fliegen in Teilen auseinander. Soldaten schreien.

„Ramm Ramm Ramm!" Unsere Flak feuert. Die „Sperber" holen drei, vier von den P-38 runter. Sie kippen getroffen zur Seite und schlagen auf dem Boden auf.

Die P-38 zischen über uns hinweg. Dann ziehen sie eine lange Kurve und fliegen wieder auf uns zu.

Ich schnappe das Funkgerät: „An die MG-Schützen! Nehmt auch immer zu viert einen Jäger vor! Sonst wird das nichts!!" Die MG-Mannschaften feuern konzentriert auf die Jäger. Zwei werden getroffen und ziehen Rauch hinter sich her. Sie drehen ab und suchen das Weite.

Mehrere Pulks fliegen auf uns zu. Die „Sperber" feuern. Drei P-38 werden förmlich zersägt und brechen in der Luft auseinander. Der Pulk zerstreut sich. Geschafft! Nun ist die Feuerkraft der P-38 gespalten. Trotzdem sind die Jagdbomber der Amerikaner gefährlich. Schon donnern sie über uns hinweg und feuern ihre Bordwaffen ab. Andere haben noch Raketen und feuern diese auf die Stellungen der 12. Panzerdivision ab. Schwarzer Rauch steigt auf. Dann drehen sie hinter unseren Stellungen und fliegen von hinten an uns heran. Die Soldaten rennen in Deckung. Die MG-Mannschaften feuern Sperrfeuer. Die kleinen Decktürme der E-25 feuern mit ihrem 20 mm-MG. Raketen zischen auf uns zu. Ich ziehe den Kopf ein und schließe die Luke. Ich höre gedämpft die Einschläge um unseren Panzer herum. Dann rasen die P-38 über uns hinweg. Unsere MGs rattern und zwei weitere P-38 stürzen zu Boden. Die anderen P-38 fliegen davon.

Ich mache die Luke auf und schaue mich um. Überall sind Rauchsäulen. Die Amerikaner haben uns empfindlich getroffen. Schnell springe ich von meinem Panzer runter und laufe zu einem brennenden E-25 Moskito. Ich mache die Luke auf und ziehe einem ohnmächtigen Kameraden raus. Überall sieht es so aus. Wir bergen und

versorgen die Verwundeten und Toten und räumen danach auf.
Der eigentliche Bodenangriff kam nicht.….

Ich bin wütend. Richtig wütend!
Mit Hans und Werner fahren wir zum Gebäude des Bürgermeisters, wo die Büros der sowjetischen Verbindungsoffiziere sind.

Hans legt seine Hand auf meine Schulter: „Sei ruhig."
Ich nicke kurz. Er weiß, daß ich ziemlich aus der Haut fahren kann, wenn mir was nicht paßt. Und mir paßt im Moment so einiges nicht........

Zu dritt gehen wir durch den großen Flur des großen Gebäudes. Ohne zu klopfen drücke ich die Tür auf: „Guten Tag, die Herren! Heute ist kein guter Tag!! Heut starben durch mangelnde Aufklärung Soldaten! Wir wurden überrascht. Wer ist dafür verantwortlich?". Von Wort zu Wort werde ich lauter. Oberst Gromow steht auf: „Wir haben Ihnen alle Informationen gegeben und...." „Sie haben mir rein gar nichts gegeben, Oberst! Lassen Sie es nicht noch mal dazu kommen." Ich grüße zügig und gehe sofort aus dem Büro, ohne die Grußerwiderung abzuwarten. Schnell kommt Oberst Gromow hinter uns her: „General Witte! Bleiben Sie!" Ich drehe mich um. „Was wollen Sie?", fauche ich ihn an. „Ich habe den Befehl bekommen, Sie in allen Belangen zu unterstützen. Aber wir können nicht zaubern." „Oberst Gromow. Dann lernen Sie das. Denn dort draußen sterben durch fehlende Information meine Soldaten.....und Ihre Soldaten!! Ich will keine toten Russen und Deutsche begraben müssen." Ich salutiere und warte seinen Gruß ab, der auch prompt kommt. „General, wir werden unsere Bemühungen erhöhen." Ich nicke. Ich gehe wieder auf ihn zu und spreche ruhig und leise: „Oberst, da draußen sind Tausende unserer Männer. Durch solche Fehler sterben sie. Und hinterlassen Frauen und Kinder." „Ja, General!" Ich gebe ihm die Hand und gehe.

30 Minuten später sind wir wieder in unseren schwer getroffenen Stellungen........
Hans und ich treffen uns kurze Zeit später mit General Stammer, General Hoffer und Oberst Heinrich im Divisionsstab der deutschen 12. Panzerdivision.
„Die Herren, der Angriff heute durch amerikanische P-38 war verheerend. Wir brauchen dringend eine effektive Flugabwehr und diese muß möglichst bald hier sein. Die Amerikaner haben uns heute gezeigt, daß wir sehr angreifbar sind. Neben der Flak benötigen wir auch Flugzeuge, die den Amis Paroli bieten können." Ich lege denn Offizieren eine Denkschrift auf den Tisch und schaue sie an. General Stammer ergreift das Wort: „Die Schrift können Sie dem leitenden Angestellten des Reichsministerium für Rüstung und Kriegsproduktion selber überreichen. Der Zug mit ihm wird morgen ankommen." Ich bin mit der Antwort zufrieden. Vorerst......

Es ist der 23. August 1949.
Hans und ich warten am Bahnhof von Ulan Bator auf dem Zug aus Deutschland. Wir sind zu früh da und plaudern ein wenig mit Leutnant Batu. „....und dann kam meine Schwester Malika, nimmt den Betrunkenen das Glas aus der Hand und schüttete es ihm über den Kopf." Wir lachen. Leutnant Baku führt weiter aus: „....und dann schaut er mich an und sagt, warum ich als Bruder das

zulasse. Warum sie kein Respekt hat. Dann sage ich ihm, daß er sich in die Lage gebracht hat und nun selber da rauskommen soll. Er holt mit der Faust aus und schlägt nach meiner Schwester. Sie duckt sich, gibt ihm einen Leberhaken und streckt ihn mit einem drehenden Fußkick nieder. Wir erinnern uns: Der Mann wog 90 Kilogramm und ist 1,85 groß, meine Schwester vielleicht 45 Kilogramm und ist 1,54 Meter groß. Tja, sie kann Kung Fu." Baku lacht. Wir staunen. Hans murmelt: „Meine Traumfrau...." Baku schaut ihn an: „Auch wenn Du ein Freund bist. Niemals wirst Du meine Schwester zur Frau nehmen können. Wir bleiben lieber unter uns." Baku schaut streng Hans an. Unser Gespräch stockt.......
„Der Zug kommt!!" Die peinliche Stille wird durchbrochen. Wir schauen nach Nordwesten und tatsächlich: Die Rauchschwaden der Lok sind zu sehen.

Zehn Minuten später steht der Zug in Ulan Bator. Soldaten steigen aus, Material wird entladen, Panzer zur Abfahrt vorbereitet. Wir schauen dem Treiben zu. Einige Zivilisten steigen aus und kommen auf uns zu. „Das gibts doch nicht....", murmle ich. „Na, Junge? Ich habe gehofft, daß Du mich abholst." „Onkel Manfred!!", rufe ich. Mein Onkel Dr. Manfred Velter der im Reichsministerium für Rüstung und Kriegsproduktion arbeitet, kommt lachend auf uns zu. Wir begrüßen uns sehr herzlich. „Warum bist Du hier in der Mongolei, Onkel Manfred?" „Nun, ich habe im Reichsministerium darum gebeten, weil ich mir selber ein Bild von der Situation machen möchte. Und dann kann ich am besten die Entscheidungen treffen."
Ich freue mich sehr über diese Aussage. Denn ich kenne es auch anders. Wir fahren in das Bürgermeistergebäude

und erzählen Onkel Manfred von den ersten Kämpfen, die Informationen über die Panzerbestellungen der Chinesen bei den Amerikanern, der Angriff der P-38 und auch schließlich unsere Versorgungslage aus Deutschland.

„Was uns wirklich Sorgen macht, ist der Umstand, daß wir beim ersten Gefecht knapp die Hälfte unserer Munition verschossen haben, aber ein Versorgungszug aus Deutschland zwölf Tage benötigt, um hier anzukommen. Zwar fahren alle zwei bis drei Tage Züge in Deutschland los, aber die Reaktionszeit auf einen Wunsch hier aus der Mongolei dauert dann 14 Tage oder mehr. Das macht mir Sorgen, Onkel. Und die Munition der Russen ist für uns nutzlos, weil die Granaten nicht passen." „Falsches Kaliber....., fügt Hans hinzu. „Jungs, ich werde mich darum kümmern, daß es so reibungslos wie möglich für Euch hier in der Mongolei abläuft."

Wir sind zwar zufrieden mit der Aussage, denn ich glaube meinem Onkel, aber kommt seine Aussage auch im Reichsministerium an? So weit von der Heimat und von der Versorgung entfernt, ist diese Lage heikler als im großen Krieg......

Kapitel 7 - Der Himmel ist voll

Der nächste Morgen. Der 24. August 1949.
Die Hitze läßt langsam nach.
Die Ersatzteile, das Verbrauchsmaterial sowie einige neue Fahrzeuge mit kleinen Verbesserungen sind in unsere Halle geschafft worden.

Bei dem amerikanischen Luftangriff hat unsere Einheit einen E-25 Moskito und zwei E-25 10,5 cm Ausf. B verloren. Weitere wurden beschädigt. Wir haben jedoch jeweils zwei dieser Panzer nachgeliefert bekommen. Auch die Munition wurde aufgestockt.

Um 8 Uhr kommt mein Onkel Manfred in die Halle und wir begrüßen uns. „Mein Junge, wir werden heute besprechen, was wir alles aus Deutschland schicken sollen, um den Kampf hier in der Mongolei erfolgreich zu bestreiten. Ich habe auch noch bei einem Zwischenstopp in Moskau weitere Informationen bekommen. Die möchte ich Euch nicht vorenthalten."
Wir setzen uns in das 30 qm große Hallenbüro und trinken Tee.
„Nun, zuerst die Informationen aus Moskau", eröffnet mein Onkel das Gespräch. „Die Chinesen haben mit den Amerikanern umfassende Verträge zur Stabilisierung der nördlichen Region abgeschlossen. Diese Region ist die Mongolei. Wobei mit Stabilisierung die Eroberung gemeint worden ist. Die Amerikaner wollen auf jeden Fall die Position der Sowjetunion schwächen und General Chiang Kai-shek, der nationalistische General der Koumintang, als Gegenpol in Asien stärken. Sie haben bekanntlich den Kaufvertrag über die 12.000 Panzer abge-

schlossen, bereits Truppen in Bewegung gesetzt und mehrere Luftflotten von Japan nach China verlegt. Und die chinesische Führung hat Millionen von Soldaten in diese Gegend verlegt. Das hier wird kein Spaziergang." Onkel Manfred schaut uns streng in die Augen. Die Aufforderung, noch genauer zuzuhören.

Onkel Manfred steht auf, geht zur Tafel und nimmt ein Stück Kreide. Mit ein paar schnellen Handbewegungen zeichnet er die Umgebung der Stadt Ulan Bator auf: „Hier, hier und hier....", er tippt mit gebührendem Abstand mit dem Kreidestück an drei Stellen südöstlich der gezeichneten Stadt, „.......haben die amerikanischen Truppen sich positioniert. Es sind Panzertruppen. Welche Mengen es sind, wissen wir nicht. Es sind auch Infanteriedivisionen dabei. Aber nur wenige. Das Gro der Infanterie stellen nach wie vor die Chinesen. Von wie vielen Soldaten wir hier reden, wissen wir ebenfalls nicht. Aber was wir wissen......sie werden angreifen. Und das bald."

Onkel Manfred legt die Kreide zurück.

„Amerikanische Panzertruppen........", murmle ich. Ich erinnere mich an die amerikanischen T29 und T30. Schwer gepanzert, schwer bewaffnet. Aber es waren nicht allzu viele. Hoffen wir, daß es dieses Mal wieder nicht so viele dabei sein werden........

„Was mir Sorgen macht, sind die amerikanischen Fliegereinheiten. Jungs.....ich sage es nicht gern.....aber der Himmel wird voll sein. Sie haben Jagdgeschwader vom Typ P-51 „Mustang", P-47 „Thunderbolt" und P-38 „Lightning" hierher beordert. Und dazu Jagdbombergeschwader vom Typ A-26 „Invader" und B-25 „Mitchell" sowie Bombergeschwader mit B-24 „Liberator" und die gefürchteten B-29 „Superfortress". Einige der Flugzeugtypen kennen wir, die anderen Typen wurden im Pazifik-krieg erfolgreich eingesetzt."

Ich merke, wie ich innerlich unruhig werde......

„Daher werde ich in Berlin vorschlagen, daß unsere ME 262-Geschwader, die Horten H IX-Einheiten sowie die Arado AR 234-Bombergeschwader in die Mongolei zu verlegen. Denn die Amerikaner werden mit großen Mengen kommen." Hans und ich nicken zustimmend. „Auch werde ich beantragen, daß die E-100-Einheiten, die E-25-Einheiten sowie die E-60-Einheiten in Marsch gesetzt werden.", schließt mein Onkel den kurzen Vortrag ab. „Wir werden sie wohl brauchen...", sinniert Hans.

„Ich werde noch in den nächsten Tagen einige Details hier aufnehmen, um den Einsatz möglichst gut zu rechtfertigen. Damit steigt die Chancen, daß alle meine Anträge auch genehmigt werden.

Abends werden wir von Leutnant Batu zum Essen eingeladen. Hans, Onkel Manfred und ich fahren mit dem Schwimmkübel zum Haus der Familie von Batu.

Die russischen Verbindungsoffiziere und einige unserer Offiziere sind auch da.

Nach der Begrüßung setzen wir uns am Tisch und werden von den Frauen der Familie bedient. Wir reden angeregt über die Situation, das Wetter und über die Kultur der Mongolei.

Hans erzählt gerade: „.....und wir legen uns ins Bett und schlafen augenbl....." Hans stockt. Neben ihm steht eine wunderschöne junge Frau und lächelt ihn an, als sie ihm einen Teller Suppe hinstellt.

Es ist Malika. Die 26jährige junge Frau mit ihren ausgeprägten Wangenknochen, ihren ausdrucksvollen Mandelaugen und den fein geschnittenen Lippen schaut ihm direkt in seine Augen. Sie ist in traditioneller mongolischer Tracht gekleidet und hält mit ihren schmalen zierlichen Händen einen weiteren Teller Suppe.

„Hans? Hans? Erzähl weiter!", spreche ich ihn an. Ich muß mir das Lachen verkneifen.

Die junge Frau spricht Hans an: „Ich bin Malika. Die Schwester von Batu." Hans stammelt: „Dann.....dann ist ja Leutnant Batu Dein Bruder." Ich kann nicht mehr. Ich platze fast vor Lachen und die anderen Offiziere halten sich auch nicht zurück. Auch Leutnant Batu hat einen Hauch eines Lächelns im Gesicht. Dann wird es steinern. „General Latzke, meine Schwester möchte gern weiter servieren." „Entschuldigung.....", antwortet Hans verlegen. Ich kenne Hans nun schon so lange. Aber so habe ich ihn noch nie erlebt. Ich glaube, er hat sich........

Der Abend wird sehr schön.

Immer wieder treffen die Blicke von Hans und Malika aufeinander. Und jedes Mal lächelt Malika. Aber kritisch beäugt von Batu............

Spät um ein Uhr in der Nacht fallen wir in unsere Betten nahe der Halle. Hans kann lange nicht einschlafen….

Fünf Tage später. Es ist der 29. August 1949.

Es kühlt ab. In den Panzern kann man nun sitzen, ohne darin gebacken zu werden. Die Männer atmen auf. Sie genießen die Ruhe.

Hans und ich halten die Männer dazu an, weiter aufmerksam zu sein.

Die Russen waren auch nicht untätig gewesen!

Etliche Schützendivisionen, die unseren Infanteriedivisionen ähnlich sind, wurden hierher verlegt. Auch Viele

Panzerbrigaden mit T-34/85, JS-3, JS-4 und JSU-152 sowie SU-100 sind hier. Im nördlichen Teil der Mongolei wurden zwei Luftarmeen der sowjetischen Luftwaffe stationiert, um den amerikanischen Luftverbänden entgegenzutreten.

Ein riesiger Gürtel an Soldaten und Material ist nun südöstlich von Ulan Bator und sollen den Hauptverband der chinesisch-amerikanischen Truppen entgegentreten.

Unsere deutschen Truppen machen nur noch einen kleinen Teil der Verbände aus. Aber die Russen sind uns trotzdem dankbar. Denn sie wissen nur zu gut, wie wir Deutsche kämpfen können.

Mein Onkel, Hans und ich stehen in der Panzerhalle und besprechen weitere Details zur Lage hier.
Ein Auto hält quietschend vor der Halle und Leutnant Sidorow und Leutnant Baku springen raus. Sie laufen durch das offene Hallentor zu uns: „General, Witte! General Latzke! Sie kommen! Sie kommen! Es sind Hunderte! So viele!!", keucht Leutnant Baku. „Was? Was ist los?", frage ich. Leutnant Sidorow ergreift das Wort: „Die Amerikaner kommen. Wir haben Nachricht bekommen, daß der Himmel voll ist von ihren Bombern und Jägern. Und sie kommen direkt auf uns zu." Sofort laufe ich ans Tor und rufe meine Offiziere heran. Als die Männer vor mir stehen, gebe ich kurze Anweisungen zum Schutz des Materials und der Soldaten. Wir dürfen kein gutes Ziel abgeben. Alle Offiziere quittieren die Anweisungen und rennen sofort los.
„Onkel Manfred. Du mußt in den Bunker etwa zwei Kilometer von hier. Ein Fahrer bringt Dich dorthin. Und keine Widerrede!!" Mein Onkel sieht meine Entschlos-

senheit und widerspricht nicht. Hans und ich laufen auch
los und bringen wichtiges Material in Sicherheit......

Dann hören wir sie.
Es klingt wie ein Hornissenschwarm. Erst leise. Dann
lauter. Noch lauter. Wir sehen sie. Ich setze das Fernglas
an. Es sind B-29 „Superfortress". Dazu jede Menge Be-
gleitjäger. Mir läuft ein Schauer über den Rücken. Ich
schaue Hans an. Und wir wissen....wir können nichts tun.
Das ist ein verdammt ungutes Gefühl.
Über uns fliegen mit dröhnenden Motoren Dutzende Jäger hinweg und halten auf die amerikanischen Bomber
und Jäger zu. Sie haben rote Sterne auf den Tragflügeln.
Es sind Jakowlew Jak-9.

Hans und ich fahren zu den 8,8 Flak-Stellungen westlich
der Stadt. Als wir ankommen, drehen die Kanoniere bereits die Rohre gegen den anfliegenden Bomberpulk. Wir
schauen hoch. Ich schüttle den Kopf: „So viele Bomber....wollen die das Land ausradieren?", murmle ich.

Dann beginnt der Kampf!
Die sowjetischen Jak-9 halten direkt auf die Flugzeug-
massen zu. Die P-51 lösen sich von den Bombern und
stürzen sich auf die sowjetischen Jäger. Eine wilde Kurbelei beginnt. Die Russen sind so beschäftigt, sich die
Abfangjäger vom Leib zu halten, so daß die Bomber fast
unbehelligt durchkommen. Nur zwei, drei Jäger schaffen
es, die B-29 zu attackieren.
Nach drei Minuten fallen die ersten Bomben auf die vordersten Stellungen. Riesengroße Rauchwolken steigen
auf.

Jetzt kommen die Bomberpulks in die Reichweite der deutschen 8,8 Flak. Alle 24 Geschütze sind feuerbereit. Der Batterie-Offizier hebt die Hand und läßt sie runtersausen: „Feuer!!!!" Alle 24 Geschütze feuern!
Nach ein paar Sekunden sehen wir hoch oben am Himmel die Granaten explodieren. Da! Volltreffer! Ein Bomber wird in der Mitte getroffen und bricht auseinander. Die Trümmer taumeln zu Boden. Drei weitere Bomber erhalten Treffer. Zwei davon kippen zur Seite und stürzen zu Boden. Sofort feuern die 8,8 wieder. Die Granaten fliegen hoch in den Himmel und explodieren. Dabei nehmen sie wieder zwei Bomber mit.
Feuern, laden, feuern, laden............

Jetzt sind die Bomber über der Stadt. Ich sehe durch das Fernglas, wie die Bombenschächte sich öffnen und die Bomben wie an einer Perlenkette zu uns hinabfallen. Gleichzeitig ruft einer der Offiziere der Flakbatterie: Bombeeeeeeen!!!" Schon laufen alle Kanoniere und wir in Deckung. Wir hören das Pfeifen der herabfallenden Bomben und dann eine endlose Kette von Detonationen. Immer mehr. Immer stärker. Aus den Explosionen wird ein Gedonner....ein Getöse....es steigert sich zum ohrenbetäubenden Inferno!
Wir liegen zusammengekrümmt in den Gräben und halten uns die Ohren zu. Wir werden durch die Einschläge über und über mit Dreck zugeworfen.
Dann verlagern sich die Bombeneinschläge weiter ins Stadtinnere.
Wir steigen aus den Gräben und schauen uns um. Die Lungen tun weh von dem unterschiedlichen Luftdruck, den die Bombendetonationen hervorgerufen haben. Von den 24 Flakgeschützen sind sieben völlig zerstört. Die

anderen Geschütze sind fast alle beschädigt. Um uns herum liegt alles in Trümmern. Wir schauen in Richtung des Stadtkerns. Darüber liegt schwarzer Rauch.
Die Bomber sind endgültig über Ulan Bator hinweggeflogen und drehen langsam ab.
„Schau, Klaus! Dort im Bezirk ist doch das Haus von Batu und Malika. Wir müssen sofort hin!" Kaum ausgesprochen sitzen wir im von Bombensplittern zersiebten Schwimmkübel und sind unterwegs zum Stadtkern.
Wir fahren durch die Straßen voller Trümmer und brennender Häuser. Menschen laufen durch die Straßen und löschen die Feuer. Andere versuchen, unter den Trümmern Verschüttete zu bergen.

Unser Schwimmkübel hält vor dem Haus von Batu und Malika. Es ist teilweise zusammengestürzt. Wir springen raus und klettern über die Trümmer. „Malika! Malika!! wo bist Du?", ruft Hans. Mit bloßen Händen wühlen wir uns durch die Trümmer........

Nach etwa einer Stunde.
„Hans! Hier! Hier ist sie!" Hans klettert sofort über die Trümmer zu mir. „Malika! Sag was! Malika!" Hans und ich räumen den Schutt weg. Nur noch ein großer Holzbalken liegt quer über Malikas Beinen. Sie ist eingeklemmt. „Hans....Hans....", antwortet sie mit schwacher Stimme. Hans stellt sich neben dem Balken. Ein Riesenteil! „Klaus, ich hebe den Balken hoch und Du ziehst sie dann raus! Los!" „Hans, der Balken wiegt doch mindestens 300 Kilo. Er ist viel zu schwer." Hans stemmt mit aller Kraft den Balken hoch. Das kann er nicht schaffen. Er presst mit aller Kraft seines über zwei Meter großen Körpers und seinen 120 Kilo Lebendgewicht gegen das

Gewicht des Balkens. „Hans, ich hole Hilfe und...." Hans stemmt schreiend den Balken zehn Zentimeter hoch. Ich kann Malika rausziehen. Polternd geht der Balken zur Seite. Sofort hockt sich Hans an der Seite von Malika und wischt ihr den Schutz aus ihrem wunderschönen Gesicht. „Hans....Hans....Du hast mich gerettet." Sie lächelt ihn an. Hans nimmt ihre Hand. Beide schauen sich tief in die Augen.........

Die Stadt Ulan Bator wurde schwer getroffen. Es gibt kaum eine Straße, die nicht beschädigt ist.
Wir bringen Malika ins beschädigte Krankenhaus. Hans trägt sie rein und legt sie auf eine Trage. Ich hole sofort einen Arzt heran. Er schaut kurz nach ihr und sagt: „Sie können beruhigt sein. Es sieht aus, als ob das Bein nicht gebrochen ist. Aber lassen Sie sie hier für eine genauere Untersuchung. Sie sehen ja.......es ist viel los." „Danke, Doktor", sagt Hans. Wir verabschieden uns von Malika und gehen zum Ausgang.
Uns kommt Batu entgegen. „Was ist mit Malika?? Bitte!! Sagt es mir!!" Hans antwortet: „Alles gut, Leutnant Batu. Sie ist hier in guten Händen. Ihr geht es gut. Keine Sorge. Sie ist dort hinten." „Danke........danke Euch Freunden. Danke!!" Batu rennt ins Krankenhaus.

Wir fahren zurück zu unserem Quartier.
Mein Onkel wartet bereits auf uns. Ihm ist nicht passiert.
Die Halle ist zwar getroffen, aber die Schäden sind im Gegensatz zur Stadt gering. Nur ein E-25 ist ein Totalausfall. Es gab einen Toten in unserer Mannschaft und einige Verletzte.
„Klaus, Hans.......ich habe mir schon Sorgen gemacht."
„Hans und ich haben in der Stadt die Schwester von

Leutnant Batu aus ihrem getroffenen Haus geborgen. Sie hat zum Glück nur Prellungen." „Gut zu hören", antwortet Onkel Manfred. Mein Onkel holt gerade Luft, um etwas zu sagen, da kommt ein Auto mit Leutnant Tarassow und hält vor uns. Er steigt aus und salutiert. Wir erwidern den Gruß. „Die Generäle, Herr Dr. Velter, ich bringe Bericht über die Folgen des Bombenangriffs. Die Stadt wurde schwer getroffen. Aber es gab keinen durchgehenden Bombenteppich. Die sowjetischen Schützendivisionen sowie die Panzerbrigaden waren das Hauptziel des Bombenangriffs. Teilweise sind die Verluste hoch. Die 12. deutsche Panzerdivision hat etwa ein Viertel der Panzer verloren. Die 2. SS-Panzerdivision „Das Reich" hat ähnlich hohe Verluste. Durch den Einsatz unserer Jäger konnten die amerikanischen Jäger keine Bodenangriffe durchführen. Die Amerikaner haben etwa die Hälfte ihrer Jäger verloren. Von den amerikanischen Bombern sind etwa 15 % abgeschossen worden." Leutnant Tarassow beendet seinen Rapport. „Danke, Leutnant", antworte ich und grüße militärisch. Der Leutnant grüßt zurück und fährt wieder los.

Nach den Aufräumarbeiten fahren wir zu einer Absturzstelle eines B-29 Bombers. Das Flugzeug wurde notgelandet. Dabei brach der linke Flügel teilweise ab. Der gesamte Rumpf ist zerkratzt und zerbeult.
Wir stehen am Heck des Bombers und schauen hoch zum sehr hohen Seitenleitwerk. Es ist beeindruckend! Dann gehen wir in Richtung Bug. Der gesamte Rumpf ist silbern und übersät mit Löchern von Flaksplittern. Am Flügel angekommen, sehen wir die Ausmaße des Riesen. Wir klettern den Flügel hoch und sehen auf dem Rumpf zwei Drehtürme mit schweren MGs zur Jägerabwehr.

Wir springen in Richtung Cockpit wieder runter und gehen zum Bug. Die Glaskanzel ist zersplittert. Wir klettern rein und schauen uns um. Danach gehen wir in den Rumpf zurück und erkunden dann den kompletten Innenraum......

Eines muß man den Amerikanern lassen: Sie können gute Flugzeuge bauen. Und das in Massen!

Wir haben keine Zeit mehr darüber zu grübeln, denn Leutnant Batu kommt mit einem Kübel auf uns zugerauscht, hält quietschend und springt direkt vor uns raus: „Sie kommen! Sie kommen! Die amerikanischen Riesen! Sie kommen!!“

Kapitel 8 - Die amerikanischen Riesen

In Windeseile sind wir bei unserer technischen Erprobungseinheit. Uns kommt Werner entgegen: „Hallo Kameraden! Habt Ihr es schon gehört? Die Amis kommen mit einer Panzerarmee direkt auf uns zu!" „Ja, Batu hat es uns erzählt. Dann wollen wir mal den Amerikanern Feuer unter den Hintern machen!!", ruft Hans. „Auf, Kameraden!", antwortet Werner und braust mit seinem Kübel zu seiner Division.

Nach 30 Minuten stehen wir in unseren Stellungen und warten. Wir müssen nicht lange warten.......

Über die seichten Hügel in etwa sechs Kilometern kommen sie. Zuerst sind es etwa 30 M 4 „Sherman". Dahinter kommen M 26 „Pershing". Es sind über 100 Panzer. Mit viel chinesischer Infanterie. Und danach kommt die Hauptmacht.....wie eine Welle wogen sie über die Hügel. Unzählige M 4 „Sherman". Sie sind mit ihrer 7,5 cm Kanone nicht wirklich ebenbürtig, aber die Masse, die auf uns zurollt, ist beängstigend. Es sind Hunderte......

„Bei 3.500 Metern wird gefeuert!", rufe ich ins Mikrofon. Die Panzermänner bestätigen meinen Befehl.
Ich schaue gespannt durch das Fernglas.
Über uns höre ich ein Rauschen. Russische Artillerie! Sie gibt es also noch. Überall schlagen die Granaten ein und zwingt die Infanterie nieder. Einige Panzer werden getroffen und brennen.
Auf der linken Flanke lösen sie eine komplette Schützendivision mit einer Vielzahl von russischen Panzern aus unserer Linie und fahren der Angriffswelle entgegen. Ein

Teil der feindlichen Truppen löst sich und kommt den Russen entgegen. Das nimmt unserer Hauptkampflinie den Druck!

„Achtung! Achtung!" Die M 4 „Shermans" sind gleich in Feuerreichweite. „Achtung!.......Feuer!!!" Schon kracht es aus den E-25-Geschützen. Die 10,5 cm-Granaten zischen rüber zu den M 4. Schon explodieren 16 Panzer. Fast jeder E-25 hat getroffen. Und das auf der Entfernung! „Los! Dauerfeuer!", rufe ich ins Funkgerät.

Ich schaue aus der Luke raus nach rechts. Dort stehen die E-25 10,5 cm Ausf. B. Der direkt neben mir feuert. Das Rohr zuckt zurück und stößt Rauch aus. Das Fahrzeug schaukelt kurz. Staub wird aufgewirbelt. Weitere Panzer feuern, stoßen Rauch aus und wirbeln Staub auf. Immer und immer wieder. Und sie treffen.

Die Lücken in den Reihen der anrollenden chinesischen M 4-Panzer werden größer. Die chinesische Infanterie kommt nur noch schleppend voran. Die M 4 feuern zurück. Kaum eine Granate trifft.

Eine Granate schlägt in einem E-25 Moskito ein. Sie prallt ab und schwirrt nach oben weg.

Das Funkgerät meldet sich. Es ist Hans: „Klaus! Schau mal zum Hügel!" Ich nehme das Fernglas und schaue rüber. „Verdammt.....", murmle ich. Sofort schnappe ich das Funkgerät: „An alle!! Primäres Ziel sind die schweren Panzer am Hügel. Sie dürfen auf keinen Fall hier ankommen!"

Wieder meldet sich mein Funkgerät. Es ist unser Freund Werner: „Klaus, sehe ich das Gleiche wie Du?" „Ja, Werner. Das sind die T29 und T30!"

Die Amerikaner schicken nun ihre schwersten Panzer uns entgegen. Die M 4 „Sherman" wiegen etwa 30 Tonnen, habe bis zu 76 Millimeter Panzer und haben eine 7,5 cm

Kanone. Aber die schweren T29 und T30 wiegen weit über 60 Tonnen und haben bis zu 279 Millimeter Panzerung. Der T29 ist mit einer 105-mm-T5-Kanone bewaffnet. Der T30 jedoch ist mit einer gewaltigen 155-mm-T7-Kanone ausgestattet.

Die amerikanischen Riesen rollen behäbig über die Hügel, halten kurz, feuern und fahren weiter. Die schweren Granaten schlagen ein. Dort wo sie treffen, wird alles zerstört. Eine schwere Granate rauscht direkt auf uns zu....."Rums!" Ein E-25 Moskito wird zerrissen. Teile fliegen umher.
„Männer! Schaltet mir die schweren Ami-Panzer aus!!!", rufe ich ins Funkgerät. Mein Befehl wird kurz quittiert.
Die Rohre der E-25 zielen nun direkt auf die Eisenklötze der Amerikaner. Schon feuern die ersten 10,5er. Die Granaten zischen rüber. Einschlag! Einschlag! Und noch ein Einschlag! Rauch umgibt die getroffenen Panzer.
„Gut getroffen, Männer!", spreche ich ins Mikrofon. Meine Freude ist zu früh. Alle getroffenen T29 und T30 fahren durch den Qualm hindurch und weiter auf uns zu.
„Ach, Du meine Güte", spricht Klöppe, mein Richtkanonier. „Die sind aber hart gepanzert." Ich schnappe wieder das Finkgerät: „Zielwechsel auf die M 4. Wenn die T29 und T30 auf 1.000 Meter ran sind, wird wieder auf diese gefeuert!" Die Panzermänner folgen augenblicklich dem Befehl.

Die an der linken Flanke stürmenden Russen sind in Nahkämpfe verwickelt. Soldaten wie Panzer. Ein fürchterliches Gemetzel......

Ich blicke über das Schlachtfeld. Es sieht aus wie bei einem Ameisenkrieg. Überall riesige Mengen chinesischer Infanterie. Wie ein Teppich bedecken sie die Natur. Dazwischen jede Menge „Shermans", die wie große Käferhorden im Teppich daherfahren. Und dann die riesenhaften T29 und T30, die riesigen Hornkäfern gleich die Unmengen an Ameisen begleiten.

Oberst Sergej Gromow, einer der Verbindungsoffiziere, funkt mich an: „General Witte, rücken Sie mit der russischen Panzerbrigade an ihrer linken Flanke mit vor und unterstützen Sie sie. Die 12. deutsche Panzerdivision und die 2. SS-Panzerdivision werden auch vorstoßen." Ich nehme das Funkgerät: „Oberst Gromow, wir sollten hierbleiben. In statischer Stellung können wir viel besser treffen." „Dies ist bereits mit Ihren Einheiten abgesprochen worden. Folgen Sie dem Befehl, General Witte!" Ich antworte nicht, sondern funke sofort Werner an. „Hier Klaus, wir sollen gegen die Offensive einen Gegenangriff starten?" „Hallo Klaus! Hier Werner! Frag nicht....das ist Wahnsinn. Aber die Herren Generale Eugen Stammer und Franz Hoffer haben seit heute Nacht die Befehlsgewalt über unsere Einheiten. Ich wollte es auch nicht glauben, bis mir der schriftliche Befehl vor der Nase gehalten worden ist." Ich fasse es nicht, was ich da von Werner höre. „Sind die in Berlin bekloppt geworden? Ich muß mit den beiden reden!" „Klaus, das habe ich auch versucht. Die Herren Generäle sind nicht erreichbar, weil sie mit der 12. Panzerdivision an der Front sind. Und ich habe erfahren, daß das eine politische Entscheidung war." „Sind die wahnsinnig??" Ich kann es kaum glauben. „Werner, ich werde hinter Deiner Division hinterherfahren und Deine Panzer unterstützen." „Ok, Klaus. Machen wir das so."

Ich unterrichte Hans über die neue Lage. Er teilt meine Meinung mit üblen Schimpfwörtern darüber........

Wir verlassen unsere Stellungen vor der Stadt und fahren der 2. SS-Panzerdivision hinterher. Die E-75 und E-50 fächern aus. Wir dahinter mit gebührendem Abstand hinterher. Immer wieder bleiben einzelne unserer Panzer stehen, visieren kurz an und feuern. Jede dritte Granate ist eine Sprenggranate, um die chinesische Infanterie niederzuhalten. Unsere Infanterie bleibt etwas zurück, um nicht ins Feuer der gegnerischen Panzer zu gelangen.

Schnell gelangen nun die T29 und T30 in Feuerreichweite. Umgeben von vielen M 4. Nun visieren wir die Riesen an. Feuern....Abpraller, Abpraller..... Da!! Einer brennt! Die Amerikaner feuern zurück. Einem E-50 wird die Kette weggerissen. Er bleibt stehen, feuert aber weiter.
Diese riesige Masse an Infanterie und Panzern kommt weiter auf uns zu. Ich schaue durch die Schlitze der Kommandantenkanzel: „Das geht nicht gut. Das kann nur schiefgehen", murmle ich. Mein Funker Wucherle schaut mich an und hält mir das Mikrofon vom Funkgerät hin. „Kannst Du Gedanken lesen, Wucherle?" „Ja, kann ich, Herr General." Ich nehme das Funkgerät und drücke die Sprechtaste: „An alle deutschen Einheiten! Hier spricht General Witte! Der Feind ist zu stark. Rückzug! Ich wiederhole: Rückzug! Bitte bestätigen!" Ein kurzes Knacken. Weißt Du, was Du da machst?", höre ich Hans über Funk. Ich drücke wieder die Sprechtaste: „An alle deutschen Einheiten! Rückzug! Dieser Gegenangriff wird

misslingen. Der Gegenangriff ist Wahnsinn! Rückzug! Bitte um Bestätigung!" Ich schaue Wucherle an.

Dann antwortet Werner: „Hier die 2. SS-Panzerdivision. Wir ziehen uns zurück. Bestätige. Wir ziehen uns zurück!" Ich atme auf. „Danke, Werner.", antworte ich ihm. Wucherle, sage den sowjetischen Verbindungsoffizieren bescheid, daß wir uns zurückziehen." „Jawoll!", quittiert er zügig und erledigt seine Aufgabe.

Wieder geht das Funkgerät: „Hier General Hoffer! General Witte! Sind Sie wahnsinnig?? Sie widersetzen sich einem direkten Befehl! Das werde ich nicht zulassen!", brüllt es aus dem Lautsprecher. „General Hoffer, hier General Witte. Ich weigere mich, unsere Soldaten in den sicheren Tod zu schicken. Ziehen Sie die 12. Panzerdivision zurück. Sie wird sonst untergehen." „General Witte! Ich werde Sie vor ein Kriegsgericht zerren!! Für diese Befehlsverweigerung werden Sie erschossen! Das schwöre ich Ihnen!! Ich werde...." Ein lautes Knacken ist zu hören.....dann ein Rauschen. Ich schaue Wucherle an. Er zuckt mit den Schultern. „Hol ihn mir wieder ans Funkgerät. So darf es nicht enden. Ich..." „Herr General, Oberst Heinrich ist am Funkgerät." Mein Funker übergibt mir wieder das Funkgerät. „Hier Oberst Heinrich! Der Panzer von General Hoffer ist getroffen und brennt. Wir ziehen uns zurück. Ich wiederhole! Wir ziehen uns zurück! Der Gegner ist zu stark."

Die vorderen russischen und deutschen Einheiten sind durch die schiere Masse der chinesischen Infanterie und den amerikanischen Panzer völlig überrollt worden. Der Rückzug unseres Gegenangriffs ist zu spät gekommen.

Der Rückzug der restlichen Panzereinheiten ist relativ geordnet. Die Pak und die hinten stehenden Jagdpanzer schießen immer die vordersten „Sherman" ab. Die T29 und die T30 sind sehr träge und langsam. Die chinesische Infanterie ist zu Fuß und kann mit den Panzern nicht mithalten. Wenn sie in Reichweite der MGs kommen, werden sie niedergehalten.

Die russischen Einheiten tragen die Hauptlast der Rückzugskämpfe und erleiden teilweise hohe Verluste. Auch die deutsche 12. Panzerdivision hat jetzt über die Hälfte ihrer Panzer gegen die große amerikanische und chinesische Übermacht verloren. Das hätte nicht sein müssen.......

Wir haben uns vom freien Feld zurückgezogen. Bei unseren Stellungen ist es relativ ruhig. Doch der Vormarsch der Chinesen und Amerikaner stoppt an allen anderen Stellen nicht. Er läßt sich einfach nicht stoppen.

„Hierr die 123. Schützäändivision! Die Amerikanksi sind duorchgebrrochän!!"
„Kitaytsy nakhodyatsya na nashikh pozitsiyakh!! (Die Chinesen sind in unseren Stellungen!!)"
„Hier die 12. deutsche Panzerdivision! Wir sind im Nahkampf ! Brauchen Hilfe!"
Die Meldungen über Funk überschlagen sich.
„Verdammter Mist!!" Ich schlage mit der Faust gegen die Panzerung. „Soweit hätte es nie können dürfen!!"
Mir schmerzt die Hand....
„Wiehnert, wir drehen ab und fahren den angreifenden Feind, der die 12. Panzerdivision attackiert, in die Seite. Auch wenn dann unsere Flanke offen ist. Los!!" „Jawoll,

Herr General!" Schon haut mein Fahrer den Gang rein und der E-25 10,5 cm Ausf. B ruckt an. Der Bug hebt sich und der flache Panzer mit dem starken Motor spurtet los.

„Wucherle, sag General Latzke bescheid. Wir brauchen ihn." „Jawoll, Herr General!"

Schon fahren unsere restlichen 13 E-25 beider Versionen rüber zur schwer bedrängten 12. Panzerdivision.

Wir fahren direkt an den Stellungen vorbei, wo die amerikanischen Panzer gerade durchbrechen. Einige feuern auf uns, aber wir sind viel zu schnell.

Einige Straßen weiter.

Wir rasen die Hauptstraße entlang. Bis zur nächsten Querstraße sind es noch 200 Meter. Dann kommen einige „Shermans" aus der Querstraße. Die Türme zeigen nach vorn. Wir fahren weiter und visieren an. Durch das Stabilisierungssystem ist die Kanone ruhig. Auch während der Fahrt. „Rums! Rums!" Die ersten beiden E-25 feuern. Die Granaten schlagen in die Seite der Panzer ein. Diese explodieren augenblicklich. Die anderen „Shermans" drehen ihre Türme zu uns. Noch mehr Panzer kommen aus der Querstraße. Wir sind jetzt direkt vor den Amis! Wir feuern. Aus der Entfernung können wir nicht vorbeischießen. 13 Schuß......13 Treffer! Die ersten „Shermans" feuern zurück. Drei Granaten treffen.....und prallen an der schrägen Frontpanzerung ab.

Die ersten elf E-25 rasen an den Amis vorbei und fahren in die nächste Querstraße. Sie haben es geschafft und sind durch. Die zwei letzten E-25 haben weniger Glück. Zwischen den abgeschossenen amerikanischen Panzern kommen weitere und stehen den beiden E-25 im Weg. Sie krachen mit hoher Geschwindigkeit in die Amis. Der erste E-25 schlägt mit dem Kanonerohr ein. Das Rohr dringt in die Seitenpanzerung ein, stößt durch und kommt auf der anderen Seite wieder raus. Der „Sherman" ist quasi aufgespießt. Der zweite E-25 kracht in das Heck eines „Sherman". Beide drehen sich zueinander und feuern gleichzeitig. Sie zerstören sich gegenseitig........

Nach zwei Minuten kommen wir bei der 12. Panzerdivision an. In den Straßen stehen die E-25 T und leisten erbitterten Widerstand.

Zwischen den Häusern tauchen immer wieder „Shermans" auf und werden abgeschossen. Die chinesische Infanterie sickert langsam durch und nimmt die deutsche und die russische Infanterie unter Feuer.

Ich gebe Befehl über Funk: „Sprenggranaten rein und auf die Infanterie!" Sofort feuern unsere elf E-25 auf die Chinesen. Überrascht ziehen sie sich erst mal zurück.

Nun nehmen wir die amerikanischen Panzer unter Feuer. Schon verlassen die ersten Granaten die 10,5er Kanonen und vernichten eine ganze Reihe von den M 4.

Dann kommen sie....die amerikanischen Riesen....hinter einer Häuserwand rollt langsam ein T29 hervor und dreht die Turm in unsere Richtung. „Schnell! Die neue Hohlladungsgranate rein und Feuer!" Drei 10,5er feuern. Zwei der neuen Granaten hinterlassen großen Dellen an der Kanonenblende. Die dritte schlägt in die obere Wanne ein. Ein Loch klafft dort, wo der Fahrer saß. Rauch kommt raus.....dann ein Feuerstrahl. Die Munition im Inneren des Panzers hat Feuer gefangen.

Der Feind rückt erst mal hier nicht mehr weiter vor. Sie ziehen sich zurück.

Mein Funker meldet sich: „Herr General. Hier eine Nachricht vom Hauptquartier." Er hält mir einen Zettel hin:
Noch sind die amerikanischen Panzer am Stadtrand, aber in einigen Stellen sind sie bereits durchgebrochen. Die Chinesen und Amerikaner erhöhen den Druck. Die Russen haben weitere Schützendivisionen nördlich der Stadt in Marsch gesetzt, um die schwer kämpfenden Truppen in der Stadt zu entsetzen.
gez.
Oberst Sepp Heinrich

Ich hoffe nur, daß wir standhalten....

Wieder geht das Funkgerät: „Hier ist Oberst Lauter der 12. Panzerdivision. Die 136. russische Panzerbrigade hat uns um Hilfe gerufen. Sie sind im nördlichen Stadtteil. Wir werden einige Panzer hinschicken. General Witte, können Sie uns helfen?" „Wir sind dabei, Oberst Lauter!"

Schon sind wir unterwegs zur nächsten Krisenstelle.
Wir huschen an Straßenecken vorbei, wo die Infanterie im Kampf ist. Hier und da feuern wir Sprenggranaten ab, um sie zu entlasten.
Überall steht Pak und Flak und wehren sich zusammen mit der russischen und mongolischen Infanterie nach Leibeskräften.

Wir kommen an der Position der 136. russischen Panzerbrigade an. Hier sieht es furchtbar aus! Überall stehen zerstörte und brennende russische und amerikanische Panzer auf dem großen Platz in der Nähe des Bürgermeistergebäudes.

Hinter ihren vernichteten Panzern stehen einige T-34/85 und JS-4 und feuern auf die anrückenden T29 und T30.

Die schweren amerikanischen Panzer stehen schräg zu ihren russischen Gegnern und feuern. Die großen Türme haben bereits etliche Einschläge. Aber keine Granate ging durch.

Wir halten am Rand des großen Platzes, visieren an und feuern. Zwei T30 gehen in Flammen auf. Aber plötzlich explodiert ein E-25 an unserer rechten Flanke. Durch die Flammen sehen wir, wie ein T30 sich langsam zwischen den Häusern auf uns zubewegt.

„Zurück! Zurück!", brülle ich ins Mikrofon. Sofort setzen unsere flinken E-25 zurück.

„Wir müssen ihn umgehen und von der Seite packen. Von vorn haben wir da keine Chance.", spreche ich ins Funkgerät.

Sofort drehen unsere zehn E-25 und fahren in eine Parallelstraße hinein. Zum Glück ist hier keine feindliche Infanterie.

Noch zwei Blöcke weiter.....dann packen wir sie voll in die Seite! Die Motoren brüllen. 100 Meter........50 Meter....und rum!! Und wir schauen direkt in die Läufe von drei T29. Sie haben auf uns gewartet! Ich merke, wie sich meine Pupillen erweitern. „Vollgaaaas!!!", schreie ich Wiehnert an. Augenblicklich ruckt unser E-25 an.

„Rums! Rums Rums!" Alle drei T29 feuern. Eine Granate trifft einen E-25 direkt an der Front. Augenblicklich explodiert er. Die zweite Granate schlägt in das Heck eines sich drehenden E-25 und zerstört den Motor. Die dritte Granate gilt uns. Wir hören, wie die Granate die Dachpanzerung trifft, aber nicht durchschlägt. Der Winkel ist zu flach. Aber die Granate reißt unseren kleinen Drehturm ab. Die Sonne kommt nun ich den Panzer.

Ich schwitze......

Unser E-25 huscht zwischen den drei T29 vorbei. „Wenden!!!", schreie ich Wiehnert an. Er tritt in die Bremsen und der E-25 driftet um seine eigene Achse. Dann korrigiert er kurz nach....und Schuß! Unsere Granate schlägt in einem T29 ein. Der Motor brennt sofort. Die vorderen E-25 wollen ebenfalls an den T29 vorbei. Zwei, drei huschen vorbei. Dann stellen sie sich quer.....und feuern. Wieder wird ein E-25 zerstört. Dann feuern wir auf den zweiten T29. Unsere 10,5er Granate schlägt ins Turmheck ein und die Munition explodiert. Der Turm fliegt komplett auseinander. Große Stahlgußteile fliegen umher und beschädigen die Häuser teilweise schwer. Der dritte T29 wird von Hans vernichtet. Er hat seine Granate zielgenau zwischen Turm und Wanne gesetzt.

Und weiter mit den restlichen sieben E-25!

Nach zwei Minuten Fahrt kommen wir bei der 136. russische Panzerbrigade an. Zumindest was von ihr übriggeblieben ist. Nur noch sechs T-54-1 stehen feuernd an der großen Hauptstraße. Einer hat keine Kette mehr auf der rechten Seite. Sie erhalten heftiges Feuer vom anderen Ende der Straße.

„Hier General Witte! Wir kommen Euch zur Hilfe!"

„Spasiba! Wirr brauchän Unterstüützung an der lienken Flanke!"

Wir wechseln schnell die Seiten und fangen einen gerade beginnenden Angriff von etwa 20 „Shermans" ab. Nach zehn Minuten Gefecht ist die Lage bereinigt. Wir haben dieses Mal keinen Panzer verloren.

Ich schaue kurz aus der Luke und sehe rüber zum Führungspanzer der Russen. Dieser salutiert. Ich salutiere zurück.

Schon geht wieder das Funkgerät: „Schwere Angriffe gegen das Gebäude des Bürgermeisters. Brauchen Unterstützung!", spricht Oberst Heinrich.

Auf der Rückfahrt fahren wir Slalom um die Panzerwracks. Die Stadt ist fast verstopft mit zerstörten und brennenden Panzern.

Am Gebäude des Bürgermeisters angekommen, stehen dort Panzer der 12. Panzerdivision im Abwehrkampf gegen mehrere „Shermans" und T30. Die anrückende chinesische Infanterie wird von Rotarmisten einigermaßen in Schach gehalten.
Einer der T30 dreht seinen Turm auf eine Gruppe russischer und deutscher Infanteristen.
„Klöppe! Der T30 da, der auf unsere Kameraden zielt! Knall ihn ab!" „Jawoll, Cheffe!" Schon bellt unser Geschütz. Staub fliegt hoch, der Panzer schaukelt. Die 10,5er Granate jagt dem T30 entgegen. Sie prallt an der schwer gepanzerten Turmseite ab. Nun feuert der T30 auf unsere Leute. Die riesengroße 155er Granate fliegt inmitten der Soldaten und detoniert. Männer fliegen umher. „Verdammt!!!", brülle ich. Ich will diesen T30 brennen sehen!! Aber sofort!!", befehle ich über Funk. „Feuert alle auf seine Turmseite." Mein Befehl wird sofort ausgeführt. Zwei Granaten schlagen an der Turmseite des Amerikaners ein. Keine Wirkung. Die dritte schlägt ein...nichts....die vierte. Da! Die Panzerung ist gebrochen!! Die fünfte Granate steckt ihn in Brand.
Zwei weitere T30 schieben sich an den Häuserfronten vorbei. Einer dreht seinen Turm zu uns. Er visiert uns direkt an. Instinktiv rufe ich: „Feuer und ab nach rechts!" Sofort feuert Klöppe. Die Granate prallt ab. Dann rast

Wiehnert schon los. Nun feuert der amerikanische Riese. Vorbei.

Schon stürzen sich mehrere deutsche und russische Panzerjäger mit geballten Ladungen auf den T30 und klemmen die Sprengsätze zwischen Turm und Wanne. Sofort springen sie runter und gehen in Deckung. Die Ladungen detonieren und lassen den T30 in Flammen aufgehen. Die deutschen und russischen Soldaten klopfen sich gegenseitig auf die Schulter.

Trotz des Kampfgetümmels denke ich darüber nach....vor einem Jahr töteten Russen und Deutsche sich gegenseitig.....und nun....ja nun kämpfen sie Seite an Seite. Gegen einen gemeinsamen Feind.

Der zweite T30 rollt langsam zurück. Die feindliche Infanterie ebenso. Sie ziehen sich zurück! Ich atme durch....

Oberst Heinrich kommt auf mich zu und wischt sich Dreck und Schweiß von der Stirn: „Die haben uns übel mitgenommen." Ich nicke stumm.
Ich schaue über das Schlachtfeld. Auf der einen Seite liegen etliche tote Chinesen vor unseren Linien. In den "Shermans" saßen chinesische und amerikanische Panzerbesatzungen, in den T30 waren es amerikanische Soldaten. Verteilt im Kampfgebiet liegen viele deutsche und russische gefallene Soldaten. Sie starben Seite an Seite als Waffenbrüder und Kameraden........

Überall sitzen verdreckte und erschöpfte Russen und Deutsche zwischen den Trümmern und Panzerwracks. Sie geben sich Zigaretten aus. Teilen sich eine Trinkflasche. Helfen und verbinden sich gegenseitig.

„Klaus! Klaus! Komm schnell!!" Hans ruft mich von Seiteneingang des Bürgermeisterhauses. Ich laufe schnell hin. „Oh nein....oh nein!! Onkel Manfred!!" Mein Onkel Dr. Manfred Velter liegt neben der Treppe der Seitentür. Mit einer großen Wunde im Bauchraum. Ein Splitter einer Panzergranate hat ihn schwer getroffen.

Ich knie vor ihm und nehme ihn in den Arm. „Mein Junge....ich ....bitte....Du mußt ....die Unterlagen....nach Berlin bringen.....es ist wichtig.....Klaus....."

Er gibt mir mit zitternder Hand einige Blätter mit seinen Notizen für das Ministerium. Sie sind blutverschmiert.

„Onkel Manfred... bitte .....Du brauchst einen Sanitäter."

Er holt noch einmal stockend Luft....und atmet das letzte Mal aus. Seine Augen werden glasig.

Mein Onkel Manfred ist tot.

Wut und Schmerz machen sich in mir breit. Ich habe das Verlangen, sofort ein paar Amerikaner umzubringen. In dem Moment kommen ein paar russische Soldaten mit zwei gefangenen amerikanischen Soldaten an. „Schaut mal, wen wirr nuoch in dän Wracks getroofen habän!", ruft einer der Russen.

Sofort springt Oberst Heinrich auf, zieht seine Pistole und ruft: „Jetzt werden diese Schweine bezahlen!!" Mit diesen Worten geht er wutentbrannt auf die zwei Amerikaner zu.

In mir schreit eine Stimme......bringe sie um. Mach sie kalt. Sie haben es nicht verdient zu leben! Ich kämpfe mit mir. Denn wir sind keine Mörder. Ich schaue rüber. Oberst Heinrich geht schnellen Schrittes mit ausgestrecktem Arm, mit der Waffe in der Hand, auf die Gefangenen zu. Ich will was sagen.....aber ich kann nicht. Hans schaut mich an. Seine Augen sprechen eine klare Sprache. Warum sagt Klaus nichts? Läßt er es etwa zu? Das kann er nicht machen!

Oberst Heinrich bleibt vor den Amerikanern stehen und zielt auf dem Kopf des ersten Gefangenen. Dem Amerikaner steht die Todesangst ins Gesicht geschrieben. Ich bekomme keinen Ton raus. In mir tobt ein Krieg.....

„Halt!!", schreit Hans. Oberst Heinrich schaut Hans an: „Was? Wieso? Die haben Dr. Velter getötet!" „Haben Sie nicht gehört? Es wird nicht geschossen!", ruft Hans. Oberst Heinrich schaut mich an: „General Witte sagt ja nichts. Dann ist es Ordnung." Er schaut wieder zu den Amerikanern und hebt die Pistole erneut. „Haben Sie General Latzke nicht gehört? Er sagte Halt! Runter mit der Waffe. Hier wird keiner erschossen!!", rufe ich. „Aber…" „Kein aber! Waffe einstecken und abtreten! Haben Sie mich verstanden?" „Ja, General.", antwortet der Oberst und steckt die Pistole in den Holster.

Hans und ich schauen uns an. Fast hätte ich alles verraten, wofür ich gekämpft habe. Aber durch das Eingreifen von Hans ist es nicht passiert. Die gefangenen Amerikaner dürfen leben.

Ich werde meiner Tante einen Brief schreiben müssen.....

Kapitel 9 - Aktionen und Reaktionen

Nachdem mehrere sowjetische Schützendivisionen eilig in die Stadt geworfen wurden, haben sich die Chinesen und Amerikaner endgültig aus der Stadt Ulan Bator zurückgezogen. Nach einigen Stunden war die Stadt wieder feindfrei. Die Verluste auf beiden Seiten waren hoch.

Noch ganze sieben E-25 sind einsatzbereit. Elf Panzer sind vernichtet.

Die 12. deutsche Panzerdivision hat von ihren 85 E-25 T noch 15 übrig.
Von den 18 „Sperber" haben es acht überlebt.

Die 2. SS-Panzerdivision „Das Reich" hat von ihren E-75 nur noch acht übrig. Von den E-50 haben es zehn überlebt. Es waren zu Beginn der Kämpfe 18 schwere E-75 sowie 25 mittlere E-50 gewesen.

General Eugen Stammer und General Franz Hoffer haben die Kämpfe nicht überlebt. Ebenso unsere Verbindungsoffiziere Oberst Sergej Gromow und Leutnant Stanislav Sidorow.

Nach einigen Tagen des Aufräumens und Neustrukturierung der Verteidigungsstellungen, treffen wir uns mit den beteiligten Offizieren der vergangenen Kämpfe.

Es ist der 1. September 1949.

Wir sitzen um den Besprechungstisch herum und haben alle Berichte über die detaillierten Ereignisse nun vor uns liegen.

Anwesend sind Oberst Sepp Heinrich, der russische Verbindungsoffizier Leutnant Wladimir Tarassow, Leutnant Batu, unser Freund Brigadeführer Werner Streicher, Hans und ich sowie einige weitere russische und deutsche Offiziere.

Geschäftige Gespräche über die vergangenen Gefechte und kommenden Gefahren werden geführt. Karten gezeigt, Linien eingezeichnet, Truppen eingeplant. Die russischen und deutschen Offiziere arbeiten immer besser zusammen. Die neu eingetroffenen deutschen und russischen Truppen werden ebenfalls in die Stellungen eingebunden. Aber ich höre kaum zu.

„Und was meinen Sie, General Witte?" Ich schrecke hoch. „Es.....tut mir leid. Ich....war abgelenkt." „General, wir meinten gerade, daß wir ohne wirksame Luftverteidigung die amerikanischen Bomberflotten nicht in ihre Schranken weisen können", spricht mich ein deutscher Oberst an. „Ja, Sie haben vollkommen recht", antworte ich. Dann hole meine Aktentasche hoch, öffne sie und lege die blutbefleckten Unterlagen meines Onkels auf dem Tisch. Augenblicklich verstummen die Gespräche im Raum. „Mein, Onkel, Dr. Manfred Velter, hatte bereits einen detaillierten Plan erstellt, um mit möglichst wenig Transporten möglichst effizient die Lage hier durch die Unterstützung aus Deutschland zu gewährleisten. Meine Herren, ich werde meinen Onkel vertreten und nach Berlin fliegen, um seinen Willen.......seinen letzten Willen umzusetzen."

Einer der älteren sowjetischen Offiziere steht auf und schaut mich an. „General. Auch ich habe Familienmitglieder verloren in großen Krieg....und ich kann Ihren Schmerz verstehen. Der Tod Ihres Onkels wird nicht vergebens sein. Das verspreche ich Ihnen. Wir werden ihn als Held ehren!" „Danke, General."
Hans merkt, wie ernst ich geworden bin......

Es ist der 3. September 1949.
Hans, ich und weitere Männer unserer technischen Erprobungseinheit sitzen im Flugzeug nach Deutschland. Auch Generalmajor Alexander Tolmachov ist mit im Flugzeug. Er wurde von Moskau zum neuen Verbindungsoffizier ernannt.

Monoton brummen die vier großen Motoren der Focke-Wulf FW 200. Im hinteren abgeschlossenen Bereich der Maschine liegt der Sarg mit meinem Onkel. Ich schaue raus und sehe die endlose Weite der Sowjetunion.

„Klaus", spricht mich Alexander an. Ich schaue ihn an. „Klaus......ich weiß......Dein Onkel hat für Dich sehr viel bedeutet.....er hat dich aufgezogen wie ein Vater...und ich sage dir....solange Du an ihn denkst......ist er da. Hier. Bei uns." Ich schaue in die klaren Augen meines russischen Schweigervaters, der immer so hart und unerbittlich ist. „Und Klaus......ich weiß, ich kann ihn nicht ersetzen......aber ich kann Dir ein väterlicher Freund sein." Ich nicke. „Das bist Du, Alexander." Wir geben uns fest die Hand. Eine ganze Weile......

Zwei Tage später sind wir in Berlin.

Wir sitzen im großen Sitzungssaal im Reichsministerium für Rüstung und Kriegsproduktion und ich ordne mit Hans zusammen kurz meine Unterlagen.

Die Tür geht auf und Dr. Lehmann, einige weitere Zivilisten und hochrangige Offiziere des Militärrats betreten den Raum. Wir stehen auf und grüßen militärisch. Die Offiziere grüßen zurück.

Dr. Lehmann kommt auf mich zu: „General Witte, es tut mir so leid mit Ihrem geehrten Onkel. Er war ein guter Mann." „Danke, Herr Dr. Lehmann."

Wir setzen uns alle.

„Nun, General Witte, General Latzke, wir sind im Großen und Ganzen im Bilde mit der Situation in der Mongolei. Wie sehen Sie nun die kommende Lage?" Ich stehe auf: „Meine Herren. Ich stehe hier als Vertreter meines Onkels Dr. Manfred Velter, der in den heftigen Abwehrkämpfen gegen chinesische und amerikanische Panzer fiel. Er hat mich darum gebeten, Ihnen folgende Dokumente zu überbringen."

Ich reiche die gesäuberten, aber fleckigen Dokumente meines Onkels weiter.

„Oh. Da hat einer wohl viel mit Kaffee gekleckert", scherzt einer der Offiziere. Einige lachen, andere grinsen.

„Das ist das Blut meines Onkels." Schon ist es still. Der Offizier, der scherzte, ist peinlich berührt und wischt sich mit der Hand über das Gesicht. „Entschuldigen Sie bitte."

Ich führe fort: „Dies sind Pläne für die effektive Unterstützung der Kampfeinheiten an der Front in der Mongolei. Bitte beachten Sie, daß auch die amerikanischen Luftflotten einen hohen Anteil der Verluste auf unserer Seite verursachen. Das heißt, daß unsere Luftverteidigung auf dem Boden und in der Luft möglichst schnell aufgestockt werden muß. Nach dem Rat meines Onkels sind schwere Flakgeschütze auf einer mobilen Plattform nötig. Der Flakpanzer Sperber hat sich bewährt und muß möglichst schnell in die Massenfertigung gehen. Auch die bereits vorhandenen Luftabwehrraketen „Rheintochter 2" sind in die Mongolei zu schicken. Weiterhin ist eine Verlegung deutscher Düsenflugzeuge der Jagdflugzeuge Horten Ho IX sowie des Schnellbombers Arado AR 234 absolut notwendig.

Die Bekämpfung der amerikanischen Panzermassen ist mit mehreren deutschen Panzerdivisionen zu begegnen. Hier sind folgende Anforderungen: Die Verlegung mehrerer Panzerdivisionen mit den Panzertypen E-25 T, E-60 sowie E-100 12,8 cm, E-100 12,8 cm Zwillingsautolader. Als Unterstützung sind Jagdpanzer E-100 und Jagdpanzer E-75, Skorpion G und der E-25 mit der 12,8 cm-Kanone.

Damit sollten wir die von den USA an die Chinesen gelieferten 12.000 Panzer gemeinsam mit den russischen Waffenbrüdern bekämpfen können.

Mein Kamerad Generalmajor Alexander Tolmachov hat dazu noch was zu sagen." Mit einer Handbewegung reiche ich das Wort weiter an meinem Schwiegervater: „Geehrte Herren! Im sowjetischen Militärrat in Moskau ist man froh darüber, daß der ehemalige Gegner Deutschland seinen ehemaligen Gegner, die Sowjetunion, unterstützt. Es wurden zwei außerordentlich gute deutsche Panzerdivisionen in die Mongolei geschickt, um den Amerikanern zu zeigen, daß die Mongolei mit der Sowjetunion nicht allein dasteht. Die nun sich völlig geänderte Situation erfordert es jedoch, unseren deutschen Waffenbrüdern einen Gefallen abzuringen. Damit der Kampf nicht zu lange dauert und somit das Leiden der mongolischen Bevölkerung nicht zu schwer ist, benötigen wir weitere Divisionen, um den nun frisch eingesetzten amerikanischen Truppen entgegentreten zu können. Ich bin davon überzeugt, daß wir - das russische Volk - uns auf Euch verlassen können. Auf den amerikanischen Aktionen werden deutsche und russische Reaktionen folgen. Danke." Generalmajor Tolmachov setzt sich wieder.

Wir sitzen noch viele Stunden im Sitzungssaal und besprechen viele Details der kommenden Planungen, die wir in Kürze umsetzen müssen.

Spät in der Nacht komme ich nach Hause.
Meine sichtlich verschlafene Frau kommt aus dem Schlafzimmer: „Klaus? Mein Klaus! Träume ich? Bitte .....sag mir, daß ich nicht träume." Ich nehme die zarte Hand meiner wunderschönen schwangeren Frau. „Tatjana, Du träumst nicht. Ich bin hier. Hier bei Dir." Ich lächle sie an und küsse sie zärtlich.
Tief in der Nacht gehen wir ins Bett. Ich werde schlecht schlafen.....

Der nächste Tag. Der 6. September 1949.

Nach dem Frühstück mit meiner Frau und meiner Tochter eröffne ich ihr die Nachricht von meinem Onkel. Sie kämpft schwer mit den Tränen......
Ich bitte sie, sich um meine Tante zu kümmern, wenn wir ihr die Nachricht überbringen müssen.

Am Nachmittag fahren wir ohne Sonja zum Haus meines Onkels und klingeln. Freudestrahlend macht meine Tante Lotte die Tür auf. „Klaus! Tatjana! Meine Kinder! Wo ist

Sonja?" Sie umarmt uns sehr herzlich. Nach der Begrüßung setzen wir uns ins Lesezimmer.
„Klaus, wie geht es meinem Manfred in der Mongolei? Ist er gut angekommen?", beginnt sie das Gespräch.
„Tante Lotte, es gab einen schweren Angriff in der Stadt Ulan Bator. Onkel Manfred.....er hat es nicht überlebt."
Tante Lotte erstarrt. Die Augen sind schreckensweit.
„Nein...nein....." Tränen füllen ihre Augen. Sie rinnen an ihren Wangen herunter. Tatjana nimmt sie in den Arm. Beide weinen bitterlich. „Klaus! Wie konnte das passieren?? Warum hast Du nicht auf ihn aufgepaßt? Warum??" „Tante, ich....der Gegner drückte mit einer Menge Panzer und wir konnten kaum die Stellung halten. Wir..." Tatjana schaut mich an und schüttelt den Kopf. „Es tut mir so leid, Tante Lotte." „Wie starb er?" „Er starb in meinen Armen, Tante." Tante Lotte weint bitterlich in den Armen Tatjanas. Ich vergrabe mein Gesicht in meinen Händen.......

Einen Tag später haben wir meinen Onkel, Dr. Manfred Velter, mit militärischen Ehren beigesetzt. Meine Tante alterte binnen eines Tages um Jahre.
Tatjana wird für die nächste Zeit im Haus meiner Tante einziehen, um ihr in dieser schweren Zeit beizustehen. Ich bin ihr so dankbar.

Der Tag der Entscheidung: Der 8. September 1949.

Ich werde zusammen mit Hans und Generalmajor Alexander Tolmachov in das Reichsministerium für Rüstung und Kriegsproduktion einbestellt.

Wir sitzen am Tischende des großen Besprechungssaals des Ministeriums und warten auf das Komitee, daß über die weitere Entsendung von Truppen und Material entscheiden wird.

Hans und ich sind mittlerweile mehr als nur deutsche Offiziere, die neue Panzer entwickeln und erproben. Wir sind das Bindeglied zwischen den deutschen und russischen Waffenbrüdern.
Das Band, daß durch die Ehe der Tochter des hohen russischen Offiziers Alexander Tolmachov und mir, einem deutschen Offizier, besteht, ist mittlerweile so wichtig, da die Russen die Familie sehr hoch bewerten und somit haben wir einen besonderen und vertrauensvollen Stand bei den Sowjets. Und in mir fühle ich es: Der General ist nicht nur ein sowjetischer General....er ist mein Schweigervater, der Teil meiner Familie geworden ist. Eine große und starke deutsch-russische Familie, die in dieser Zeit eine so wichtige und feste Verbindung zwischen uns ist. Wir werden uns dadurch nie belügen.....nie betrügen oder hintergehen. Denn das macht man nicht in der Familie. Niemals! Die Familie ist alles!

Wir hören draußen im Flur die Stiefel mehrerer Männer, die schnell näherkommen. Die Tür geht auf und zwölf Männer, Zivilisten und Offiziere, treten ein. Unter ihnen ist auch Dr. Lehmann. Sie verteilen und setzen sich am Tisch. Nun holen sie ihre Akten und Papiere raus und breiten sie vor sich aus.
Ein älterer Zivilist mit grauem Haar und einen Vollbart eröffnet das Gespräch: „Die Herren, wir sind das Komitee zur Koordination der Militärhilfe für die Sowjetunion. Mein Name ist Franz Heidenmacher des Außenministeri-

ums. Wir haben lange und intensiv diskutiert und haben nun unsere Entscheidungen gefällt.

Zuerst die logistische Aufgabe. General Tolmachov. Wir brauchen eine permanente Bahnverbindung zwischen Deutschland und der Sowjetunion, die nach Nowosibirsk führt. Dort soll ein großes Depot für die Einheiten der Wehrmacht geschaffen werden, um relativ schnell auf Anforderungen reagieren zu können. Die Bahnlinien müssen in einwandfreien Zustand sein. Schaffen Sie das, General?" General Tolmachov nickt stumm. „Gut. Wir werden sämtliches militärisches Material, Ersatzteile sowie Munition stellen. Auch werden wir ein Panzer-Korps sowie mehrere selbständige Panzerdivisionen in die Mongolei schicken. Wir benötigen von Ihnen allerdings die Verpflegung der Truppen. Schaffen Sie auch das?" Wieder nickt mein Schwiegervater. „Exzellent! Somit gehen wir nun zu den konkreten Forderungen von General Witte ein, die er von seinem Onkel, Dr. Velter, überbrachte.

Folgendes Material in folgenden Einheiten werden wir in die Mongolei schicken, um den Krieg dort möglichst schnell zu beenden:

496 E-25 T - Vier Panzerdivisionen
104 E-25 - zwei Jagdpanzerabteilungen
52 E-75 Eber - eine Jagdpanzerabteilung
14 Jagdpanzer E-100 - eine Jagdpanzerkompanie
28 E-100 12,8 cm - zwei Panzerkompanien
14 E-100 Autolader - eine Panzerkompanie
14 E-25 lang 12,8 cm - eine Jagdpanzerkompanie
28 Skorpion G - zwei Panzerjägerkompanien
28 E-60 „Schwarzwolf" - zwei Panzerkompanien

Das sind insgesamt 778 Panzer.

Die deutsche Luftwaffe wird folgendes Material bereitstellen:

250 Raketen des Typs „Rheintochter" 2
432 ME-262 - drei Jagdgeschwader
144 AR 234 - ein Kampfgeschwader

Das sind insgesamt 576 Flugzeuge.

Als erstes werden die Geschwader sowie die vier Divisionen mit den E-25 T sowie die zwei Panzerkompanien mit den E-100 12,8 cm nach Nowosibirsk verlegt. Diese Truppen werden am 20. September in Marsch gesetzt.

Das ist unsere Reaktion auf die Aktionen der Amerikaner und Chinesen. Ich denke, daß ist in Ihrem Sinne."

Ja, das ist es. Nicht ganz, was ich erwartet habe, aber immerhin.

Abend sitzen Hans, mein Schwiegervater Alexander und ich in einem Restaurant. Tatjana und meine Tante sind zuhause geblieben, denn wir werden im Restaurant über die Kämpfe sprechen.

Seit Ende des großen Krieges sind nur noch wenige Soldaten in Kneipen und Restaurants zu sehen. Auch hier. General Tolmachov erzählt: „Nach der Sitzung habe ich vom sowjetischen Konsulat hier in Berlin erfahren, daß die Amerikaner nach dem mißlungenen Angriff auf Ulan Bator verstärkt Luftangriffe führen. Da sind uns die

Amerikaner eindeutig überlegen. Aber mit unserer Logistik und Eurer Unterstützung werden wir den Amis in ihre Schranken weisen." Ich schaue ihn an: „Ich bin wirklich froh, daß wir uns damals nicht gegenseitig abgeschossen haben. Denn dann würden wir hier nicht sitzen und über unsere gemeinsamen Gegner sprechen." „Ja, mein Sohn." Kaum wahrnehmbar lächelt er.

General Tolmachov ist kein Mann der Mimik.

Ich führe fort: „Denn ich kann Dir auch folgende Informationen geben. Die Luftwaffe hat der Anfrage des Außenministeriums entsprochen und insgesamt 30 Messerschmitt ME 323 zur Verfügung gestellt." Hans sagt dazu: „Das sind doch diese riesigen sechsmotorigen Transporter mit etwa elf Tonnen Zuladung, die diese große Frontklappe haben." „Genau die sind das!", lächle ich ihn an. „Aber wir bekommen die neue H-Version, die insgesamt 16 Tonnen tragen kann und etwas schneller fliegt. Diese werden zwischen Nowosibirsk und Ulan Bator pendeln."

Wir haben das Gefühl, daß es jetzt richtig anläuft........

Zwei Tage später. Der 10. September 1949.

Hans und ich sitzen am Frühstückstisch im Haus meines Onkels. Tatjana beschäftigt sich mit Sonja. Tatjanas Vater beschäftigt sich intensiv mit dem furchtbar leckeren italienischen Schinken.

Meine Tante hat sich einigermaßen gefangen. Ihr tut es gut, daß wir hier sind.

Hans und ich sind völlig geistesabwesend. Hans schaut aus dem Fenster und kaut in Zeitlupe an seinem Marmeladenbrot. Ich stochere in meinem Rührei und sortiere irgendwie die Teile vom Ei.

Tatjana schaut hoch. Sie stupst Tante Lotte an. Sie zeigt auf mich und Hans.

„Jungs. Was ist los?", fragt Tante Lotte uns. Wir beide schrecken hoch. „Was?" „Was?", antworten wir beide. Meine Tante und Tatjana lachen. Alexander schaut erstaunt hoch. „Ihr beide träumt doch! Was ist in Euren Köpfen?", bohrt meine Tante lächelnd nach. Ich schaue Hans an und grinse breit: „Ich weiß es." Halt die Klappe!", antwortet Hans. Tatjana lacht. „Ah! Ein Mädchen!" Wir grinsen alle. Sogar Alexander. Hans schaut nach unten und sticht mit der Gabel in sein Rührei und stopft es sich in den Mund. Mit einer Handgeste deutet er, daß man nicht mit vollem Mund spricht. Wir lachen alle. Auch Sonja. Obwohl sie gar nicht weiß, um was es geht.

„Nun, mit Hans ist es jetzt geklärt. Aber was schwirrt Dir im Kopf rum, Klaus?", hakt meine Tante nach. „Nun, ich habe eine Idee für ein neues Panzerfahrzeug. Aber das willst Du bestimmt nicht hören." „Es ist ok. Dein Onkel...", ihre Stimme zittert leicht, „.....er hätte es gerne gehört. Erzähle es uns bitte." Ich nicke. „Ich überlege, wie man eine starke und mobile Flugabwehr aufbaut, die auch noch im Bodenkampf einsetzbar ist und dazu noch robust und widerstandsfähig ist." „Was schwebt Dir vor?", fragt Hans. Ich schaue ihn an: „Ein Panzer. Einen sehr starken und schwer gepanzerten Panzer. Mit extrem hoher Feuerkraft." Hans fragt: „Ein E-100?" „Ja."

Kapitel 10 - Das neue Projekt

Nach dem Frühstück ziehen Hans und ich uns um. Wir wollen zum Reichsministerium für Rüstung und Kriegsproduktion fahren, um meine Idee zu unterbreiten.

Tatjana steht vor mir mit Sonja auf dem Arm. Man sieht schon leicht ihre Schwangerschaft an. Sie zupft meine Jacke zurecht. „Jetzt sind wir wohl beide schwanger", lacht sie mich an. Ich lächle. „Ja. Offensichtlich." Ich küsse meine Frau, meine Tochter und meiner Frau auf dem Bauch.

Eine Stunde später sind wir im Ministeriumsgebäude.
Dr. Lehmann empfängt uns und begrüßt uns herzlich. „General Witte, General Latzke, guten Morgen. General Witte, Sie haben eine Idee für ein neues Fahrzeug zum Einsatz in der Mongolei?" „Ja, Herr Dr. Lehmann. Es soll auf Basis des E-100 entwickelt werden. Es soll sowohl Flakpanzer wie Panzerzerstörer sein. Über die ersten Details habe ich mir bereits Gedanken gemacht. Aber bevor es richtig losgeht, brauche ich Ihr Einverständnis und Kapazitäten in der Entwicklungsabteilung." „General Witte, ich habe so einige Ihrer Arbeiten gesehen und ich denke, daß es der Front nur guttun würde, wenn Sie wieder neue Waffen entwickeln und verbessern. Ich habe bereits eine Ingenieursmannschaft in der Prototypenhalle und ich würde mich freuen, wenn Sie beide dort kurz einen Besuch abstatten." „Ja, gern!"

Wir betreten die große Halle, wo mehrere bekannte, aber auch unbekannte Panzerfahrzeuge stehen. Nur wenige

Techniker sind beschäftigt. Aber das ist verständlich. Der große Krieg ist ja vorbei.

„....und hier werden Halter an den E-25 gebaut. Auf diesen Halteschienen wird eine ganz neue Waffe aufgesetzt: Die Panzerabwehrrakete X-7, die direkt vom Panzer aus gestartet wird. Somit ist das keine Rohrwaffe mehr wie beim „Panzerschreck", sondern startet ohne Hilfe und ist zudem lenkbar!" Ich nicke anerkennend.
„Wird hier mit mehrschichtigen Panzerungen gearbeitet, Dr. Lehmann?", fragt Hans und zeigt auf einen halbfertigen Panzerturm eines E-100. „Das haben Sie absolut richtig erkannt, General Latzke. Diese Panzerplatten sind hochvergütet und gehärtet. Die Härtung des Stahls kann nicht bei beliebig dicken Platten erfolgen. Daher nehmen wir nun mehrere dünne Platten und fügen alles zusammen." „Und somit ist die Widerstandskraft besser bei dünnerem und somit leichterem Material", fügt Hans hinzu. „Exakt!", antwortet Dr. Lehmann. „Einige Panzer, die Sie mit in die Mongolei bekommen, werden eine Reihe von Neuerungen haben, die Sie wieder erproben werden. Neben dieser Mehrschichtpanzerung werden es neue Zieloptiken sein und auch neue Granatenarten. Aber auch neue Motoren kommen zum Einsatz und Weiterentwicklungen von Geschützen. Federelemente wurden verbessert und neuen Ketten aufgezogen. Das ist eine ganze Reihe neuer Bauteile! Seit Ende des großen Krieges will man die Flut neuer Panzerfahrzeuge eindämmen und sich auf die Verbesserung des vorhandenen Materials konzentrieren." Hans und ich nicken zustimmend.
„Nun, General Witte! Was haben Sie mir vorzuschlagen? Erzählen Sie mal."

Wir gehen zurück zum kleinen Besprechungsraum der Ingenieure und setzen uns. Ich fange an zu reden. „Nun, das große Problem in der Mongolei sind die großen Mengen an hochfliegenden amerikanischen Bombern, die massenhaft Bomben werfen und alles verwüsten. Wir brauchen daher eine mobile Plattform, die auch im Bodenkampf einsetzbar ist und zudem schwer gepanzert ist. Und sie muß eine bewährte Bewaffnung mit hoher Feuerkraft und Feuergeschwindigkeit haben. Die Basis soll ein E-100 sein, der einen neuen Turm erhält. Der Turm muß genug Raum haben um ein langrohriges Zwillingsgeschütz aufzunehmen, daß einen großen Höhenbereich haben wird. Eine Ladeautomatik mit Magazinen ist nicht notwendig, aber eine effektive halbautomatische Ladehilfe ist vorstellbar, um die Anzahl der Panzermänner im Fahrzeug zu verringern und damit mehr Platz für Munition zu schaffen. Auch ist dann die Bewegungsfreiheit der anderen Mitglieder größer. Da wirklich nur der Turm neu konstruiert werden muß und wir auf die Erfahrungen des E-100 Zwillingsautolader 12,8 cm zurückgreifen können, sollte der Entwicklungsaufwand nicht allzu hoch sein. Was halten Sie davon, Dr. Lehmann?"
Es ist Ihr neues Projekt!"

Hans und ich sind wieder voll in unserem Element! Wir werden in nächster Zeit hier in Deutschland bleiben, um die Entwicklung des Panzers in Angriff zu nehmen.

Sofort machen wir uns daran, ein Lastenheft zu erstellen und die Bedarfsliste zu schreiben.

General Tolmachov kehrt zurück nach Russland, um später weiter in die Mongolei zu reisen.

Tatjana ist sehr froh, daß ich für eine Weile hierbleibe. Auch meine Tante. Denn sie sagte zu Tatjana, daß sie noch einen Verlust nicht mehr ertragen könnte. Aber ich werde wieder in die Mongolei reisen müssen....

Unsere technische Erprobungseinheit wird nach Deutschland abgezogen und kommt in einer Unterkunft in unserer Nähe für die ersten Erprobungen.

Bis zum 23. September 1949 sieht es im Luftraum über der Mongolei schlecht aus. Die Amerikaner können mit der puren Masse ihrer technisch hervorragenden Flugzeuge Ziele angreifen und ihre russischen Gegner empfindlich treffen.

Nachdem am 24. September 1949 die Jagdgeschwader mit den ME 262, mit insgesamt 24 ungelenkten Raketen ausgerüstet, eingesetzt werden, ist der Schock groß bei den Amerikanern! Die Raketensalve einer ME 262 in einem B-29-Pulk läßt zwei, drei Bomber abstürzen. Wenn eine Gruppe von 36 ME 262 angreift, dann endet es in einer Katastrophe für die amerikanischen Bomberverbände. Die begleitenden amerikanischen P-51 „Mustang" kommen im Luftkampf gegen die ME 262 nicht hinterher und treffen nur selten. Im Gegenzug jedoch verliert die amerikanische Air Force viele P-51.

Der Einsatz deutscher Düsenjäger fiel genau in die Vorbereitung zur endgültigen Eroberung von Ulan Bator durch die Amerikaner und Chinesen. Das hat die Hauptstadt vor der Einnahme geschützt. Vorerst.......

Nach 14 Tagen haben Hans und ich alle Materialien erhalten zur Konstruktion des neuen Turms. Jede Menge gehärteten Panzerstahls liegt bereit zur Verarbeitung. Da die Vorarbeiten für die Turmkonstruktion bereits abgeschlossen waren, machen sich die Mechaniker und Schweißer sofort daran, den Turm zusammenzubauen.

Zwei Wochen nach den schweren Verlusten der U.S. Air Force haben die Amerikaner ihre neueste Waffe in den Luftkampf geworfen: Die Lockheed P-80 Shooting Star. Der erste Düsenjäger der USA!
Mit ihren fast 1.000 km/h trifft sie am 9. Oktober erstmals auf die deutschen ME 262 und erweist sich als fast gleichwertiger Gegner.
Aber auch die Russen haben etwas mitgebracht: Die Mikojan-Gurewitsch MiG-15! Mit ihren über 1.000 km/h ist sie nicht nur der schnellste Düsenjäger, sondern auch der wendigste.

Der Luftkampf ist nun endgültig im Düsenflugzeugzeitalter angekommen!

In den nächsten Wochen entbrennen heftigste Luftkämpfe über der Mongolei ohne klaren Sieger. Die MIG-15 ist der P-80 überlegen, jedoch haben die Russen noch relativ wenige von ihnen im Einsatz.

Anfang November zieht der Winter in die Mongolei ein. Die sehr tiefen Temperaturen machen den Chinesen und Amerikanern zu schaffen. Aber nicht den Russen. Sie starten zusammen mit den vier deutschen Panzerdivisionen und drei Jagdpanzerabteilungen eine Offensive, um den halben Belagerungsring um Ulan Bator zu sprengen.

Es gelingt. Die amerikanischen und chinesischen Truppen werden nach Osten und Süden um etliche Kilometer zurückgedrängt. Dann wird die Offensive gestoppt durch die pure Masse an Menschen und Material der Chinesen und Amerikaner. Und durch das Wetter.

Mittlerweile ist der Turm grob fertig und wird auf die Wanne gesetzt. Sämtliche Löcher und Luken sind vorgebohrt und vorgeschnitten.
Die langen 8,8 cm Flugabwehrkanonen, speziell nach unseren Vorgaben gefertigt, sind ebenfalls hier eingetroffen und liegen bereit zur Montage.
Ich habe mir den Kopf zerbrochen, wie ich den großen Höhenrichtbereich hinbekomme, ohne auf Panzerschutz zu verzichten. Aber Hans kam auf eine fantastische Idee!
Die Kanonenrohre werden quer in eine große gepanzerte Trommel eingeschoben und dann eingebaut. Die Trommel wird dann ebenso quer eingebaut. Je nach Höheneinstellung gibt es keine Lücken zwischen Turm und Kanonen. Der Schutz ist nun optimal!
Nun bauen wir die Inneneinrichtungen ein und die Visiereinrichtungen.
Zum Schluß kommen die Ausrüstungsgegenstände und die Munition. Dann wird aufgetankt.

Der Flakpanzer E-100 8,8 Flakzwilling ist bereit zur ersten Erprobung!

Hans und ich steigen ein. „Wiehnert, mach den Motor an!", rufe ich. „Woooh Woooh Woooh!" Schon springt der riesige Motor an und brabbelt im Standgas.
Dieser wohlige Schauer, der über den Rücken geht. Wir lieben es so sehr.......

Hans schaut mich an: „Wenn Frieden ist, stelle ich mir einen davon in die Garage." Wir lachen.

„Und ab!", rufe ich zu Wiehnert. Der Gigant kommt auf Touren und ruckt an. Die über einen Meter breiten Ketten spannen sich langsam und der Flakpanzer rollt los. Vorbei an anderen Türmen für weitere Flakpanzer E-100......

Am Mittag des 15. Dezember 1949 stehen wir mit dem Flakpanzer E-100 auf dem großen Truppenübungsplatz. Der Schnee ist turmhoch. Aber für den gepanzerten Giganten mit seinen breiten Ketten ist das kein Problem. Er rollt in Stellung, dreht sich leicht quer und bleibt mit blubberndem Motor stehen.

Dr. Lehmann und eine Abordnung von Offizieren stehen in sicherem Abstand und beobachten uns.

„OK, Klöppe, hau mal die neuen Granaten ins Rohr und dann schauen wir mal, was die 8,8 Flak 48 alles kann!"

„Die neuen Hohlladungsgranaten werden ordentlich rumsen", erwidert Klöppe grinsend.

In einer Entfernung von etwa 2.800 Metern rollen ein gezogener T-54B quer vor unseren Rohren.

„Ok......bereit.......Feuer!" „Rums!" Die beiden Granaten verlassen gleichzeitig die Rohre und fliegen mit über 1.000 Metern die Sekunde zum Hartziel. Nach etwas mehr als zwei Sekunden schlagen die Granaten ein und der Panzer hüllt sich in Rauch und Flammen. Als die Sicht wieder klar wird, sehen wir die Wirkung der Einschläge: Die Turmseite von 150 mm Panzerdicke wurde glatt durchschlagen und hat den Turm bersten lassen!

Nun werden zwei weitere Hartziele - dieses Mal sind es T-54-1 - über den Schießplatz gezogen mit einem Abstand von ungefähr 150 Metern.

Klöppe visiert an und gibt das Bereit-Zeichen. Ich gebe den Befehl: „Feuer!" Kaum verläßt die erste Granate das Rohr, wird auf das zweite Ziel exakt anvisiert und Klöppe betätigt wieder den Abzug. Die zweite Granate verläßt das Rohr. In dem Moment schlägt die erste ein und vernichtet den Panzer. Dann trifft die zweite Granate. Auch dieser Panzer ist zerstört.

Ich spreche ins Funkgerät: „Jetzt das Flugziel starten!" Den Funkspruch hört auch die Abordnung.

Nach wenigen Minuten fliegt über uns eine FW 200, die eine andere unbemannte FW 200 hinter sich herzieht.

Die Zwillingsflak wird weit nach oben gerichtet und hält einige Grad vor dem Ziel, der zweiten FW 200. Durch die Visiereinrichtung kann Klöppe exakt anvisieren. „Bereit, Herr General." „Feuer!", rufe ich. Schon verlassen die beiden nächsten Granaten, dieses Mal ist es eine Sorte für die Flugzeugbekämpfung, die langen Rohre und rasen dem Ziel entgegen. Gespannt beobachten die Zuschauer mit dem Fernglas. Treffer! Die zweite FW 200 zerbricht in mehrere Teile und fällt zu Boden.

Die Schießübungen sind beendet.

Ich lasse den Flakpanzer zur Abordnung fahren und den Motor abstellen. Wir steigen aus. Die Offiziere sind erstaunt, daß Hans und ich einfache Drilliche der Panzerfahrer anhaben. Die Panzermänner stellen sich in Reih und Glied auf und Hans und ich stellen uns daneben und salutieren. Sicher haben wir den Drillich der Panzermänner an. General hin oder her! Wir sind Panzermänner! Und wir sind stolz darauf!

„General Latzke! General Witte! Das war eine sehr überzeugende Vorführung! Ich gratuliere Ihnen beiden!" Der Soldat, der uns klatschend entgegenkommt ist kein geringerer als der General der Panzertruppe Dietrich von Saucken!

„Wie schaut es aus? Wie schnell können Sie eine Panzerkompanie von diesem Fahrzeug für die Mongolei gefechtsfertig machen?" „General, diese Kompanie kann in etwa einem Monat abmarschbereit am Berliner Bahnhof stehen", antworte ich zackig.

Der General von Saucken, ein hervorragender Taktiker der Panzertruppe, schaut nach hinten zu den anderen hohen Offizieren. Dann dreht er sich wieder um zu uns und drückt uns die Hand. „Machen Sie das." Ich erwarte Ihre Flakpanzer-Kompanie Mitte Januar 1950 am Berliner Bahnhof. Ich zähle auf Sie beide!"

Kapitel 11 - Flakpanzer vor!

Es ist der 10. Januar 1950. Mitten in der Nacht.
„Klaus? Klaus!" Ja.....", ich schlafe noch. „Klaus! Es ist
soweit!" Sofort bin ich hellwach. „Ja! Ja, ok! Wir müssen
sofort los! Komm!!" „Klaus....darf ich noch aus dem Bett
aufstehen?", lächelt mich meine Frau Tatjana an. „Oh. Ja.
Ja, sicher." Ich helfe meiner hochschwangeren Frau aus
dem Bett. Ihre Wehen haben eingesetzt und wir müssen
ins Krankenhaus. Ich wecke Tante Lotte. Während meine
Tante Tatjana fertigmacht, rufe ich das Taxi.

Zwei Stunden später kommt unser Sohn auf die Welt. Er
heißt Alexander. Wie sein Großvater. Tatjana meinte, er
soll einen deutschen Namen haben. Aber ich war der
Meinung, daß der Name seines stolzen Großvaters sehr
gut paßt und dieser Name auch in Deutschland bekannt
ist. Und damit heißt unser zweites Kind Alexander.

Der Sohn einer Russin und eines Deutschen, die sich in
den Wirren des großen Krieges trafen und verliebten.
Entgegen aller Vernunft. Aber diese Liebe hat diesen
Krieg überstanden!!

Hans und Tante Lotte kommen am Nachmittag ins Krankenhaus und begrüßen unser neuestes Familienmitglied.
Hans wird zum Patenonkel zwangsabkommandiert.

Hans schaut gedankenverloren auf unser Kind, was
Tatjana auf dem Arm hat. „Na, Hans? Willst Du sowas
auch?", grinse ich ihn an. „Ach, Klaus. Ich würde gern.
Aber der Bruder will nicht." „Malika?" Hans schaut zu
Boden. „Ja......."

Tatjana schaut mich lächelnd an und ihre Augen sagen das, was ich denke: Hans ist schwer verliebt!

Ich kann mit meiner Frau und der Mutter unserer Kinder nur kurz das Familienglück genießen.

Am 14. Januar 1950 stehen wir abfahrbereit am Bahnhof von Berlin. Die Tiefwaggons sind beladen mit 14 Flakpanzer E-100 8,8 Flakzwilling. Weitere Waggons haben Material, Ersatzteile und Munition geladen. Auf anderen Waggons stehen folgende Panzerfahrzeuge:

4 E-100 Autolader
14 E-100 12,8 cm
14 E-25 10,5 cm Ausf. B
14 E-25 10,5 cm Moskito
14 E-25 lang 12,8 cm
14 Skorpion G
14 E-60 „Schwarzwolf"

Alle diese Panzer sind überarbeitet und werden im Einsatz erprobt. Und sie dienen auch zum Schutz der völlig neuen schweren Flakpanzer.

Tatjana steht mit Tante Lotte am Bahnhof in der bitteren Kälte mit dem völlig eingepackten Alexander auf dem Arm. Ich habe meine Tochter Sonja auf dem Arm. Sie umarmt mich sehr fest und drückt sich eng an mich, denn sie weiß......ihr Vater muß wieder weg.
Meine Frau schaut mich besorgt an. Jetzt mit zwei Kindern und durch den Tod meines Onkels hat sie ein noch größeres mulmiges Gefühl als sonst. Sie sagt nichts...aber ihr Gesicht spricht mehr als 1.000 Worte.

Hans stellt sich vor meiner Frau. Sie schaut an den zwei Meter großen und breiten Riesen hoch. „Tatjana. Ich werde nicht zulassen, daß Deinem Ehemann etwas passiert. Er wird nach Hause kommen." Sein Blick ist fest und er ist überzeugt von seinen Worten. Sie nickt kaum merklich. „Danke, Hans, mein Freund", antwortet sie. Dann umarmt sie mich und wir küssen uns sehr intensiv. Als ob es der letzte Kuss wäre……

Jedes Mal habe ich ein ungutes Gefühl.......und ich versuche, gegen an zu kämpfen.

Der Zug pfeift. Wir müssen los. Ein letzter Kuss. Eine letzte Berührung. „Wir sehen uns wieder, Tatjana!" „Ja, mein Klaus. Ja." Wir springen in den Zug und schon ruckt er an. Dampfend und schnaubend verläßt er den Bahnhof in Richtung Osten.

Zehn Tage später. Es ist der 24. Januar 1950.

Wir sind da. In der Mongolei. Es ist klirrend kalt! -25°! Die Kälte tut weh. Alles ist eingefroren. Die robuste russische Technik stößt auch hier und da an seine Grenzen.

Der harte Winter hat die Kampfhandlungen absterben lassen. Nur örtlich kommt es zu vereinzelnden Kampfhandlungen und Scharmützeln.

Die Sowjetunion ist fleißig dabei, seine Kräfte zu sammeln, um die nächsten Angriffe abzufangen und Gegenoffensiven zu organisieren.

Die deutschen Panzerdivisionen sind wichtige Bestandteile der sowjetischen Planung und werden zusammen mit den Garde-Einheiten der Roten Armee an den wichtigsten Abschnitten der Front positioniert.

Die Zusammenarbeit wird immer besser! Beide Seiten - Russen und Deutsche - lernen voneinander.

Immer öfter ist zu sehen, wie deutsche Landser und russische Rotarmisten gemeinsam an Feuern stehen und sitzen und sich unterhalten und lachen und kleine Gegenstände austauschen. Auch zeigt man sich immer mehr Bilder von ihren Lieben zuhause.
Alte Wunden heilen.....langsam.....

Die Flakpanzer bleiben mit den Planen bedeckt, als sie von den Waggons runtergefahren werden, um sie vor neugierigen Blicken zu verbergen. Grollend rollen langsam die Giganten über den Rampen runter und werden in Richtung Panzerhallen dirigiert.
Die begleitenden Panzer wie der E-100 mit seiner überlangen 12,8 cm, der E-100 Zwillingsautolader mit seinen zwei 12,8 cm Kanonen und der hochmoderne E-60 „Schwarzwolf" rollen ebenfalls langsam los.
Die russischen Soldaten stehen am Straßenrand und an ihren Gesichtern erkennt man es......sie kennen diese gefürchteten Panzer nur zu gut. Und für die meisten von Ihnen ist es das erste Mal, daß sie diese Panzer aus nächster Nähe ohne Gefahr sehen können.
Aber uns geht es auch so!
Wir fahren vorbei an einer sowjetischen Panzerbrigade, die mit schweren JS-4 und JS-7 ausgestattet ist. Der JS-4 ist 60 Tonnen schwer, mit bis zu 250 mm schwer gepanzert und mit einer großen 122 mm-Kanone gut bewaffnet.
Der 68 Tonnen schwere JS-7 ist ebenso schwer gepanzert und hat eine gewaltige 130 mm-Kanone im Turm. Mit acht Maschinengewehren ist er bei der Infanterie gefürchtet.
Als wir vorbeirollen, denke ich an die heftigen Kämpfe an der Ostfront......wie diese Stahlkolosse für uns fast wie unzerstörbar wirkten. Nun sind sie zum Glück auf unse-

rer Seite. Und ich denke.....die Russen sehen es genauso.
Gegenseitiger Respekt!

Wir werden vor der Halle von unseren Waffenbrüdern
empfangen. Mein Schwiegervater Generalmajor Alexander Tolmachov, der Verbindungsoffizier Leutnant Wladimir Tarassow und der Verbindungsoffizier der mongolischen Streitkräfte, Leutnant Batu, begrüßen uns.
Nach der formellen militärischen Begrüßung gehen wir
in die relativ warme Halle und reden dann in entspannter
Stimmung über die Lage.

Heißer Tee wird ausgeschenkt. „Die Herren, wie sieht es
hier aus? Wie ist die Situation?“, frage ich. General Tolmachow ergreift das Wort: „In unserer Winteroffensive
haben wir die Amerikaner und Chinesen im Osten der
Hauptstadt ungefähr 250 Kilometer von der Stadt wegge-
trieben. Wir sind im Moment auf der halben Strecke zur
chinesischen Grenze. Im Süden sind die feindlichen
Truppen um etwa 150 Kilometer in Richtung chinesische
Grenze gedrängt worden. Aber der Hauptkampf war im
Osten. Nach größer werdenden Widerstand und einset-
zenden schweren Schneefällen haben wir die Offensive
gestoppt.
Die Bombenangriffe haben sich stark abgeschwächt.
Aber wir haben die Luftüberlegenheit nicht erlangen
können.
Wir erwarten in den nächsten sechs Wochen einen mil-
den Winter. Dann werden die Kampfhandlungen wieder
aufflammen.“
„Danke, General“, antworte ich förmlich. „Wie geht es
Deiner Familie?“, fragt mein Schwiegervater nun. „Der
kleine Alexander ist nun auf der Welt und wartet darauf

seinen Namensvetter, seinen Großvater, kennenzulernen." Ein leichtes Lächeln huscht über seinem Gesicht. Er freut sich, daß Tatjana und ich unserem Sohn seinen Namen gegeben haben. Für mich ist es ein Zeichen des Respekts gegenüber dem Vater meiner Ehefrau.

Zahlreiche Details werden im Büro der Halle auf einer großen Karte angezeigt und besprochen. Ideen und mögliche Einsätze werden in die Runde geworfen, diskutiert und Pläne für Attacken erstellt. Diese werden dann später dem Armeeoberkommando übergeben.

Nach etlichen Stunden: „Gut, die Herren! Das war es erst mal. Ich denke, wir haben gute Arbeit geleistet." Damit läutet Hans das Ende der Arbeit ein. Wir nicken alle. „Klaus und ich werden am Morgen unsere neuen Panzer für die kommenden Einsätze vorbereiten und....." Hans gerät ins Stocken. Eine helle Frauenstimme erklingt: „Ich wollte meinen Bruder Batu abholen." Malika steht in der Tür. Ich schaue Hans an.....und grinse. Er schaut wie ein kleiner verliebter Junge....nur das er zwei Meter groß ist. Leutnant Batu sieht es auch......und auch die Blicke von seiner Schwester. Er ist gar nicht begeistert. Und sein Blick ist dementsprechend. Er spricht sie auf mongolisch an. Und der Tonlage zu urteilen, ist es nicht freundlich. Malikas Lächeln verschwindet und sie schaut zu Boden. Batu verabschiedet sich von uns und verläßt die Halle mit seiner Schwester.
„Hans.....Du wirst es schwer haben. Mongolen lassen sich nicht auf Ausländer ein. Es ist ihnen traditionell verboten." Hans schaut mich an: „Irgendwie schaffe ich das. Ich weiß nicht wie....aber ich werde es schaffen."
Ich hoffe es für ihn.

In den nächsten Tagen arbeiten wir intensiv an unseren neuen Fahrzeugen. Ausfälle wollen und können wir uns nicht leisten, denn das Leben unserer Männer steht dabei auf dem Spiel. Und unsere Waffenbrüder verlassen sich auf uns.

Die Russen sind mit der deutschen Unterstützung zufrieden. Gerüchte besagen, daß in der Stadt Nowosibirsk deutsche Soldaten sich mit russischen Frauen angefreundet haben. Aber auch deutsche Krankenschwestern mit russischen Einheimischen. Es ist nicht ganz unproblematisch. Aber vor zwei Jahren wäre es völlig undenkbar gewesen. Denn zu diesem Zeitpunkt töteten wir uns noch einander......

Wir erhalten den Auftrag, einige Kilometer östlich der Stadt Stellung zu beziehen, um mit den schweren Flakpanzern die einfliegenden Bomber zu bekämpfen. Ein Vorauskommando sondiert das Gebiet und entdeckt bei der Eiseskälte einige verlassene Häuser als Unterkunft.

Einen Tag später brechen wir auf zu den neuen Stellungen. Es ist der 5. Februar 1950.

Wir gehen in die Halle, wo unsere Flakpanzer E-100 stehen. Mit vereinten Kräften ziehen wir die riesigen Planen runter. Vor der Halle stehen Soldaten der Wehrmacht, der Roten Armee und der mongolischen Armee. Sie alle wollen die neuen deutschen Panzer sehen.
Die Plane fällt. Ein Raunen geht durch die Menge. Die Zuschauer sehen nun den ersten der Flak-Giganten. Das bekannte Fahrwerk des E-100 mit seinen schwer gepanzerten tief runtergezogenen Kettenschürzen. Auf dem

Fahrzeug ein riesiger recheckiger Turm, dessen Seiten leicht angeschrägt sind. Dicke verschachtelte Schweißnähte sind an den Stoßkanten zu sehen. An den oberen Teil des Turms sieht man in der Mitte die kleinen mülleimerartigen Visiereinrichtungen rechts und links. Die sehr langen Zwillingsrohre münden in eine Art länglichen Kasten, der wiederum in eine große querliegende gepanzerte Walze eingebaut ist.

Die Konstruktion flößt den Zuschauern gehörigen Respekt ein.

Ich stehe in der Kommandantenkanzel. „Den Motor an, Wiehnert!" Schon hört man den großen Anlasser, der größer ist als ein Motor des VW Kübelwagen. „Woooh! Woooh! Woooh! Brob Brob Brob Brabrabrabra!" Schon brabbelt der riesige Motor im Standgas.

„Steige auf, Leutnant Batu!", rufe ich. Der drahtige Mongole springt auf meinen Panzer und verschwindet fix im Innern.

Ich gebe Handzeichen zur Abfahrt. Die Motoren röhren auf. Die etwa 130 Tonnen schweren Panzer rucken an und quietschend und knarzend bewegen sich die breiten Ketten im Fahrwerk. Unsere Flakpanzer-Kompanie ist auf dem Weg!

Die nach hinten und oben offenen Panzerjäger Skorpion G bleiben in der Halle. Die Mannschaften würden sonst schlicht und ergreifend erfrieren.

Langsam rollen die Giganten aus der Halle heraus auf den Platz und fahren die Straße nach Osten folgend. Etliche Menschen flankieren den Abmarsch.

Nach Stunden kommen wir unserem Ziel langsam näher. Die Fahrt im Schnee ist nicht ganz einfach. Unter den weichen Schneemengen erkennt man nicht, ob dort ein Loch oder ein Graben ist oder große Steine mitten im Weg liegen. Aber wir haben Glück. Bisher ist nichts passiert. Ich schaue auf den Boden, während Hans die Umgebung beobachtet.

Wir fahren auf einer breiten Ebene, umgeben von hohen Bergen, die seicht ansteigen. Durchbrochen werden die Bergketten durch andere Talebenen, die in andere Regionen weiterführen.

Mit dem Fernglas sucht Hans die Zuwege zu den anderen Ebenen ab. Dann sieht er etwas. Er setzt das Glas ab. Dann schaut er wieder durch. Er greift sich das Funkgerät: „Klaus, nordöstlich auf einer leichten Erhöhung. Das schaut aus wie ein leichter Panzer." Sofort schnappe ich mir das Fernglas und schaue durch. „Heiliger Bimbam..... Hans, das ist ein „Hellcat"! Ein leichter amerikanischer Jagdpanzer!" Hans antwortet: „Verdammt. Wie kommt der denn hierher?!"
In dem Moment rollen hinter dem „Hellcat" weitere Panzer hervor und drehen ihre riesigen Türme auf uns ein. Es sind die schweren T29 und T30.
Ich greife das Funkgerät: „Achtung!! Feindpanzer von links. Die Anhöhe auf 2.000 Metern! Eindrehen und Feuer eröffnen!" Kaum spreche ich den Befehl aus, rasen schon fauchend amerikanische Granaten uns entgegen und schlagen zwischen uns mit donnernden Knallen ein. Hohe Schneeberge türmen sich auf. Dazwischen sieht man braune und schwarze Erde. Wir werden mit dem runterfallenden Schnee und Sand bedeckt. Ein E-25 Moskito brennt.

Unsere E-60 und E-100 Autolader haben als erstes eingedreht und feuern. Schon jagen den Amerikanern die Granaten entgegen. Zwei Panzer brennen. Ein weiterer explodiert in einem roten Feuerball.

Immer mehr amerikanische Panzer kommen aus dem den kleinen Weg hervor. 13 Panzer....22....45 Panzer.

„Es werden immer mehr! Eindrehen und Verteidigungsstellung einnehmen und gezieltes Feuer auf den Gegner. E-60, die E-100 12,8er und Autolader nach vorn." Sofort wird mein Befehl ausgeführt. Hans übernimmt das Kommando der Drehturmpanzer, die nun vorn sind und gibt weitere Kommandos.

Ich übernehme den Befehl über die Flakpanzer E-100: „An alle! Mahlzeitstellung und die leichten Panzer unter Feuer nehmen. Feuer!" Die großen Türme drehen ein und die Zwillingsgeschütze stoßen Feuer aus. Die 8,8er Granaten rasen rüber und decken ein Rudel „Hellcats" ein. Von 14 Jagdpanzern kommen nur drei davon. Auf dem freien Feld sind die extrem flinken Jagdpanzer fast schutzlos. Die drei „Hellcat" drehen ab. Und auch die restlichen „Hellcat" verschwinden. Aber nicht die schweren T29 und T30. Sie rollen weiter nach vorn. Uns entgegen. Die Amerikaner zeigen uns direkt ihre schwer gepanzerten Fronten. Sie sind fast nicht zu zerstören. Fast...

Die Kompanie E-25 lang mit der langen 12,8 cm Kanone visiert an und feuert. 14 schwere panzerbrechende Granaten fauchen den schweren Panzern entgegen. Die meisten schlagen direkt ein. Überall Qualm. Tatsächlich werden fünf Panzer vernichtet. Andere überleben die Einschläge. Teilweise völlig unbeschädigt. Die T30 konzentrieren ihr Feuer auf die E-100. Dutzende 155er Granaten fliegen unseren E-100 entgegen. Als ich das sehe, denke ich: „Das wird wehtun...."

Die schweren amerikanischen Granaten schlagen ein! Das Gebiet, wo die 14 E-100 stehen, wird vollständig in Feuer und Rauch eingehüllt. Der Wind pustet den Qualm fort. Dann sieht man elf feuernde E-100. Ein E-100 Autolader und zwei E-100 12,8 cm brennen.

Ich beiße die Zähne zusammen. „Das sind wohl neue Granaten......" Sofort schnappe ich das Funkgerät: „Primäres Ziel sind die T30! Schaltet sie aus! Sie können unsere Panzerung frontal durchschlagen."

Ein 20minütiger Schlagabtausch folgt.............

Die Amerikaner haben ihren Auftrag erfüllt. Sie haben unsere Flanke angegriffen und haben uns Verluste beigebracht an einer Stelle, wo wir es nicht erwartet hatten. Danach haben sie sich zurückgezogen. Aber der Preis der Auftragserfüllung war groß. Dutzende amerikanischer Panzer stehen brennend auf dem Feld und lassen den Schnee wegschmelzen. Schwarze Rauchsäulen steigen auf.......

Das Gefecht hat unseren Vormarsch um Stunden verzögert. Nach dem Rückzug der Amerikaner haben wir die Verwundeten und Toten nach hinten schaffen lassen, beschädigte, aber reparable Panzer abschleppen lassen. Der Rest rückt nun weiter vor und bezieht die Stellung ordnungsgemäß. Aber wir sind nicht mehr vollständig.

Wir haben den Russen die Information gegeben, daß die amerikanischen Truppen ein Schlupfloch gefunden haben. Unsere Waffenbrüder werden uns den Rücken freihalten und das Gebiet überwachen.

In der Stellung ist es zugig und kalt. Es wird Nacht....

„Alarm!!!!" Ich schrecke hoch. Hans und ich schauen uns verschlafen an. Wir brauchen uns nicht anziehen, denn wir haben in der Kleidung geschlafen. Es ist Morgen.
Hans ist zuerst draußen und fragt: „Was ist los?" „Da oben, General! Amerikanische Bomber!" Hans befiehlt: „Ausrichten und feuerbereit machen! Dann wollen wir die Herrschaften mal begrüßen."
Ich springe auf meinen Flakpanzer E-100 und lasse den Turm in Richtung Bomber ausrichten. Die langen Zwillingsgeschütze recken hoch in den Himmel.
In Windeseile sind alle 14 Flakpanzer feuerbereit und zielen auf die weit entfernt fliegenden amerikanischen Bomber. Es sind etwa 120 silbern glänzende B-29, die monoton brummend ihrem Ziel entgegenfliegen.

Die Flugzeuge kommen langsam ins Ziel.
„Achtung......Achtung.......Feuer!!!"
Schon feuern die 14 Flakpanzer mit ihren Zwillingsgeschützen. Die Granaten fliegen den hochfliegenden Bombern entgegen. Gespannt beobachten wir ihre Flugbahn.....
Die ersten Granaten explodieren zwischen den Bombern. Drei....vier Explosionswolken sind zu sehen. Ein Bomber wird getroffen! Er zieht eine Rauchfahne hinter sich her. Drei weitere werden getroffen. Ein Bomber kippt zur Seite und geht brennend zu Boden.
„Alle Flakpanzer feuern nach eigenem Ermessen!"
Die Flakbesatzungen laden und feuern zügig. Weitere Bomber werden getroffen. Langsam drehen sich die Flaktürme mit der Flugbahn der Bomber. Immer wieder

111

werden einzelne Maschinen getroffen. Wieder stürzen Maschinen ab.

Nach 13 Minuten beenden wir unser Flakfeuer. Elf Bomber haben wir vom Himmel geholt. Obwohl die Amerikaner sehr hoch flogen und sich sicher fühlten, haben unsere neuen Flakpanzer sie empfindlich treffen können. Aufhalten konnten wir sie aber nicht.......

Die zweite Nacht. Es ist der 7. Februar 1950.

Ein Leutnant weckt mich: „General Witte, die Russen haben sich gemeldet. Am Pass, wo wir das Gefecht mit den amerikanischen Panzern hatten, ist Bewegung. Sie erbitten um Unterstützung." Ich reibe mir den Schlaf aus den Augen. „Sagen Sie ihnen, daß wir kommen." „Jawoll, General."

15 Minuten später sitzen Hans und ich in unseren Flakpanzern und fahren mit vier weiteren Flakpanzern E-100, einem E-100 Autolader und allen 14 E-60 zum Pass, wo unser Gefecht mit den Amerikanern war.

Nach 30 Minuten Fahrt kommen wir an der Stelle an. Die russischen Wacheinheiten sind verschwunden. Die Kettenspuren im Schnee verraten, daß sie in den Pass gefahren sind. Ich lasse meinem Funker Wucherle die russischen Einheiten rufen. Nichts.

„Hans, was meinst Du? Was sollen wir machen?" „Die Lage sollte geklärt werden. Aber es könnte auch eine Falle der Amerikaner sein." „Die Lage sollte auf jeden Fall geklärt werden. Wir informieren unsere Einheit und fahren den Kettenspuren hinterher."

Gesagt, getan.

Unsere 21 Panzer rollen durch den breiten Pass. Der Schnee hat die Wracks halb bedeckt. Mißtrauisch suchen wir die Umgebung ab. Vor und hinter uns sind die E-60, in der Mitte die Flakpanzer E-100 und der Autolader.

Nach einigen Kilometern passieren wir einige Querpässe. Aber die russischen Einheiten sind nicht zu finden. Wir halten. Hans hält mit seinem Flakpanzer neben meinem: „Die Kettenspuren verlieren sich in den neu gefallenen Schnee", spricht Hans und zeigt nach vorn. „OK, wir fahren noch drei Kilometer weiter bis zur Biegung und drehen um." Hans nickt. „Wucherle, funk unserer Einheit, wo wir sind." „General, wir sind in einem Funkloch. Wir können kein Kontakt aufnehmen." Auch das noch..... Hans schaut mich an: „Ich hab da ein ganz mieses Gefühl......"

Ich habe das gleiche Gefühl wie Hans. „Wir hätten das nicht machen dürfen", murmle ich.

Wir rollen weiter.

Der erste E-60 ist kommt an der Biegung an und hält. Zwei Sekunden später kommt von diesem Panzer ein Funkspruch: „Panzer von vorn!!" Sofort schnappe ich das Funkgerät: „Rückzug!" Unsere Panzer fahren rückwärts. Jetzt kommt ein Funkruf vom letzten E-60: „Panzer von hinten!!"

Wir sitzen in der Falle!

Ich verschaffe mir in Windeseile eine Übersicht über die Situation. Vor uns sind etwa 20 „Shermans" direkt an der Biegung, die leicht talwärts stehen. Hinter uns sind etwa 30 „Shermans" sowie mehrere T29 und T30, die auf offener Fläche talaufwärts stehen.

Die Entscheidung fällt mir leicht: „Volle Kraft voraus!!
Überrollt die 20 „Shermans" vor uns! Zack Zack!!!"
Wiehnert kloppt den Gang rein und der Riese rollt los.
Die hinteren E-60 fahren leicht schräg, um den von hinten kommenden Feindpanzer schräge Flächen zu zeigen in der Hoffnung, daß bei Treffern die Granaten abprallen.

Die Amerikaner feuern! Vorn wie hinten. Die 20 vorderen „Shermans" haben überhaupt keine Chance. Alle Granaten prallen an uns ab. Hinten haben die Amerikaner mehr Glück. Zwei der E-60 erhalten Motorentreffer und brennen. Nun feuern wir auf die vorderen „Shermans". Die Flakpanzer E-100 feuern eine Granate, drehen kurz den Turm und feuern die zweite Granate ab. Zwölf Schuß. Zwölf Treffer. Den Rest erledigen die E-60. Wir schieben die brennenden Wracks zur Seite, fahren dann an ihnen vorbei und justieren die Panzer so, daß die Wracks zwischen uns und den nachrückenden Amerikanern sind.
Ich nehme das Funkgerät: „Die hinteren E-60 blockieren die nachrückenden Feindpanzer. Wir müssen Abstand gewinnen." Sofort drehen die letzten E-60 ein und verschanzen sich hinter den Wracks.
Die T29 und die T30 sind kaum schneller als unsere schweren E-100. Die E-60 jedoch können den Amerikanern davonfahren.

Die Taktik gelingt. Wir können entkommen. Aber nun sind wir endgültig von unserer Einheit getrennt. Wir fahren weiter ins Feindesgebiet. Gefolgt von den amerikanischen Panzern.......

Kapitel 12 - Abgeschnitten

Wir sind auf uns allein gestellt.
Nach knapp zwei Stunden Fahrt haben wir die Amerikaner abgehängt.

Wir halten.
Ich lasse bei allen Mannschaften nachfragen, wie es mit dem Sprit- und Munitionsstand aussieht. Sprit ist ok. Munitionsvorrat ist fast voll. Wir hatten vor Nachteinbruch aufgetankt und aufmunitioniert.

Nach der Kontrolle der Panzer lassen Hans und ich die Männer antreten.
„Panzermänner! Kameraden! Wir sind von unserer Einheit abgeschnitten. Der direkte Rückweg ist mit schweren amerikanischen Panzern blockiert. Vor uns sind vermutlich weitere chinesische und amerikanische Truppen. Auch haben wir keine Möglichkeit der Versorgung mit Sprit und Munition. Unsere einzige Möglichkeit ist die Kontaktaufnahme mit unseren Truppen über Funk. Das funktioniert hier aber zwischen den Bergen nicht. Nun müssen wir einen Standort finden, wo wir wieder Funkkontakt mit unseren Truppen aufnehmen können.
Folgendes, Männer! Wir müssen mit Sprit und Munition sparsam umgehen. Treffen wir auf Feindtruppen, muß jeder Schuß sitzen! Und wir müssen - wo und wie immer es möglich ist - Sprit aufnehmen. Notfalls von abgeschossenen Panzern. Verstanden, Männer?" „Jawoll, General!!", tönt es aus Dutzenden Kehlen. „Ich verlasse mich auf Euch! Abtreten und ab zu den Panzern!"
Die Soldaten besteigen ihre Fahrzeuge und machen sich abfahrbereit.

Hans schaut mich an. „Ja, ich weiß, Hans. Unsere Flak-panzer E-100 sind so langsam, daß sie der Klotz am Bein sind. Aber wir müssen sie durchbringen!" „Du kannst wirklich Gedanken lesen.....", erwidert Hans.

Ich tippe auf die ausgebreitete Karte: „Wir fahren nun weiter durch die Talsenke. Danach geht es wieder berg-auf und dort an dieser Position sollten wir wieder Funk-kontakt haben." Hans reibt sich das Kinn und nickt zu-stimmend. Leutnant Batu fügt hinzu: „Dort sollten zwei Wege zu einer Hochebene führen. Sie sind breit genug für diese Panzer. Von dort habt Ihr auf jeden Fall Funk-kontakt." Er zeigt auf zwei Stellen auf der Karte. „Gut. Machen wir das so", antworte ich.

Wir steigen wieder in die Panzer ein. Von den uns fol-genden Amerikanern ist noch nichts zu sehen. Das beun-ruhigt mich.......

Unsere Panzer marschieren weiter durch die Talsenke. Das Brüllen der Motoren hallt sehr stark. Man muß uns kilometerweit hören.

Ich schaue mich immer wieder um. Permanent habe ich das Gefühl, daß wir wie Mäuse durch eine Röhre laufen. Wir fahren den leicht schlängelnden Pass hinab. Kilome-ter um Kilometer fahren wir durch den tiefen Schnee.

Die nächste Ecke........meine Pupillen weiten sich. Ohne Funkgerät schreie ich: „Sofort feuern!!!"

Wir sind direkt in die Bereitstellung einer chinesischen Panzerdivision gefahren.

Einen Augenblick später feuern unsere Panzer in die Panzeransammlungen. Ein „Sherman" nach dem anderen wird getroffen und brennt oder explodiert. Panik bricht unter den chinesischen Soldaten aus. Alles läuft wie wild umher. Einige „Shermans" rucken an und drehen ihre Türme zu uns. Sie feuern. Eine Granate zischt an uns vorbei. Sie schlägt in einem E-60 ein. Er hat nur einen Kratzer. Meine 8,8 Zwillingsflak feuert auf zwei „Sherman". Beide brennen...........

Das Gemetzel dauert etwa 14 Minuten. Die chinesischen Soldaten sind geflohen. Der Platz ist übersät mit abgeschossenen amerikanischen Panzern mit chinesischen Abzeichen. Wir haben nicht einen einzigen Panzer verloren. Ich gebe den Befehl, überall Sprit abzuzapfen und unsere Panzer aufzutanken.
Nach eine Stunde sind unsere Tanks voll und fahren ab. Überschüssiger Sprit wird in Fässern auf die Panzer geschnallt.

Nach 30 Minuten haben wir die lange Auffahrt zur Hochebene erreicht. Über Funk meldet sich Leutnant Batu: "Der Weg auf die Hochebene ist jetzt noch sechs Kilometer entfernt. Aber es ist ziemlich steil." Ich bestätige die Mitteilung. Dann schaue ich Hans an: „Und wir sind dann sehr langsam. Wir können ohne weiteres eingeholt werden." „Aber nur die M 4 können das. Die großen Brocken sind genauso lahm wie wir", meint Hans. „Dann werden unsere E-100 unten bleiben und ein paar E-60 sollen hochfahren, um zu funken", antworte ich. Hans nickt entschlossen.

Nach zwei Minuten haben wir die Männer eingewiesen und sind vorbereitet.
Unsere Panzer stellen sich rechts und links am unteren Ende der großen Auffahrt auf. Vor den Panzern ist der

große Pass, der quer verläuft zur Auffahrt. Die Auffahrt ist etwa 50 Meter breit. Die Passstraße ist etwa 80 Meter breit. Vier E-60 machen sich auf dem Weg, den steilen Weg zur Hochebene hochzufahren. Die vier Panzer röhren mit hochdrehenden Motoren langsam den Weg hoch. Die Panzer wühlen sich durch den Schnee und sind etwa auf der Hälfte der Strecke.

„Panzer!!!" Ich schaue nach rechts. Dort kommen eine ganze Menge „Shermans" auf uns zu. Noch ein Ruf: „Panzer!!" Ich schaue nach links. Dort rücken T29 und T30 vor.

„Kurz vorrücken, Mahlzeitstellung und feuern nach eigenem Ermessen!", rufe ich ins Funkgerät. Kaum ausgesprochen, rucken die Panzer an und stellen sich schräg zum Gegner. Die Türme drehen ein, die Kanonen visieren an....feuern! Die Granaten fauchen rüber zum Gegner. Einige „Shermans" platzen sofort. Mehrere T29 werden getroffen. Vier Granaten prallen ab, drei schlagen durch. Die schweren amerikanischen Panzer brennen.

Die „Shermans" sind etwa 400 Meter entfernt und kommen schnell näher. Die T29 und T30 fahren bergauf uns kriechen mit etwa 7 km/h hoch. Sie sind noch 500 Meter entfernt.

Die „Shermans" werden so schnell abgeschossen, wie sie ankommen. Die Straße ist schon fast voll mit Wracks. Das Feuer der chinesischen M 4 ist nahezu wirkungslos. Dort, wo die T29 und T30 langsam anrollen, ist die Widerstandskraft höher. Die schweren Panzer halten nicht beim Feuern. Sie kämen dann nur schwer wieder in die Gänge. Das macht das Feuer unpräzise. Aber wenn die Amerikaner treffen......

Wir stehen in geschlossener Formation und feuern gezielt. Ein gewaltiger Vorteil! Unsere Kanoniere zielen präzise. Sie schießen.......und fast jede Granate sitzt im Ziel.

Die amerikanischen Giganten fahren so dicht nebeneinander, daß wir sie nicht in die Seite treffen können. Das ist nicht dumm. Immer wieder prallen unsere Granaten ab.

„Verdammt! Das ist schon die fünfte Granate, die nicht durchkommt!", ruft Klöppe, mein Richtkanonier. „Klöppe, feuere auf die Ketten. Dann sind sie lahm." „Jawoll, General." Schon verlassen zwei 8,8 cm-Granaten die langen Rohre und zerlegen einem T29 das Leitrad mit der Kette. Sofort steht er leicht quer und rammt dabei zwei T30. „Jetzt zwei in die Seite! Schnell!" „Zu spät. Die anderen dicken Brummer sind bereits vorbei und verdecken ihn", antwortet Klöppe.

Die Fronten aus Stahl kommen immer näher. Uns geht der Platz langsam aus. Die Granaten schlagen immer näher ein. Eine 10,5er trifft unsere Wanne. Aber sie prallt ab. Dann trifft eine 15,5er eines T30 unseren Turm. Es ist ohrenbetäubend laut. „Das kann so nicht weitergehen…" Ich greife nach dem Funkgerät: „Jeweils drei Panzer konzentriertes Feuer auf einen Ami!" Nach kurzer Absprache feuern unsere Panzer auf die Amerikaner." Da! Einer brennt! Noch einer! Und noch einer! Es funktioniert!

Durch die sehr enge Formation der amerikanischen Panzer, blockieren sie sofort die hinterherfahrenden Panzer und müssen halten. Der Vormarsch kommt ins Stocken.

„Rums!" Ein E-60 hat mehrere schwere Treffer erhalten und explodiert. Ich knirsche mit den Zähnen. Das hat keiner überlebt. Das Feuer läßt den Schnee um den Panzer schmelzen.

Die Amerikaner bleiben stehen. Sie werden von den abgeschossenen Panzern vor ihnen blockiert. Die chinesischen „Shermans" ziehen sich zurück. Wir haben den Doppelangriff abgewehrt.

Ich greife wieder das Funkgerät und funke die vier E-60 an, die die Hochebene hochgefahren sind. Sie antworten: „Hier Müller, General. Wir haben den Funkspruch mehrmals abgesetzt, aber keine Antwort erhalten. Wir wissen nicht, ob man uns gehört hat." „Danke, Leutnant Müller", antworte ich.

Ich rufe Hans, Leutnant Batu und die Panzermänner zusammen: „Meine Herren, wir sind nach wie vor auf uns gestellt. Wir wissen nicht, ob der Funkspruch von unseren Truppen empfangen worden ist. Zwar können wir unseren Spritvorrat auffüllen und somit weiter mobil bleiben, aber die Munition geht langsam zur Neige. Die Munition der M 4, T29 und T30 passen nicht in unsere Geschütze. Unsere Mobilität wird durch den E-100 eingeschränkt, weil diese Panzer langsam sind. Wenn die Munition ausgeht......dann war es das. Den gleichen Weg zurück geht nicht, da der Weg von den amerikanischen Wracks blockiert sind. Hier können wir die Wracks der „Shermans" beiseiteschieben.

Ich habe mit Leutnant Batu gesprochen. Es gibt einen etwa 76 Kilometer langen Weg, der nördlich wieder nach Ulan Bator führt. Aber wir wissen nicht, ob und wie viele feindliche Truppen sich dort aufhalten. Da wir hier in den Gebirgen sind, können wir auch nicht großartig ausweichen. Männer, das wird nicht einfach. Aber wir werden

es schaffen, wieder zu unseren Einheiten zu kommen."
„Jawoll, General!", tönt es aus Dutzenden Mündern.
„Auf, Männer! Wir fahren jetzt zurück!"

Wieder zapfen wir Sprit von den Wracks ab und bunkern den überschüssigen Sprit. Die Munitionsvorräte liegen bei etwa 50 %.

Einen Flakpanzer E-100 müssen wir sprengen, da das Fahrwerk schwer beschädigt ist. Die 8,8er Munition wird auf die anderen E-100 verteilt.

Wir werfen die Motoren an. Schwarzen Qualm ausstoßend fahren unsere Riesen zu den Wracks der „Shermans". Wir stellen uns direkt vor einem ausgebrannten chinesischen M 4 und stoßen vorsichtig dagegen. Nun gibt Wiehnert langsam Gas. Das Metall knirscht unter dem Druck unserer gepanzerten Front. Dann schieben wir den 30 Tonnen schweren M 4 zur Seite.

Wir brauchen etwa 15 Minuten, bis der Weg frei ist. Dann fahren wir mit vier Flakpanzern E-100, einem Autoloader E-100 und elf E-60 weiter durch die breite Passstraße in Richtung Norden.

Über Stunden fahren wir durch Schnee und Eis. Die breiten Ketten greifen tief in den Schnee und lassen die Panzer zuverlässig vorwärtskommen.

Wir haben ohne besondere Vorkommnisse 45 Kilometer zurückgelegt. Fehlen noch 31 Kilometer. Mittlerweile schwenkt die Route von Nord nach West in Richtung Ulan Bator. Wir rollen nun langsam einer großen Gabelung entgegen, daß talähnlich ist und voller Bäume und leichter Hügel ist. Eine kleine Ortschaft ist mit einigen Häusern inmitten des Gebietes.

„Seit wachsam...", fast flüstere ich leise ins Funkgerät. Brummend rollen unsere Panzer weit ausgefächert in die Ortschaft herein.

Ein Fauchen, was schnell lauter wird. „Verd..." Schon schlägt es ein. Ein Flakpanzer E-100 steht in Flammen. Zwei Panzermänner können rausklettern und fallen in den Schnee. Dann kommt eine große Stichflamme aus dem großen klaffenden Loch an der Turmseite.

„Woher kam das Feuer?", rufe ich ins Mikrofon. Schon rauschen weitere Granaten heran. Zwei schlagen in den Boden ein. Schnee und schwarzer Boden fliegt hoch und fällt wieder zu Boden zurück. Eine dritte Granate trifft einen E-60. Der Motor brennt. Aber die Löschanlage verrichtet ihren Dienst. „Verdammt! Woher kommt das Feuer??", rufe ich noch mal in das Mikrofon. „Da oben... es kommt von den Kanten der Hochebene." Ich schaue hoch. Es blitzt mehrmals auf. Die Granaten rauschen heran. „Rums! Rums!" Und wieder fliegen Schnee und Lehm uns um die Ohren. „Rums!" Einem E-60 zerreißt es das vordere Fahrwerk. Die ersten Flakpanzer E-100 drehen ein und feuern auf die Geschütze am Rand der Hochebene. Erste Geschütze werden ausgeschaltet. Auch wir drehen ein und drehen die Kanonerohre weit hoch. Die E-60 haben Probleme, ihre Kanonenrohre so weit hochzubekommen. Es sind eben keine Flakpanzer.

Aber sie haben jetzt andere Aufgaben. Es blitzt aus den Häusern und zwischen den Bäumen und Büschen auf. Granaten rauschen heran und schlagen neben uns ein. „Pang! Pangpang!" Wir werden getroffen. Aber das sind kleine Granaten. Wir haben nur oberflächliche Kratzer.

Nun wird von überall her gefeuert. Von der Hochebene, von den Häusern. Das Feuer kommt von fast allen Seiten. „Hans, ich glaube, wir sind in eine Falle geraten." „Ach, das wäre mir gar nicht aufgefallen", kommt die Antwort aus dem Funklautsprecher. Wir lachen etwas säuerlich.

Hinter den Häusern brechen mehrere „Shermans" hervor und halten direkt auf uns zu. Sie fahren leichte Schlangenlinien, damit wir sie nicht treffen können. Auf kürzester Distanz sind die 7,5er tatsächlich gefährlich für uns. Sofort drehen die E-60 ihre Türme zu den „Shermans". Schuß. Treffer. Schuß. Treffer. Die angreifende Horde wird schnell kleiner. Von ungefähr 30 M 4 kommen nun sechs auf 50 Meter heran. Sie feuern. Einem E-60 zerschießen sie die Kanone. Einem zweiten wird der Motor in Brand geschossen. Einem Flakpanzer E-100 wird die Kette weggeschossen. Dann werden die restlichen „Shermans" zerstört.

„Panzer von hinten!!" Ich schaue durch die gepanzerte Kommandantenkuppel. Hinter uns rollen langsam schwere amerikanische Panzer auf uns zu. Sie drehen ihre Türme langsam und feuern. Schon rauschen die Granaten auf uns zu und detonieren. Da hat es einen weiteren E-60 am Heck erwischt. Teile fliegen umher und fallen zu Boden. Qualm steigt auf.

„Panzer von vorn!" Hinter der Ortschaft rollen Dutzende chinesische „Shermans" und auch amerikanische T29 und T30 heran und werden gleich feuern können.

„Einigeln! Sofort!", rufe ich ins Funkgerät. Sofort fahren die Panzer in zwei leichten Halbkreisen und schützen sich gegenseitig das Heck und die Flanken.

Das Feuer von den Hochebenen ist verstummt. Die letzten Geschütze sind zerstört. Aber nun nehmen uns die Chinesen und Amerikaner in die Zange.

Ich nehme das Funkgerät: „Männer! Zielt ruhig und genau. Die Munition ist knapp. Wir können uns keine Fehlschüsse erlauben."

„Herr General, gut gesprochen. Wir haben noch genau zwölf Granaten." Müller, mein Ladekanonier, hat genau das ausgesprochen, was jeder Panzermann fürchtet: Munitionsmangel.

Schon feuern die Amerikaner und Chinesen auf uns. „Pang! Pang!" Wir erhalten zwei Treffer. Sie sind wirkungslos. Die Granaten prallen an unserem Turm ab. Ich höre mit einem Ohr die gegnerischen Geschütze wummern. In einer Sekunde höre ich zwei Schüsse. Dann sind es pro Sekunde drei Schüsse. Die Gegner rücken näher. Wir können besser feuern. Dann kann ich die Schüsse pro Sekunde nicht mehr zählen......

Ein ohrenbetäubender Lärm. Überall rasen die Granaten hin und her. Schlagen ein. Prallen ab. Reißen Löcher in die Panzerung. Sprengen Türme ab. Lassen Panzer in Flammen aufgehen. Oder die Panzer explodieren einfach. Klöppe kurbelt wie wild den Turm hin und her. Dann kommt es. Über Funk meldet sich der erste Panzer: „Sind leer." Der nächste Panzer: „Keine Munition mehr." Und weitere Panzer: „Alles verschossen!", „Nichts mehr da!", „Letzte Granate rausgejagt."

Müller, mein Ladekanonier, meldet: „Herr General, wir sind leergeschossen. Keine Granate mehr da". Wir sind jetzt wehrlos.

Kurz schaue ich über den Rand meiner Kommandantenkuppel. Unsere Panzer feuern kaum noch. Die letzten Granaten werden geladen und abgeschossen.

Ich nehme das Mikrofon: „Hier General Witte! An alle! Wir werden nicht aufgeben! Wir werden nicht kapitulieren! Die Flakpanzer E-100 werden jetzt den Weg fortsetzen und sich in die Formation der anrückenden Panzer werfen. Wir werden sie einfach wegrammen! Unsere Panzer sind viel schwerer. Die E-60 drehen die Türme auf sechs Uhr und folgen uns. Sie werden unsere Rückenschutzschild mit ihren Türmen bilden. Auf Jungs!! Voran!!" Ich drehe mich zu meinem Fahrer: „Wiehnert, gib Gas!" „Jawoll, Herr General! Machen wir die Jungs mal platt!" Die Unbekümmertheit in der Stimme meines Fahrers beruhigt mich etwas.........

Unser Panzer ruck an. Neben mir fährt Hans in seinem Flakpanzer E-100. Wiehnert gibt nun Vollgas. Er hält direkt auf einen chinesischen „Sherman" zu. Der Sherman" feuert auf uns. Die Granate prallt ab. Wir sind auf 100 Meter ran......50 Meter....unser Motor brüllt auf. Wie die Chinesen sich jetzt in dem Panzer fühlen....... Wir schlagen in den M 4 ein! Ein ohrenbetäubender Knall! Panzerstahl trifft auf Panzerstahl. Das Material des M 4 gibt langsam nach. Wir schieben uns auf seine Wanne.... auf seinen Turm....wir rollen über ihn rüber. Wir fühlen, wie der 30 Tonnen schwere „Sherman" unter uns nachgibt. Wir zermalmen ihn mit unseren 130 Tonnen Lebendgewicht. Und zerquetschen auch die Besatzung in ihm.......

Hans neben uns tut es uns gleich. Er rollt gleich über zwei „Shermans" rüber. Trotz dieser furchtbaren Situation nehme ich das Funkgerät und rufe Hans: „Du Angeber!" Ich höre sein Lachen über das Funkgerät. Auch eine Art mit dieser Situation klarzukommen....

Wir rollen über einen zweiten „Sherman". Einen dritten schieben wir zur Seite. Wir hinterlassen eine Schneise der Verwüstung. Ich weiß nicht, was hinter uns ist. Ich konzentriere mich voll und ganz auf unseren Durchbruchsversuch.

Nun steht mir ein T29 im Weg. Wir können nicht um ihn herumfahren. „Los! Vollgas!", brülle ich Wiehnert an. Dann schlägt unser Flakpanzer E-100 in den amerikanischen Giganten ein. Ein unglaublicher Knall!! Wir fühlen, wie sich Panzerstahl unter der Wucht verbiegt. Wir hören etwas brechen. Wir bewegen uns weiter nach vorn. Der 64 Tonnen schwere T29 wird von uns geschoben. Dann stößt er an einem hinten stehenden T30 an.
Wir stehen.
Ich schaue nach Hans. Auch er steht. Wir haben etliche Panzer der Amerikaner und Chinesen zusammengeschoben. Und von hinten rücken weitere Amerikaner und die Chinesen an.
Wir stecken endgültig fest.....

Ich denke: „War es das?" Ich schaue in die Gesichter meiner Männer. Sie schauen mich aufmerksam an. Sie erwarten eine Reaktion von mir. Ich bin ihr befehlshabender Offizier. Ihr Kommandeur.
Ich schaue zu Boden...eine Sekunde...zwei...dann schaue ich auf.....in die Gesichter der Männer: Dann drücke ich auf die Sprechtaste des Funkgeräts: „Nehmt Euch die Maschinenpistolen, Munition und die Handgranaten. Es

geht in den Nahkampf! Hier werden sie nicht mehr mit den Geschützen feuern. Auf Männer! Auf, auf!!"
Einige Momente später springen wir aus dem Panzer und springen rüber zum riesigen T29. Die Luke geht auf und ein amerikanischer Soldat mit einer Pistole kommt raus. Er zielt auf mich....meine MP-Garbe streckt ihn nieder. Ich hechte zur Luke, zieht den Stift von meiner Handgranate und werfe sie rein. Ein dumpfes Wummern ist zu hören. Rauch steigt auf. Jetzt rattern einige Turm-MGs der feindlichen Panzer. Aber weil auch die Türme mit eingekeilt sind, können sie kaum drehen. Wir springen zum nächsten T30. Ich will die Luke aufreißen. Sie ist verschlossen. Ich schiebe eine geballte Ladung zwischen den Turm und der Wanne. „Rums!" Der Panzer brennt.
Die Amerikaner merken, daß wir jetzt in den Nahkampf übergegangen sind. Überall gehen die Luken auf. Die amerikanischen und chinesischen Panzersoldaten klettern raus und feuern auf uns. Wir müssen in Deckung gehen. Hinter uns hören wir nun auch Pistolen- und MP-Feuer. Wir kommen jetzt endgültig nicht mehr weiter.
Ich hocke zwischen zwei chinesischen Panzern und lade meine MP 40. Hans springt an meine Seite. „Das ist ja ein schönes Schlamassel, was?" Er lädt sein Sturmgewehr 44 nach. „Mal schauen, wie lange wir das noch durchhalten." Nach diesen Worten springt Hans auf und hält die Schnellfeuerwaffe in eine Gruppe anrückender Chinesen.

Überall ist das heftige Feuer von Handfeuerwaffen zu hören. Handgranaten gehen hoch. Seit 45 Minuten hocken die Amerikaner, die Chinesen und wir zwischen den zusammengefahrenen Panzern und beschießen uns.

Wieder springen einige Chinesen mit Geschrei aus der Deckung und laufen auf uns zu. Ein kurzer Feuerstoß mit meiner MP 40.....und die asiatischen Männer fallen. Die Amerikaner sind da vorsichtiger.

„Uns geht langsam die Munition aus", meint Hans zu mir. Ich kann diesen Spruch langsam nicht mehr hören....

„Es nützt nichts, entweder brechen wir aus oder wir ergeben uns." In meiner Stimme schwingt Frustration.

Wir hören lautes Geschrei. Die Chinesen stürmen zusammen mit den Amerikanern gegen unsere Position.

„Ich glaube, mit dem Ausbruch wird das nichts." Hans spricht das aus, was ich denke. „Das wird ein harter Kampf....."

Die Angreifer sind da! Die ersten Nahkämpfe entbrennen zwischen den Panzern. Der Kampf wird mit Gewehrkolben und Messern geführt. Ein paar Feuerstöße aus der MP. Und die erste Welle wird abgewehrt. „Bin leer!", ruft der erste Panzermann. Die zweite Welle kommt. Wir werfen einige Handgranaten. Es sind die letzten. Wir jagen einige Magazine durch. Auch die Welle ist abgewehrt. Mehrere Männer melden sich: Munition leer. Wir haben jetzt nicht viel mehr als Messer und schwere Werkzeuge.

Ich schaue Hans an. „Klaus, ich liebe Malika. Ich möchte es ihr gerne sagen. Aber ich glaube, das schaffe ich nicht mehr......"

In dem Moment hören wir die dritte Welle kommen. Einzelne Schüsse peitschen rüber. Dann erfolgt eine Explosion. Noch eine. Und noch eine. Hinter den angreifenden Chinesen und Amerikanern steigen Rauchsäulen und Feuer auf. Panik macht sich dort breit. Der Angriff gegen uns wird abgebrochen. Wir hören das Wummern von schweren Geschützen. Wir kennen diese Geschütze: Es sind russische Kanonen!

Ich klettere auf dem Turm des Panzers und sehe schwere JS-4 und JS-7 anrollen. Sie feuern auf die Hecks der feindlichen Panzer. Die schweren Bord-MGs rattern und decken die Gegner mit Metall ein. Panzer um Panzer erhalten Treffer und brennen. Die Chinesen und Amerikaner flüchten. Wir lassen sie ziehen. Wir können uns sowieso kaum noch wehren.

Die sowjetischen Panzer halten vor dem Schlachtfeld. Am vorderen JS-7 geht die Turmluke auf und der Kommandant steigt aus. „Klaus?!" Wo bist Du?", ruft er. Es ist mein Schwiegervater Alexander Tolmachov! „Alexander! Hier!" Wir kommen uns entgegen. Wir grüßen uns militärisch und geben uns die Hand. „Wir haben Euren Funkspruch gehört und haben einige Suchtrupps losgeschickt. Bin ich froh, Dich zu finden. Komm, Junge. Wir fahren zurück." Mein Schwiegervater ist sichtlich erleichtert. Denn er möchte nicht, daß seine Enkel als Halbweise aufwachsen........

Mit schweren Stahlseilen ziehen wir die amerikanischen und chinesischen Panzer zur Seite und befreien die letzten fahrtüchtigen Panzer meiner Einheit. Viele sind es nicht mehr…..

Spät in der Nacht kommen wir an unseren vorgeschobenen Posten an und fallen in die Schlafsäcke. Ich kann nicht einschlafen. General Tolmachov fährt weiter nach Ulan Bator. Meine Gedanken sind bei meinen Männern, die heute gefallen sind. Mehr als die Hälfte.

Ich möchte so etwas nicht noch mal erleben müssen….

Kapitel 13 - Der Tod und die Geburt

Der nächste Morgen. Es ist der 8. Februar 1950.
Als ich aufwache, ist es kalt. Ich friere. Der letzte Tag hat
Spuren hinterlassen.

Ein Leutnant klopft an der Tür. Ich sitze auf der schmalen Holzbank, wo ich geschlafen habe. „Herein!" „General Witte, eine Meldung aus Ulan Bator. Chinesische und amerikanische Truppen haben unsere südöstlichen Stellungen umgangen und greifen von Westen her an. Wir werden zurückbefohlen." „Danke", antworte ich." Geben Sie General Latzke bescheid, daß wir gleich aufbrechen werden." „Jawoll, General." Wir grüßen uns militärisch.

Eine Stunde später sitzen wir auf den Panzern. Ich schaue in die Reihen der abfahrbereiten Panzer. Ein Handzeichen von mir.....und die Motoren röhren los. Die Ketten greifen tief in den Schnee. Die stählernen Ungetüme kommen langsam in Fahrt.........

Stunden später.
Wir erreichen den Stadtrand von Ulan Bator. Ich wundere mich. Keine vorgeschobenen Posten, keine besetzten Stellungen, verlassene Verschläge.
„Rufe das Hauptquartier der mongolischen Armee, Wucherle." Sofort versucht mein Funker den Kontakt aufzunehmen.
Wir rollen weiter zu den verlassenen Stellungen. Nichts. Gar nichts. Meine Augen sind wie Schlitze. Mein Herz pumpt. Hier stimmt was nicht.
„Herr General, ich bekomme keinen ans Hörrohr." „Danke.....", murmle ich.

Wir erreichen den Stadtrand.

Auch hier....nichts. Die hier in Stellung gebrachte Pak ist verschwunden.

„Das gefällt mir nicht", spreche ich ins Funkgerät. „Ach, Dir auch nicht?", antwortet Hans. Ich schaue mir ganz genau die Umgebung an.

Wir erreichen die ersten Häuser. Es ist niemand zu sehen. Die Panzer fächern leicht aus, um sich im Falle eines Angriffs nicht gegenseitig im Weg zu stehen. Ich brauche nichts sagen. Sie wissen es. Es sind die altgedienten Panzermänner aus dem großen Krieg.

Im Standgas rollen wir durch die verlassenen Straßen. Das Blubbern der großen Motoren hallt an den Häuserwänden wider. Die Panzermänner haben ein MG auf den Kommandantenturm aufgepflanzt und halten nach links und nach rechts. Jederzeit bereit zu feuern. Ohne Infanterie zwischen Häusern zu fahren ist für Panzer hochgefährlich.

Aus dem Augenwinkel sehe ich einige Menschen weglaufen. „Wer war das? Zivilisten oder Soldaten?", spreche ich in das Funkgerät. Keiner hat es genau sehen können. Ich nehme wieder das Funkgerät: „Richtet die Kanonen abwechselnd nach rechts und nach links. Der erste Panzer nach rechts." Schon drehen sich die Türme. Im Falle eines Angriffs spart die Ausrichtung wertvolle Sekunden.

Etwa 150 Meter vor uns liegen Menschen auf der Straße. Sie bewegen sich nicht. Blut. Sie sind tot. Ich schaue genauer hin. Ich nehme das Funkgerät: „Achtung Männer! Die Toten da vorn sind chinesische Soldaten!" Schon steigt die Spannung der Männer in den Panzern an. Wir sind höchst angreifbar!

Wir sehen immer mehr Häuser, die beschädigt sind. Hier wurde gekämpft.

Langsam und mit höchster Aufmerksamkeit und Anspannung fahren wir von Straßenzug zu Straßenzug weiter. Immer wenn wir an der nächsten Abzweigung oder Kreuzung ankommen, erwarten wir, daß dort feindliche Panzer, Geschütze oder Soldaten stehen und anfangen, auf uns zu feuern. Aber nichts.
Ich stecke meinen Kopf nur wenig aus dem Kommandantenturm. Das zwar ist sehr gefährlich, aber ich kann so besser sehen und Angriffe früh erkennen.
Weitere Tote liegen auf der Straße. Es sind deutsche und russische Soldaten. Daneben zerstörte russische Pak.

Ich höre ein Zischen. Instinktiv ziehe ich den Kopf in den Turm ein. Schon schlägt es hart in unserem Panzer ein. Er brennt! Dann donnert es noch mal. Und noch mal. „Ausbooten!!", rufe ich. Wir verlassen unseren brennenden Flakpanzer E-100. Wir springen in Deckung. Ich schaue mich kurz um....ja, alle meine Panzermänner sind da.
Unser Panzer steht mitten auf der Straße mit brennendem Motor. Stahlplatten sind hochgebogen und Teile liegen umher. Ich schau vorsichtig in die Richtung, wo ich den Beschuß vermute. Es ist eine Seitenstraße. Und dort stehen drei schwere amerikanische T30 mit qualmenden Rohren. „Die haben uns also den Panzer unter den Hintern weggeschossen....", murmle ich.
Unsere Kameraden drehen ein und nehmen die T30 unter Feuer.
„Los!! Weg hier!! Wir müssen raus aus dem Feuerbereich!", rufe ich meinen Panzermännern zu. Wir laufen

sofort etwa 150 Meter weiter zu einer Häuserecke und verstecken uns in einer Nische. Wir hören das Kanonenfeuer der Panzer. Der Boden bebt jedes Mal, wenn einer von ihnen feuert. Splitter fliegen umher, als einer unserer Panzer getroffen wird. Helles Sirren erfühlt die Luft. Ein Splitter trifft Müller, meinen Ladekanonier, am Arm. Er hält seine Hand auf die blutende Wunde und hat ein schmerzverzerrtes Gesicht. Wucherle und ich legen ihm einen Verband an. Wieder schlägt eine Granate ein. Wieder fliegen Steine und Splitter umher. „Das hat keinen Sinn. Wir müssen weiter", schreie ich durch das Donnern der Geschütze. Wir schnappen unsere Sturmgewehre 44 und die MP 40 und laufen geduckt zur nächsten Häuserecke.

Uns folgen noch weitere vier Panzermänner. „Männer, wo sind die anderen beiden Eurer Mannschaft?", frage ich. Einer der Männer schüttelt den Kopf. Sie sind gefallen. „OK, Männer, wir müssen hier weg. Die Splitterwirkung ist mörderisch."

Ich gebe Handzeichen. Wir laufen alle los. Mehrere Häuser weiter. Wir schauen immer wieder nach links und rechts. Wir hören aus einem Haus einen Schrei. Es ist eine Frau. „Los! Hin!" Sofort rennen wir zum Haus, wo der Schrei herkam. Wir stehen rechts und links mit den Waffen im Anschlag von der Tür und lauschen. Wieder ein Schrei. Ich nicke meinem Fahrer Wiehnert zu. Er stellt sich vor die Tür, nimmt Schwung und tritt die Tür ein. Sofort stürmen wir in das Haus. Wieder hören wir einen Schrei. Wir stürmen weiter zur nächsten Tür. Dahinter kam der Schrei. Wir dort eine Frau gefoltert? Oder vergewaltigt? Wieder schreit es hinter der Tür. Ich reiße die Tür auf und mache einen Schritt in den Raum. Ich sehe eine Frau. Sie liegt auf dem Bett. Die Beine gespreizt. Davor eine weitere Frau mit Handtüchern und einer Schüssel Wasser. Die wimmernde Frau auf dem Bett ist hochschwanger und liegt in den Wehen!

In dem Moment wird die gegenüberliegende Tür aufgestoßen. Es sind chinesische Soldaten!

Auch die Chinesen sehen die Frau auf dem Bett. Sie hörten offenbar ebenfalls die Schreie.

Dann schaue ich dem vorderen Chinesen direkt in die Augen. Wir erkennen in uns den Feind. Instinktiv reißen wir gleichzeitig die Waffen hoch. Dann schreit die Frau wieder. Unsere Blicke treffe sich. Der Chinese, wohl ein Offizier, und ich schaue kurz zur Frau, die gleich ein Kind zur Welt bringen wird. Die helfende Frau auf dem Bett fleht uns an. Uns. Den Chinesen. Den Deutschen. Wir verstehen sie nicht. Aber die Chinesen. Die Frau bettelt und fleht. Verdammt! Ich verstehe nichts. Was soll ich tun? Meine Männer stehen hinter mir. Mit den Waffen in Anschlag. Ebenso die chinesischen Soldaten. Ich ziele direkt auf den chinesischen Offizier. Und schaue abwechselnd zur Frau und in die Mündung seines Gewehres. Meine Hände sind schwitzig. Ich sehe die geschlitzten Augen des Soldaten mir gegenüber. Ich sehe es ihm an.....er ist ebenfalls unsicher, was er machen soll. Die hochschwangere Frau ist mit dem Nerven am Ende. Sie will ihr Kind zur Welt bringen. Und wir sind im Begriff, uns in diesem Raum gegenseitig umzubringen. Ich bin selbst wieder Vater geworden........die Situation ist kaum auszuhalten.......

Fast gleichzeitig senken der Chinese und ich unsere Waffen. Er scheint wohl genauso zu denken. Dann ruft er nach hinten. Ein Soldat mit einer Rotkreuzbinde am Arm kommt hervor und setzt sich zur schwangeren Frau auf das Bett.

„Wucherle, Du bist Sanitäter. Hilf ihm." „Jawoll." Schon legt er seine Waffe ab und hilft dem chinesischen Sanitäter bei der Geburt des Kindes..........

Nach 15 Minuten erfüllt der erste Schrei eines Neugeborenen das Zimmer. Die Frau, die der schwangeren Frau beiseite stand, übergibt der geschwächten Mutter ihr Kind. Wucherle gibt dem chinesischen Sanitäter die Hand. Er ergreift sie und schüttelt lächelnd die Hand meines Funkers. Beide Soldaten haben ganze Arbeit geleistet. Nun gehen beide Geburtshelfer zu ihren Gruppen. Wir stehen uns immer noch gegenüber. Die Mutter schaut uns ängstlich an. Mit dem Kind auf dem Arm, was gerade mal zehn Minuten alt ist. Es gähnt und reckt ein Ärmchen hoch.
Ich nicke dem chinesischen Offizier zu. Er nickt mir zurück. Wir sind uns einig. Wir ziehen uns langsam aus dem Raum zurück.

Der Tod und die Geburt waren in diesem Raum so präsent. Aber dieses Mal.....dieses Mal triumphierte die Geburt. Und somit die Vernunft. Aber der Tod.........er wird noch reiche Ernte finden..........

Wir sind wieder draußen auf den verschneiten Straßen. Der Kanonendonner ist vorbei. Wir laufen wieder zurück zu der letzten Position unserer Panzer.

Nach einigen Minuten kommen wir an.....und die Panzer sind fort. Neben unseren abgeschossenen Panzer stehen noch zwei weitere brennende E-25 10,5 cm Ausf. B. Die amerikanischen Panzer sind alle abgeschossen worden.

Wir schauen uns um und suchen Fahrspuren im Schnee. „Hier sind sie langgefahren!", zeigt einer der Soldaten auf. „Los, Männer! Wir müssen Anschluß finden", befehle ich. Meine Soldaten und ich stapfen sofort los in Richtung Stadtkern.

30 Minuten später. Wir finden vier weitere Panzer unserer Einheit. Sie brennen. Wir suchen die Gegend ab nach ausgebooteten Panzermännern. Nichts.
Ich beiße die Zähne zusammen. In einer umkämpften Stadt im Niemandsland rumzulaufen ohne zu wissen, wo der Gegner ist. Ohne aufgeklärte Lage......ein verdammt ungutes Gefühl. Es nützt nichts....wir müssen weiter!
Ein Handzeichen und die Männer folgen.

Ich sehe eine Bewegung. Sofort gehe ich in Deckung, die Männer auch. In einer Parallelstraße sehen wir Soldaten. Es sind Chinesen! Ich flüstere: „In Deckung bleiben."
Zwei Minuten später gehen wir leise weiter.
Nun wissen wir es endgültig: Wir sind in Feindesgebiet.

Wir orientieren uns: Wir sind etwa 25 Minuten zu Fuß vom Stadtkern entfernt. Dort sind die Regierungsgebäude. Dorthin müssen wir. Wir rücken ab und folgen weiter den Spuren unserer Panzer,

Wir sind angespannt, während wir zwischen den Häusern den Spuren vorsichtig nachgehen.
„Tacktacktacktacktack!" Wir werden beschossen! Sofort springen wir in Deckung. Kurze Orientierung......der Beschuß kommt von rechts aus einer Nebenstraße. Wieder blitzt Mündungsfeuer auf. Ich nehme eine Stielhandgranate, schraube die Kappe ab und ziehe den Porzel-

lanknopf raus. Ich stehe auf, hole aus und werfe mit ganzer Kraft die Granate zum Feind. Schon peitschen Kugeln zu uns rüber. Sofort lasse ich mich in Deckung fallen. Dann folgt eine trockene Explosion. Jetzt stürmen wir vor und finden einige tote Chinesen vor. Zwei sind unverletzt, aber benommen. Wir entwaffnen sie und lassen sie laufen. Sie mitzunehmen ist zu gefährlich.

Und weiter!
An einer großen Kreuzung stehen etliche abgeschossene Panzer. Es sind chinesische M 4, amerikanische T29 und T30 und sechs unserer E-25 sowie zwei E-100 12,8 cm.
Einer der Panzermänner murrt: „Der Häuserkampf mit den E-25 ist doch Wahnsinn......." Ich schaue ihn an: „Ja. Trotzdem wird der Auftrag erfüllt. Man verläßt sich auf uns. Und mir gefällt das auch nicht. Weiter!"
Wir gehen gerade los an den abgeschossenen und brennenden Panzern vorbei, da fällt einer der Panzermänner vornüber und bleibt mit dem Gesicht in den Schnee liegen mit einem Loch im Hinterkopf. Erst dann hört man den Schuß. Ein Scharfschütze! „Los! Los! Los!", rufe ich und sofort laufen wir in eine Seitenstraße.
Meine Männer dürfen nicht merken, daß ich wütend bin. Wir sind Panzermänner und kämpfen ohne Panzer in einem von Feindessoldaten besetzten Stadtteil. Aber jetzt sind wir alle froh, die ungeliebte infanteristische Ausbildung erhalten zu haben.
„Weiter, Kameraden, auf geht's!", treibe ich sie an. „Wir finden sie gleich."
Kurz den Kopf raus.....ja, dort ist die Spur unserer Panzer. Hoffentlich. Geduckt rücken wir weiter den Spuren nach.

An jeder Häuserecke halten wir, schauen um die Ecke, prüfen Fenster und dunkle Ecken, dann weiterlaufen.

Wir hören in der Ferne Panzermotoren. Sind das unsere? „Ratatatatata!!" Eine MG-Salve peitscht vor uns in den Schnee. Wir bremsen, rutschen fallend über den Schnee und hechten in Deckung. „Ratatatatata!!" Überall schlagen die Kugeln ein. „Woher kommt das?", rufe ich. „Da rechts neben einem Autowrack. Etwa 80 Meter entfernt." Ich schaue kurz um die Ecke....es blitzt auf. Schnell ziehe ich den Kopf ein. Schon prasseln die Kugeln gegen meine Deckung. Wucherle steckt den kopf raus....und schon fliegen ihm die Kugeln um die Ohren. Er läßt sich schnell zu Boden fallen und robbt zurück. Wir sind festgenagelt. „Wir müssen weiter. Wir können uns mit denen nicht lange aufhalten. Und wenn noch mehr Chinesen kommen, sind wir geliefert." Die Männer schauen mich aufmerksam an. „Folgendes: Je drei Mann laufen gleichzeitig links und rechts von der MG-Stellung lang. Der MG-Schütze kann sich erst mal nur auf eine Gruppe konzentrieren. Die andere Gruppe kann dann die Stellung ausschalten. Ich bin in der ersten Gruppe. Die andere drei Männer bleiben hier und feuern auf die MG-Stellung." Wir teilen uns auf und machen uns bereit.

„OK? Los!!!" Sofort laufen wir los. Der MG-Schütze ist kurz irritiert und schwenkt auf uns ein. Er feuert. Unsere drei Männer in der Deckung feuern auf die MG-Stellung. Ich sehe, wie die MG-Salve uns immer näherkommt. Verdammt! Gleich hat sie uns! Hinter mir höre ich Wiehnert, meinen Fahrer, aufschreien. Er ist getroffen! Dann fühle ich einen stechenden Schmerz am linken Arm. Ich bin getroffen. Schon springen Klöppe und ich hinter einer Mauer. Wir hören zwei dumpfe Explosionen. Die andere Gruppe hat die Handgranaten genau in die

MG-Stellung platziert. Sie schweigt. Ich springe auf und laufe zu Wiehnert. Er liegt am Boden mit schmerzverzerrtem Gesicht. Ich schaue ihn kurz an: Ein glatter Oberschenkeldurchschuß. Klöppe verarztet meinen Arm. Ich bekomme es kaum mit und sage: „Verbindet ihn und nehmt ihn mit. Wir lassen niemandem zurück." Die Männer nicken entschlossen.

Langsam kommen wir weiter voran.
Wir hören einen Panzer aus einer Seitenstraße. Ist es einer von uns oder ein Feindpanzer?
Wir gehen in Deckung. Das Brummen wird zum Dröhnen. Dann erscheint eine Kanone. Es ist eine lange Kanone. Wir sehen den hochgezogenen Bug langsam aus dem Schatten hervorkommen. Es ist ein russischer JS-7!
„Los! Wir müssen ihn auf uns aufmerksam machen!", rufe ich meinen Männern zu. Schon laufen zwei los und winken wie wild. Hoffentlich sehen das keine gegnerischen Soldaten. Der Panzer rollt weiter. Ich nehme das chinesische Maschinengewehr und feuere auf den Panzer. Er stoppt. Er rollt rückwärts und dreht den Turm. Erkennt die Mannschaft uns? Oder feuern sie gleich auf uns? Ich laufe ihm entgegen. Die Kanone zielt nun direkt auf mich. Ich schlucke. Dann geht die Luke auf und der Kommandant steckt den Kopf raus: „nemetskiy? (deutsch?)" Ich antworte: „Da! (ja!)" Sofort steigen die Russen aus und helfen uns. Mit Händen, Füssen und einem Misch Masch aus deutsch und russisch erfahren wir, daß die Chinesen mit den Amerikanern schwere Angriffe gegen die Stadt führen. Der Stadtkern ist schwer umkämpft. Ich erkläre dem russischen Panzerkommandanten, daß wir unbedingt unsere Einheit finden müssen. Da

man uns kennt, wird der Russe, sein Name ist Vladimir, uns unterstützen.
Wiehnert ist im Panzer. Wir laufen zwischen der Häuserwand neben den uns schützenden Panzer in Richtung Stadtkern.

Auf dem Weg dorthin treffen wir immer wieder auf einzelne abgeschossene deutsche und chinesische Panzer. Überall liegen tote Soldaten in den Straßen.

Vor uns hören wir Schüsse. Aber es sind keine Kanonen. Es sind automatische Waffen. Ich höre die deutsche MP 40 und das Sturmgewehr 44 heraus. „Das sind unsere Jungs!" Wir laufen um die Ecke. Dort stehen zwei Flakpanzer E-100 mit heruntergeschossenen Ketten. Die ausgebooteten Panzermänner hocken in Deckung und liefern sich ein übles Feuergefecht mit chinesischer Infanterie. „Mensch, das ist ja Hans!", rufe ich.
Die Chinesen haben durch das Gewehrfeuer nicht bemerkt, daß wir ihnen in die Flanke stoßen. Schon feuern wir mitten in ihre Stellung. Fluchtartig ziehen sie sich zurück. Dann rollt auch der JS-7 langsam um die Ecke.
„Hans! Hans!" „Klaus! Du hier?!" Lachend fallen wir uns in die Arme. Auch unsere Panzermänner klopfen sich lachend auf die Schultern. „Klaus, nach dem Gefecht wußten wir nicht, wo Ihr ward. Und der Hilferuf aus dem Zentrum wurde immer dringlicher. Wir mußten dann weiter." „Paßt schon, Hans", antworte ich lächelnd. Wir hatten das Glück, daß uns unsere russischen Waffenbrüder geholfen haben." Hans salutiert vor dem russischen Panzerkommandanten und gibt ihm die Hand: „Spasiba. (danke)" Der Russe lächelt und nickt.

Hans zeigt auf die nächste Häuserecke etwa 100 Meter weiter von uns. „Dort ist der Rand des Stadtkerns. Lass uns weiter vorrücken. Die anderen Panzer sollten bereits dort sein." Ich nicke und gebe das Kommando zum Abmarsch.

Mit insgesamt 25 Panzermännern ohne Panzer und dem JS-7 rücken wir vor.

Wir hören Gefechtslärm. Eine Panzerkanone feuert. MG-Tackern. Einzelschüsse aus Pistolen und Karabinern. Das Rattern von Maschinenpistolen.

Wir kommen an der Ecke an. Russische und mongolische Einheiten liefern sich schwere Gefechte mit chinesischen Infanteristen und amerikanischen Panzern. Dazwischen sind deutsche Einheiten.
Ich spreche mich mit dem russischen JS-7-Panzerkommandanten ab. Jetzt funkt er seine Kameraden an. Wiehnert steigt aus und bleibt bei uns.

Wir schließen uns sofort den schwer kämpfenden Einheiten an und verstärken die Verteidigungslinie. Wir stehen jetzt neben russischen Soldaten, die auf die chinesischen Soldaten feuern. Dankbar nehmen sie die Hilfe an. Denn diese Soldaten kennen uns nur zu gut.....keine zwei Jahre vorher haben wir uns gegenseitig das Leben schwer gemacht......aber jetzt sind wir Schulter an Schulter gegen einen gemeinsamen Feind!

Wir feuern und feuern. Granaten fliegen. Explodieren vor unseren Stellungen. Dreck und Schnee kommt auf uns nieder. Neben Hans wird ein Rotarmist getroffen. Er fällt nach hinten über. Hans und ich wollen helfen.....er ist tot. Weiter. Wir müssen weiter feuern.

Hinter uns versuchen mongolische Soldaten einige Zivilisten durchzuschleusen. Ich schaue kurz rüber und feuere weiter nach vorn. Hans aber....... „Malika.....Malika!" Er schaut mich an. „Los, geh schon, Hans." Ich lächle ihn an. „Danke, Klaus." Er läuft rüber zu den Zivilisten. Ich sehe aus dem Augenwinkel, wie sich beide umarmen. Auch ist Malikas Bruder Leutnant Batu dabei. „Er mag es immer noch nicht...", murmle ich und grinse.

Es wird ohrenbetäubend laut. Ich falle zu Boden und halte meine Ohren zu. Sie schmerzen. Neben mir geht es den russischen Soldaten genauso. Wir haben einen Volltreffer bekommen. Ich höre Soldaten schreien. Die Stellung, wo ich stehe, ist umgewühlt. Ich schüttle den Kopf und schaue über den Sandsack. „Ich glaub, ich spinne...." Die Chinesen haben ein Artilleriegeschütz hinten in ein zerstörtes Haus geschoben und im Direktfeuer auf uns gefeuert.

Der JS-7, der uns hierher begleitete, will seine Kameraden schützen und stellt sich in den Feuerbereich der Artillerie. Nun dreht er den Turm und feuert auf das Haus. Treffer! Das Geschütz ist ausgeschaltet! Dann trifft ein harter Schlag den JS-7. Der Turm hebt sich fünf Meter hoch. Aus der Wanne lodert eine Feuersäule. Ein zweites Artilleriegeschütz hat aus einem weiteren Haus gefeuert. „Vladimir...." Ein Rotarmist schaut mich an. Er scheint sich zu wundern, daß ich dem Namen des russischen Panzerkommandanten kenne. Und er sieht es in meinen Augen....es tut mir leid.......

Die chinesische Infanterie stürmt vor. Noch mal trifft eine schwere Granate unsere Stellung. Kaum rappeln wir uns auf, sind die Chinesen auch schon da. Kleine drahtige Kerle mit Karabinern und aufgepflanzten Bajonett. Brüllend stürzen sie sich auf uns. Die russischen und deutschen Soldaten sind größer. Kräftiger. Ein Deutscher schlägt mit einem Spaten vier Chinesen um. Dann wird ihm ein Bajonett in die Brust gerammt. Fünf Chinesen reißen einen bulligen Russen zu Boden. Er verteilt Kopfnüsse. Drei Chinesen fallen ohnmächtig um. Die anderen beiden hebt er hoch und wirft sie weg. Dann wird er von drei Kugeln getroffen und bricht zusammen. Ein Russe wirft einem Deutschen eine Pistole zu. Er fängt sie und entleert augenblicklich das Magazin auf eine Gruppe Chinesen. Hans wirft einen Sandsack auf drei Chinesen. Sie purzeln augenblicklich nach hinten. Eine Handgranate fällt in eine Gruppe deutscher und russischer Soldaten. Ein Russe wirft sich auf die Granate. Sie explodiert. Der Russe wird in Fetzen gerissen. Aber die Soldaten um ihn herum überleben.

Die erste Welle des chinesischen Angriffs ist abgewehrt. Russen und Deutsche stehen keuchend und blutverschmiert in den Stellungen. Um uns herum jede Menge Leichen. Chinesen. Deutsche. Russen. Wir schauen uns alle an. Die Blicke wandern von einem zum anderen. Aber wir haben keine Zeit zum verschnaufen. Die zweite Welle chinesischer Infanterie rollt an. Wir hören ihr Kampfgebrüll.
Ein russischer Offizier brüllt: „Nazad!!" (zurück!). Die deutschen und russischen Soldaten ziehen sich zurück.

Wir laufen mit etwa 20 Russen und 15 Deutschen in eine Halle, wo auch die Zivilisten sind und sichern die Fenster.

Sie kommt! Die zweite Welle chinesischer Infanterie! Es sind so viele....

Die automatischen Waffen rattern und erhalten blutige Ernte. Die Chinesen feuern zurück. Hier fällt ein Deutscher zu Boden. Dort wird ein Russe getroffen.

Sie sind da. Direkt vor uns. Es kommt zum Handgemenge. Aber es sind einfach zu viele. Wir werden von ungefähr 70 chinesischen Infanteristen in eine Ecke der Halle gedrängt, wo auch die Zivilisten stehen.

Der Kampf in der Halle ist vorbei. Wir haben verloren. Draußen hören wir weiter Gewehrfeuer.

Ein chinesischer Offizier brüllt uns an. Wir verstehen ihn nicht. Leutnant Batu antwortet auf chinesisch. „Batu, was will er?" Der Chinese und Batu diskutieren laut. „Batu, was will er?!", frage ich noch mal. Er dreht sich um. „Der chinesische Offizier will die Zivilisten als Geiseln. Ich habe ihm gesagt, daß es nicht geht."

Der chinesische Offizier fuchtelt mit seiner Pistole rum und zeigt dann auf Malika. Batu gestikuliert. Hält seine offenen Handflächen dem Chinesen entgegen. Dann drückt der Chinese ab. Batu bricht stöhnend zusammen. Sein Oberschenkel hat ein Loch. Malika bekommt kein Ton raus. Sie ist starr vor Angst. Sie zittert. Der Chinese tritt auf Malika zu........und Hans stellt sich ihm in den Weg. Vier Meter trennen die beiden Männer. Der Chinese, vielleicht 1,65 Meter groß. Hans, über zwei Meter. Stämmig. Er schnaubt. Der Chinese schreit ihn an und deutet mit der Pistole, daß Hans zur Seite gehen soll. Er schüttelt ganz langsam den Kopf. Der Chinese drückt ab.

Die Kugel trifft Hans in die linke Schulter. Die Uniform färbt sich rot. Hans zuckt nicht mal. Er schießt noch mal. Er trifft den rechten Arm. Der Ärmel verfärbt sich ebenfalls. Hans presst die Lippen aufeinander. Dann feuert er auf das linke Bein von Hans. Er knickt leicht nach vorn ein, kommt aber sofort wieder hoch. Der Chinese schaut bereits leicht verwirrt. Dann verschießt er die letzte Kugel.....direkt in dem Bauch von Hans. Hans atmet schwer. Aber ......er steht. Der Panzerdrillich verfärbt sich......

Der Chinese schaut völlig verwirrt auf seine leere Pistole.

„Urra!!!!"

In dem Moment brechen Russen durch die Türen in die Halle und überwältigen die Chinesen in einem kurzen, aber heftigen Nahkampf.

Hans bricht blutüberströmt zusammen. Und liegt direkt neben Batu. Malika kniet zwischen Hans und ihrem Bruder.

„Malika....ich liebe Dich", presst es aus Hans heraus. Er schaut ihr tief in ihre wunderschönen braunen Augen.

„Ich liebe Dich auch, Hans." Dann schaut sie zu ihrem Bruder Batu. Er lächelt. Hans hat nicht nur den Respekt von Batu erkämpft, sondern auch seine stille Zustimmung.

Die Geburt einer großen Liebe......inmitten des Todes.

Kapitel 14 - Revanche

Die russischen Truppen, die uns in der Halle gerettet haben, versorgen die Verwundeten und nehmen uns mit.
Es geht an den Stadtrand. Denn die chinesischen und amerikanischen Truppen drücken massiv an allen Stellen und drängen die russischen, deutschen und mongolischen Truppen zurück.

Der schwere Tag ist vorbei und die Nacht bricht rein. Wir haben uns in die neuen Auffangstellungen zurückgezogen. Bei den Rückzugsgefechten konnten die deutschen Truppen wie im großen Krieg den Gegner lange genug hinhalten, damit viele kampfunfähige Einheiten sich absetzen konnten. Das können wir! Unsere russischen Waffenbrüder sind beeindruckt über unsere Fähigkeiten, im Rückzug dem Gegner empfindliche Verluste beizubringen. Wir sind nicht weniger beeindruckt über die russische Opferbereitschaft. Wir schätzen uns immer mehr. Der Respekt steigt........und wir helfen einander.

Es ist der 15. Februar 1950.
Hans ist nach Russland transportiert worden. Zusammen mit Malika und Batu und vielen anderen schwer verletzten deutschen, russischen und mongolischen Soldaten.

Wir sind in die Defensive gedrängt worden. Vorerst.

Strenger Frost ist in dieser Region eingebrochen. Die Kampfhandlungen sind regelrecht eingefroren. Die Panzer und Flugzeuge sind kaum noch fahr- und flugfähig. Und hier liegt nun der Vorteil der sowjetischen Waffen! Sie sind so konzipiert worden, daß sie auch unter extremsten Umständen funktionieren. Und die Russen sind sehr erfinderisch, wenn es darum geht, die Technik einsatzbereit zu machen.

Seit dem Verlust von Ulan Bator kamen elf Züge aus Deutschland mit Soldaten, Panzer, Munition und Material an.

Das Reichsministerium für Rüstung und Kriegsproduktion hat uns umfangreiches neues Material geschickt. Neue panzerbrechende Munition in allen Kalibern ist bereit, abgefeuert zu werden. Auch ist die gesamte E-25-Serie, die mit den Zügen angeliefert worden ist, mit experimentellen halbautomatischen Ladesystemen ausgestattet worden.

Weiterhin sind Prototypen der halbautomatischen Ladesysteme bei den Panzern mit einer 12,8 cm-Kanone eingebaut worden. Dies hat nun den Vorteil, daß die vormals getrennte Patrone von der Kartusche nun einteilig ist. Damit wird die Feuerrate der Geschütze erhöht.

Viele der neuen Panzer haben jetzt auch die Panzerabwehrrakete X-7 erhalten, die nah am Kanonenrohr auf eine Halteschiene geschoben wird und vom Kommandanten abgefeuert und ins Ziel über Draht gelenkt werden kann. Die Reichweite beträgt etwa 1.200 Meter und ist damit bedeutend größer als bei der Panzerfaust und Panzerschreck.

Etwa 100 Kilometer nördlich von Ulan Bator werden die neu eingetroffenen Einheiten in die bestehenden eingruppiert, Verluste aufgefüllt und beschädigtes Material repariert.

Die Russen nutzen ebenso die harte Frostperiode, um ihre Armeen zu verstärken. Unmengen von militärischem Material kommt jeden Tag an.

Im Laufe der nächsten drei Wochen treffen wir uns immer wieder mit sowjetischen Offizieren und Befehlshabern, um die nächsten Schritte zu koordinieren.

Heute am 8. März 1950 treffen sich deutsche Offiziere der Panzerwaffe mit den Führern der sowjetischen Panzerbrigaden. im Hauptquartier der 9. Garde-Panzerarmee.

Der deutsche Generalfeldmarschall Fritz Steinhuber, der Oberbefehlshaber der deutschen Streitkräfte in der Mongolei, steht am großen Kartentisch neben weiteren deutschen Generälen. Sowjetische Generäle stehen neben ihnen und besprechen Details. Dazwischen sind Dolmetscher.

Hans ist immer noch in Krankenhaus. Mein Schwiegervater Alexander Tolmachow, der Verbindungsoffizier Tarassow und unser Freund Brigadeführer Werner Streicher von der 2. SS-Panzerdivision „Das Reich" und ich sind ebenfalls anwesend.

Die Tür geht auf und Marschall Popow tritt ein. Wir salutieren. Er tritt heran und begrüßt uns alle mit Handschlag. Marschall Popow ist der Oberbefehlshaber der sowjetischen Streitkräfte in der Mongolei.

Popow eröffnet die Besprechung: „Geehrter Generalfeldmarschall, die hohen Offiziere der Wehrmacht, die hohen Offiziere der Roten Armee, ich danke Ihnen, daß Sie alle hier sind. Die chinesische Armee hat zusammen mit den amerikanischen Panzerdivisionen die Hauptstadt der Mongolei, Ulan Bator, erobert.

Mit der deutschen Taktik der Rückzugsgefechte und die neue Auffangstellung sowie der harte Frost, haben wir die Front zum Stehen gebracht und die Kämpfe abflauen lassen.

Diese Gelegenheit haben die Sowjetunion und Deutschland genutzt! Wir haben große Mengen an Kriegsmaterial und Soldaten herangeschafft. Die Verluste wurden ersetzt und neue Einheiten der Front hinzugefügt. In der Bereitschaft für die kommende Frühjahrsoffensive haben wir folgende Kampfeinheiten zur Verfügung:

Die Rote Armee:
Die 9. Garde-Panzerarmee
Die 12. Panzerarmee
Vier selbständige Panzerbrigaden
Sechs Armeen mit insgesamt 136 Schützendivisionen
Das sind 2.100 Panzer und 1.550.000 Infanterie

Die Wehrmacht:
Die 12. Panzerdivision
2. SS-Panzerdivision „Das Reich"
Die 10. Panzerarmee
Die 28. Armee mit zehn Infanteriedivisionen
Das sind 900 Panzer und 195.000 Infanterie

Die sowjetischen Luftstreitkräfte stellen wie folgt bereit:
2000 Jäger
800 Jagdbomber und Schlachtflugzeuge
224 Düsenjäger

Die deutsche Luftwaffe stellt wie folgt bereit:
576 Düsenjäger
288 Düsenbomber

Dazu kommen Artillerie sowie Raketenwerfer.
Genossen, geehrte Waffenbrüder, mit diesem Aufmarsch werden wir die chinesischen und amerikanischen Invasoren aufhalten und zerschlagen!
Die Temperaturen sind bereits bedeutend milder und wir werden nun in den nächsten zwei Wochen die letzten Umgruppierungen vornehmen und dann losschlagen.
Generalfeldmarschall Steinhuber wird nun einige wichtige Details erläutern und mit Ihnen die Angriffsstrategien durchgehen......"

Zwei Tage lang dauern die Gespräche. Der sowjetische Marschall und der deutsche Generalfeldmarschall arbeiteten Hand in Hand gleichberechtigt diesen unglaublichen Plan aus, um die Eindringlinge aus der Mongolei zu werfen.
Jeder Offizier weiß jetzt nun, was er genau zu tun hat und unterrichtet seine Untergebenen.
Auf der gesamten Front wird die Offensive vorbereitet und beinhaltet die Rückeroberung von Ulan Bator, weiterer wichtiger Orte und die Zurückdrängung der feindlichen Kräfte über die komplette mongolische Grenze.

Die Frühjahrsoffensive der sowjetisch-deutschen Truppen ist auf den 25. März 1950 festgelegt.
Viel ist noch zu tun......

Der Morgen der Offensive ist angebrochen.
Unsere technische Erprobungseinheit ist in die 12. Panzerdivision eingebunden. Sie liegt in direkter Nachbarschaft mit der 2. SS-Panzerdivision „Das Reich". An unserer Seite stehen mehrere sowjetische Panzerbrigaden.

Wir stehen bereit.

Ich schaue nach rechts und nach links aus meinem neuen E-100 12,8 cm mit halbautomatischen Ladesystem. Neben meinem Panzer steht Hans, der nun vollständig genesen ist, im Turm seines E-100 12,8 cm. Alle anderen Panzerkommandanten stehen ebenfalls in ihren Türmen. Wir schauen uns an.

Direkt vor uns steht eine selbständige Panzereinheit der Russen. Sie sind der Stoßkeil. Einer der russischen Panzerkommandanten schaut zu uns nach hinten. Er nickt uns zu. Wir nicken zurück.

Er schaut nach unten....scheinbar bekommt er gerade eine Information des Funkers.......in dem Moment ruft Wucherle, mein Funker, hoch: „Geht los!"

Der russische Panzerkommandant ruft zu seinen Kameraden: „Dawai!"

Ich schaue zu meinen Panzermännern: „Vorwärts! Voran, voran!"

Das Blubbern der großen Panzermotoren steigert sich zu einem Brummen und mündet in ein Brüllen. Dutzende Panzer rucken an. Die Ketten quietschen. Schwarzer Rauch steigt aus den Auspüffen auf. Wir greifen an!

Lange Kolonnen vorrückender Panzer rollen über die Ebenen der Mongolei. Auf ihnen sitzend ist die Infanterie. Hinter uns Schützenpanzer, vollgestopft mit Soldaten. Die vordersten Panzereinheiten haben keine ausgesessenen Soldaten, da sie als erstes beschossen werden.

Es ist immer noch Winter, aber die Kälte hat deutlich nachgelassen. Hier und da ist bereits der Schnee durch die immer stärker werdende Sonne weggeschmolzen und haben kleine Bäche gebildet.

Über uns ist blauer Himmel mit weißen Wolken. So ruhig......so friedlich.....und hier unten wird bald die Hölle losbrechen. Ich denke an meine Frau Tatjana....an meine Kinder Sonja und Alexander........

Ich wische den Gedanken wieder beiseite. Ich darf nicht träumen. Wir werden heute auf einen mächtigen Gegner treffen. Und er wird sich wehren.

Über uns hören wir das Rauschen der sowjetischen Artillerie. Vor uns türmen sich Rauchschwaden auf. Das Donnern der einschlagenden Granaten ist zu hören.

Es fühlt sich immer noch etwas seltsam an. Wir fahren in Formation Richtung Südosten und vor uns rollen sowjetische Panzer, die wir mit unserer Feuerkraft unterstützen.

Es kommt Leben im Funkkanal: „Dort an den Hügeln kommt was hoch. Etwa zwei Kilometer von uns entfernt. Die sehen komisch aus." Ich nehme den Feldstecher und schaue in die Richtung, wo die Sichtung gemacht wurde. Ich kann es kaum erkennen: „Das Fahrwerk scheint ein „Sherman" zu sein, aber das große Ding da oben drauf.. ....sieht was aus wie ein Möbeltransporter......."
Aber was ist das? Meine Augen weiten sich. Ich reiße den Feldstecher runter, schnappe das Funkgerät und schreie: „In Deckung!!! Raketen!!!"
Aus den Aufbauten der „Shermans" ziehen sich lange dünne Fäden. Es sind startende Raketen aus einem Mehrfachwerfer. Es sind „Calliope"-Raketenwerfer, die schon bereits im großen Krieg von den Amerikanern eingesetzt wurden.

Ich schaue nach hinten. Die Luken der Panzer schließen sich, nachdem die Panzermänner die Infanterie gewarnt hat. Dann schließe ich die Luke.

Schon schlagen die ersten Raketen ein. Stanzen schwarze Löcher in den schneebedeckten Boden. „Bum! Bumbum! Bum! Bumbumbum!!"

Wir rollen während des Feuerüberfalls weiter. Ich schaue durch das Panzerglas des Kommandantenturms. Überall umherfliegender Schnee, Rauch, Feuer. Dann wird es still. Ich öffne die Luke und schaue nach hinten. Hinter unseren Panzer ist eine große Qualmwand. Dann kommt ein Panzer durch....noch einer....und noch einer....weitere Panzer folgen. Dann kommen die ersten Schützenpanzer. Es geht weiter!!

„Jetzt wollen wir diesen Blechkisten mal zeigen, was wir können!", rufe ich in den Kampfraum. „Wucherle, gib sofort Befehl, das Feuer auf die Raketenwerfer zu eröffnen." „Jawoll, Herr General." Einige Momente später bleiben einige unserer Panzer stehen und nehmen die „Calliope"-Panzer unter Feuer. Am Hügelkamm blitzen die Treffer auf. Drei, vier weitere werden getroffen. Mehrere brennen. Ein „Calliope"-Werfer explodiert in einem riesigen Feuerball. Der war wohl noch geladen....

Die sowjetischen JS-7 und die T-54 geben Gas! Sie wollen schnell in eine sichere Schußposition kommen. Und das ist nah am Gegner Wir folgen ihnen mit unseren schweren E-100 und E-25 10,5 cm. Dahinter sind unsere weiteren Panzer. Wir werden unsere Waffenbrüder nicht in Stich lassen!

Nach ein paar Minuten sind die „Calliope"-Raketenwerfer entweder zerstört oder haben sich zurückgezogen.

Die sowjetischen Panzer sind am Hügelkamm und wollen darüber hinwegfahren. Der erste T-54 ist am Rand, kippt dann leicht nach vorn....und explodiert. Volltreffer!
„Verdammt! Was ist dahinter? Pak? Panzer?", spreche ich ins Funkgerät. In dem Moment schiebt sich eine lange Kanone von der anderen Seite des Hügelkamms hoch. Dann folgt eine riesige Wanne.. Dann kippt der Panzer nach vorn: Es ist ein schwer gepanzerter T29!
Immer mehr kommen rüber. 15....30....dann sind es schon über 70....immer mehr kommen!
Schon feuern sie. Die schweren Granaten schlagen in die vordersten russischen Panzer ein. Einige prallen ab, andere durchdringen die Panzerung. Die Russen feuern zurück. Dann greifen wir ein. Schuß.....Treffer....aber es ist ein Abpraller. Das halbautomatische Ladesystem schiebt die Granate flink vor den Verschluß. Müller, der Ladekanonier, schiebt sie geschwind rein. Schuß. Treffer. Er brennt!
Wir sind jetzt von den amerikanischen schweren Panzern etwa 900 Meter entfernt.
Einige unserer Panzerkommandanten feuern die X-7 Panzerabwehrraketen ab. Sie sausen leicht eiernd den Panzern entgegen...und gehen meist vorbei. Bei voller Fahrt kann der Kommandant nicht genau genug zielen und lenken.

Auf der gesamten Angriffslinie kommt es nun zu Nahkämpfen von unter 200 Metern. Amerikanische, sowjetische und deutsche Panzer drehen sich und feuern sich gegenseitig in die empfindliche Seitenpanzerung.

Uns kommen zwei T29 entgegen. „Klöppe. Ziel auf die Fahrerluke". Schon feuert mein Richtkanonier. Der T29 brennt. Der zweite T29 feuert auf uns. Es knallt laut. Abpraller. Alles ist in intakt. Dann erhält der T29 Feuer von einem JS-7. Die Granate schlägt in das Turmheck. Die Munition explodiert. Der Turm wird abgerissen.
Auf der Entfernung schießen die russischen Panzermänner kaum vorbei. Viele Granaten prallen an der schweren Panzerung der T29 ab. Aber sie sind langsam und träge. Dafür treffen die T29 präziser als die russischen Kanonen.
Unsere E-25 10,5 cm zerschießen einigen T29 die Fahrwerke und verdammen sie zum Stillstand. Dann sind sie leichte Beute. Die JS-7 und E-100 erledigen den Rest.....

Nach 30 Minuten ist die Schlacht vorbei. Über 200 abgeschossene und brennende Panzer stehen in unserem Abschnitt.

Einige Schützenpanzer bleiben hier und bergen die Verwundeten und versorgen sie.....aus allen Panzern.

Wir rollen weiter. Die Offensive muß weitergehen!
Die vorn fahrenden sowjetischen Stoßeinheiten haben schon sichtlich gelitten. Ihre Lücken werden mit deutschen Panzern aufgefüllt. Nun fahren sowjetische JS-7 neben E-25 10,5 cm der technischen Erprobungseinheit. Dazwischen sind überschwere Panzer E-100 12,8 cm und mittlere Panzer des Typs E-25 T der Wehrmacht und Panzer des Typs E-50 und E-75 der Waffen-SS.
Seite an Seite......Schulter an Schulter.

Wir stoßen auf erneuten Widerstand. Ein chinesischer Pak-Riegel. Uns fliegen die Granaten um die Ohren. Aber unsere Verluste sind kaum nennenswert. Wir schießen die Paks zusammen und fahren weiter.

Wir kommen nach einer Stunde in die erste Ortschaft von zwei Ortschaften vor unserem Ziel, die Hauptstadt Ulan Bator, an.
Es sind nur etwa 80 Häuser. Es ist keine Menschenseele zu sehen. Wir stoppen und lassen die Infanterie vorrücken. Wir sind für Panzerfäuste, Granaten und Minen ein leichtes Ziel.
Nach der Ankunft der russischen Infanterie rücken wir zusammen vor. Rechts ein JS-7, links mehrere Dutzend Rotarmisten.

Mit Standgas rollt unser E-100 brabbelnd durch die Straße. Wir sind abgesichert durch rechts und links gehende russische Infanterie und deutsche Grenadiere. Das läßt uns etwas entspannter durch die Ortschaft fahren.
Kleine Staubwölkchen an einer Häuserwand. Ein russischer Soldat fällt um. Gewehrfeuer! Schon springen die Soldaten in Deckung.
Ich schaue durch das Panzerglas des Kommandantenturms. Aus einem Haus etwa 350 Meter vor uns blitzt es auf. Da sitzen sie! Schon feuert ein JS-7 mit seiner riesigen 130-mm-Kanone. Ein gewaltiger Knall erschüttert die Straße. Dreck wird hochgeworfen. Die große Sprenggranate fliegt ins Haus und reißt ein großes Loch in die Wand. Staub und Qualm steigt auf.
Links vom Haus steht eine große Pak „Los, Klöppe! Den schnappen wir uns!" Schon dreht mein Richtkanonier ein und feuert sofort. Ein Ruck geht durch den schweren

Panzer. Die Granate rauscht rüber zur Pak und schlägt zielgenau ein. Die Pak ist ausgeschaltet.

Der JS-7 und wir mit unserem E-100 rollen vorwärts.

Schon erhalten wir Feuer aus der Flanke. Es ist Infanteriefeuer. Die Rotarmisten springen hervor und nehmen die Chinesen unter Feuer. Neben ihnen die deutschen Grenadiere mit ihrem gezielten Feuer.

Wir rollen weiter. Hinter uns weitere JS-7 und E-100.

Eine schwere Explosion ist neben uns zu hören. Der Boden bebt. Der JS-7 ist getroffen! Ein kurzer Blick aus dem Kommandantenturm....ja, er brennt. „Wiehnert! Vor dem JS-7 querstellen, damit die Soldaten die Panzermänner rausholen können." Schon schwenkt mein Fahrer ein. Wir drehen unseren Turm in die vermutete Feuerrichtung, woher die feindliche Granate kam. Ich beobachte angespannt die Häuser. Wucherle ruft mich: „Herr General, drei Panzermänner aus dem JS-7 wurden gerettet." „Danke. Weiterfahren." Kaum ruckt unser Panzer an, da werden wir schwer getroffen. Der Knall läßt unsere Ohren klingeln. „Alles in Ok?", rufe ich in den Kampfraum. Ich höre vier Mal ja.

Das war ein großes Geschütz. Aber woher kam der Schuß? Ich schaue mich um. „Ach herrje...", murmle ich. „Klöppe! Auf 10 Uhr steht ein T30. Nimm ihn aufs Korn!" Drei Sekunden später feuert unsere schwere Kanone. Die Granate fliegt zum Gegner und schlägt in die Turmfront ein. Teile fliegen umher und Qualm hüllt den Panzer ein. Das verschafft uns eine kleine Verschnaufpause. Schon rücken weitere unserer deutschen und russischen schweren Panzer nach. Zwei von ihnen feuern in die Rauchwand.

Langsam legt sich der Qualm....der Panzer ist nicht da. „Ach, verdammt....", brumme ich. Sofort nehme ich das

157

Funkgerät: „An alle! Der Gegner verfügt über T30-Panzer."

Schon wissen alle, was das bedeutet. Die große 155 mm-Kanone des Amerikaners kann fast jede schwere Panzerung durchschlagen.

Die Panzer rucken an. Es geht weiter. Die Motoren röhren. Die Ketten quietschen.

Das Funkgerät rauscht: „Sind unter schwerem Beschuß.." Es knackt im Äther. „Wir werden eingekreist von Dutzenden Panzern. Erbitten Unterstützung." Dann hören wir jede Menge russische Funksprüche.

„Klöppe, finde raus, woher die Funksprüche kommen. Ich brauche eine Übersicht." „Jawoll!"

Drei Minuten später.

„Herr General, die Hilferufe kommen von unseren Flanken. Der Gegner unternimmt zwei starke Zangenbewegungen. Nach dem Bericht eines russischen Oberst versuchen die Chinesen und Amerikaner, uns mit großen Panzerverbänden einzukesseln."

Ich reibe mein Kinn.

„Wucherle, rufe den Generalstab. Sie sollen die Reserven freigeben! Wenn unsere Stoßbewegung gekappt wird, wird unser Angriffskeil zusammenbrechen und die Offensive ist in Gefahr!" Wucherle merkt die Ernsthaftigkeit in meiner Stimme. Er funkt sofort.

Mit der Absprache des russischen Panzerkommandanten lassen wir unsere Panzer rechts und links abdrehen, um die unter Druck stehenden Flanken zu unterstützen.

Auf dem Weg zur linken Flanke räumen wir noch einige Pak aus dem Weg und erreichen nach einigen Minuten den Rand des kleinen Ortes.

Wir sehen russische Panzer sich verzweifelt wehren. Die T-54-1, JS-4 und JS-7 sind zwischen einer Häuserreihe zurückgedrängt und feuern, was das Zeug hält. Um sie herum etwa 30 amerikanische T29 und T30. Diese werden von über 100 chinesischen „Shermans" unterstützt.

„An alle Panzer! Schießt zuerst die großen Brummer ab. Dann nehmt Euch die M 4 vor!", rufe ich ins Mikrofon.

Unsere vorderen Panzer halten, visieren an und feuern. Die russischen 130er Granaten und die deutschen 12,8er Granaten verlassen die langen Rohre und zischen dem Gegner entgegen. Krachend schlagen die Granaten in die schweren amerikanischen Panzer ein. Teile fliegen umher, Feuerbälle blühen auf. Ein Turm fliegt hoch und schlägt polternd zur Seite. Neun Panzer sind vernichtet. Im Funk bricht Jubel aus. Wir haben die Amerikaner voll erwischt! Sie versuchen, sich zurückzuziehen.

„Los! Sofort nachsetzen! Auf, auf!", gebe ich über Funk den Befehl.

Die deutschen und russischen Panzer rollen los und feuern auf die sich zurückziehenden T29 und T30. Die „Shermans" sind schon verschwunden und ließen einige ihrer zerstörten Kameraden zurück.

Wir drängen den Amerikanern nach. Die zuvor zurückgedrängten russischen Panzer rücken nun mit uns vor.

Nach einer kurzen Verfolgung und etwa drei Kilometer außerhalb der Ortschaft ist der Kampf vorbei. Nur wenige amerikanische Panzer konnten flüchten.

Wir stehen an einer T-Kreuzung. Südlich von uns liegt die Ortschaft. Nördlich von uns ist eine kleine Talsohle. Im Osten vermuten wir die geflüchteten Amerikaner.

Ich steige aus und gehe zum Panzer von Hans. Hans steigt ebenfalls aus und kommt mir entgegen.
„Scheint ja im Moment alles zu klappen", sage ich zu Hans. „Hoffen wir, daß es so bleibt", antwortet Hans.
Weitere Panzerkommandanten steigen aus und kommen zu uns. Es sind Deutsche und Russen.
„Na, mein Junge? Wie sieht es aus?", höre ich eine Stimme hinter mir. Ich kenne diese Stimme. Ich lächle. Ohne mich umzudrehen antworte ich: „Alexander. Mein Freund. Wie geht es Dir?" Ich drehe mich lächelnd um und schaue in das Antlitz meines russischen Schwiegervaters. Wir umarmen uns und klopfen uns auf die Schultern. „Mein Junge. Du hast also die Amerikaner zurückgedrängt und uns Luft verschafft. Ich wußte es. Auf Dich kann man sich verlassen!" Wir lachen beide.
Nach kurzen Gesprächen schauen die Männer mich an. Ein russischer Leutnant fragt mich: „General, was sollen wir jetzt machen?" Nach kurzer Überlegung antworte ich und alle russischen und deutschen Panzermänner hören aufmerksam zu: „Sammelt Euch. Danach werden die Panzereinheiten neu formiert und dem Gegner nachgesetzt. Wir dürfen sie nicht zur Ruhe kommen lassen. Los!" Die Panzermänner nicken kurz und führen meinen Befehl sofort aus.
Nach acht Minuten stehen die Einheiten geordnet und abfahrbereit in Bereitschaft. Es sind 18 deutsche Panzer der Typen E-100 12,8 cm, E-25 T und E-25 10,5 cm Ausf. B und 24 russische Panzer der Typen T-54-1, JS-4 und JS-7.

„Abfahrt!" Alle Panzermotoren röhren auf. Die schweren Fahrzeuge rucken an. Wir fahren in Richtung der geflüchteten Amerikaner.

Nun fahren wir Seite an Seite mit meinem Schwiegervater. Das wird meine Frau freuen. Wir können nun für diese gewisse Zeit auf uns gegenseitig aufpassen.

Wir rollen auf eine große Ebene. Wir fächern aus. Wir können über fünf Kilometer weit schauen. Aber das ist nicht mehr nötig. Denn da kommen sie. Eine riesige Streitmacht der chinesischen Armee!
„Klaus, das sind aber viele", funkt mich Hans an. Ich nehme das Funkgerät: „Ja...", antworte ich knapp.
Ich überlege kurz. Dann nehme ich das Funkgerät: An alle Panzereinheiten! Sofortiger Rückzug! Und haltet sie hin. Sie sollen merken, daß es gefährlich ist, uns nachzusetzen."
Alle wissen bescheid. Der bewährte kämpfende Rückzug. Dafür sind wir gefürchtet. Ich denke, die Russen sind dieses Mal froh, daß wir nicht vor ihnen, sondern neben ihnen sind.
Sofort halten unsere Einheiten. Die vordersten Einheiten feuern auf die Panzerspitzen des Feindes. Schon explodieren die ersten „Shermans". Die brennenden Wracks behindern die nachrückenden Panzer. Sie müssen sie umfahren. Und der Rauch nimmt ihnen die Sicht. Als die nächsten an den zerstörten Panzern vorbeirollen, werden auch sie getroffen. Die nachrückenden Panzer müssen nun in Zickzack fahren.
Unsere hinteren Einheiten ziehen sich zügig zurück, um eine Auffangstellung zu bilden.

Unsere Taktik geht auf. Die vorderen chinesischen Einheiten erleiden schwere Verluste. Aber sie stürmen unbeirrt weiter. Zwischen den „Shermans" sehen wir jetzt noch einen Panzertypen mit chinesischen Hoheitszeichen: Es sind „Pershings"!

Diese mittleren, knapp 42 Tonnen schweren Panzer mit einer 90 mm-Kanone waren im großen Krieg die Antwort zum deutschen Panther und Tiger.

Jetzt haben ihn die Chinesen. Und sie setzen ihn - ebenso wie die „Shermans" - nun massenhaft ein.

Die chinesische Panzerfront rollt weiter auf uns zu. Unsere Einheiten ziehen sich feuernd zurück. Hier und da bleiben einige unserer Panzer brennend stehen.......

Wir erreichen wieder die T-Kreuzung. Hier haben an dieser verengten Stelle unsere zuerst abgerückten Panzer eine Auffangstellung eingerichtet. Von unseren 42 Panzern sind noch 36 einsatzbereit.

Wir positionieren die Drehturmpanzer weiter vorn. Die Kasemattenpanzer stehen dahinter in gestaffelter Position. Wir sind bereit!

Einige Minuten später ist es soweit. Sie kommen!

Die chinesischen „Shermans" kommen wie ein Ameisenheer auf uns zu. Schon bellen unsere Kanonen los. Das trockene Knallen der Geschütze läßt auf der anderen Seite des Schlachtfeldes fast jedes Mal einen „Sherman" brennen. Auch die „Pershings" sind nicht stark genug gepanzert. Besonders die 130er Granaten der Russen und die 12,8er Granaten der deutschen Geschütze können sie nicht widerstehen. Etliche Rauchsäulen sind zu sehen.

Aber die Chinesen.....es ist erstaunlich.......trotz der hohen Verluste....sie rücken vor!

Unsere Panzerkanonen feuern und feuern. Eine Granate zerreißt es einem „Pershing" die linke Kette. Er dreht sich leicht und bleibt dann stehen. Eine weitere Granate schlägt in die vordere Wanne eines „Sherman" ein. Der Panzer bleibt stehen. Schwarzer Rauch quillt aus dem großen Loch. Der nächste Panzer, ein „Sherman", erhält einen Treffer direkt in die gepanzerte Turmfront. Diese hält nicht stand. Das Geschoß durchdringt die Panzerung und explodiert im Innenraum. Der Turm wird zerrissen.

Aber die Chinesen feuern auch zurück. Ein wahrer Granatenhagel kommt uns entgegen. Mehreren Panzern wird die Kette zerschossen. Ein russischer JS-4 erhält drei Treffer auf dieselbe Stelle. Erst dann gibt die Panzerung nach und der schwere Panzer wird zerstört. Einem deutschen E-25 10,5 cm Ausf. B durchschlägt die 90 mm-Granate eines „Pershings" die Front auf der Höhe des Fahrers. Das Fahrzeug brennt aus.

Ganz am Rand in Richtung der Stadt erhält ein deutscher E-100 12,8 cm einen Treffer. Der Kommandant des Panzers funkt mich an: „General Witte! Wir erhalten Feuer von der Seite. Aus Richtung der Stadt." „Danke, Leutnant. Drehen Sie in Richtung der Stadt, beobachten Sie und machen dann Meldung."

Keine zwei Minuten später.
„General Witte! Es sind die Amerikaner! Sie kommen aus der Stadt und fahren die Straße hoch."

Verdammt. Das kann doch wohl nicht angehen! Sie nehmen uns in die Zange.

„An die gesamte Einheit! Wir werden von der Stadt her von den Amerikanern angegriffen. Wir ziehen uns zur nördlichen Talsohle zurück. Dort werden wir uns einigeln. Wenn nötig, können wir uns auch von dort absetzen. Es gibt einen schmalen Weg raus."

Schon rücken die Panzer rückwärtsfahrend langsam ab und feuern. An der engsten Stelle blockieren wir die Zufahrt. Somit wird die Menge der angreifenden Panzer bedeutungslos sein.

Die Chinesen und die Amerikaner rücken nach und vereinigen sich.

Die engste Stelle in dieser Talsohle beträgt etwa 25 Meter. Die E-100 und die JS-7 stehen ganz vorn und schützen die anderen Panzer mit ihrer massiven Panzerung.

Die chinesischen und amerikanischen Panzer kommen nun langsam runter. Als der erste Panzer seinen Bug vorschiebt, bekommt er eine Granate verpasst. Durch die Explosion kippt er zur Seite. Weitere Panzer folgen. Wir feuern. Immer mehr. Immer weiter. Eine Stahllawine ergießt sich in die Talsohle. Wir schießen sie reihenweise ab. Die neuen Ladesysteme machen bis auf wenige Klemmer ihren Job. Aber es werden immer mehr Panzer.

Jetzt mehren sich die Meldungen über Munitionsknappheit.

„Hans, Alexander, wir müssen hier raus. Die Feindpanzer erdrücken uns. Alexander, schicke einen T-54-1 zum Ende der Talsohle. Er soll aufklären, ob der Ausweg feindfrei ist." „Aber sicher, Junge. Es wird sofort erledigt."

Fünf Minuten später. Mein Schwiegervater meldet sich: „Der Weg ist versperrt. Ein Erdrutsch hat ihn verschüttet. Wir müssen hier an der engen Stelle heraus." „Alexander, das ist nicht möglich! Wir haben nur noch 13 Panzer. Und der Gegner steht dort mit über 150 Panzern! Das schaffen wir nicht."

Rauschen im Funkgerät.
„Klaus, beschütze meine Tochter und meine Enkelkinder. Und sage ihnen, daß ich sie liebe. Ich werde jetzt einen Weg hier raus schaffen." „Alexander. Was meinst Du damit?" Der schwere sichtlich lädierte JS-7 ruckt an. „Alexander! Was hast Du vor??" Der JS-7 dreht seinen Turm auf den Gegner ein und feuert. Die Granate reißt einem „Pershing" den Turm ab. Brüllend nimmt er Kurs auf die Feindpanzer. „Alexander! Lasse es!!" Der JS-7 nimmt Fahrt auf. „Alexander! Nein!! Alexander!! Das überlebst Du nicht!!!" Der JS-7 meines Schwiegervaters erhält Dutzende Treffer. Das MG auf dem Dach wird abgerissen. Lange Furchen durch die abprallenden Granaten sind zu sehen. Dutzende Dellen werden in den Panzer gestanzt. Die Kanone wird getroffen und verbiegt. „Alexandeeeeeer!!!!!!"
Ich greife das Funkgerät: „Vorwärts! Dawai!" Schon rücken deutsche und russische Panzer an und fahren hinter dem JS-7 hinterher.
Schwarzem Rauch ausstoßend schlägt der schwere Panzer in die chinesischen „Shermans" ein.
Der amerikanische Stahl verbiegt sich unter dem Gewicht des JS-7, bis es bricht. Die ersten fünf „Shermans" werden einfach zur Seite geschoben. Dann schiebt sich der JS-7 auf zwei andere „Shermans". Er rollt einfach drüber hinweg. Dann steht dem JS-7 ein T29 gegenüber. Ale-

xander zögert nicht. Er gibt weiter Gas und rammt den schweren amerikanischen Panzer. Seine verbogene Kanone kommt zwischen Wanne und Turm des T29. Obwohl die Kanone verbogen ist, läßt er feuern. Die Granate zerfetzt das Rohr nun endgültig. Durch die Explosion wird der Turm des T29 aus seiner Verankerung gerissen und fällt zur Seite. Alexanders JS-7 fährt weiter! Und hinter ihm sind weitere schwere russische und unsere deutschen Panzer.

Die ersten amerikanischen Panzer fahren rückwärts. Weitere folgen. Sie weichen zurück!

Wir rücken nach und feuern unsere letzten Granaten raus. Die Chinesen und Amerikaner ziehen sich zurück!!

Die Luke des nahezu zerstörten JS-7 geht auf und Alexander Tolmachov steigt aus. Er reckt die Arme in den Himmel: „Urrrrraaaaaa!!!"

Ich springe aus dem Panzer, laufe zum JS-7, springe auf und schreie Alexander an: „Bist Du wahnsinnig?!?! Du verdammter......" Alexander lacht mich an. Dann fallen wir uns in die Arme. Um uns herum jubeln deutsche und russische Soldaten gemeinsam über den schwer erkämpften Sieg.

Wir rücken in die Stadt ab. Sie ist frei vom Feind. Unsere Einheiten dort haben schwer zu kämpfen gehabt, aber sie haben es geschafft!

Die amerikanischen Panzer, die aus der Stadt kamen, wollten sich mit den Chinesen im Norden vereinigen und dann gemeinsam mit geballter Feuerkraft wieder in die Stadt einrücken. Aber der zermürbende Kampf in der

Talsohle gegen die Reste unserer Einheit hat ihre Pläne durchkreuzt.

Sechs Tage später. Es ist der 1. April 1950.
Vier sowjetische Garde-Panzerbrigaden haben zusammen mit der 2. SS-Panzerdivision „Das Reich" und der deutschen 12. Panzerdivision und 14 Schützendivisionen die Hauptstadt Ulan Bator wieder zurückerobert.

An fast allen Frontabschnitten haben die sowjetischen und deutschen Truppen die Chinesen und Amerikaner zurückgedrängt. Allerdings nicht ohne Verluste. Besonders in den Straßenkämpfen haben die russischen Rotarmisten und deutschen Grenadiere ihren Tribut zahlen müssen. Sie trugen die Hauptlast bei den Kämpfen in der Stadt. Sie kämpften Seite and Seite.....und starben Seite an Seite.

Im Laufe des April ist der Schnee geschmolzen und hat die Straßen und Ebenen zu Schlammfeldern werden lassen. Schnelle Bewegungen sind nahezu unmöglich. Die Kampfhandlungen lassen nach. Somit wird uns eine Verschnaufpause verschafft. Uns...und auch dem Gegner.

Und es gibt ein Gerücht.....ein Gerücht über einen neuen Panzer. Einen neuen Kampfpanzer der Amerikaner.........

Kapitel 15 - Der neue Panzer

1. Mai 1950.

Es gibt kaum Kampfhandlungen. Nur hier und da einige Scharmützel. Aber die Luftkämpfe flammen auf. Die Amerikaner haben neue Flugzeuge.

Seit Ende April setzt die U.S. Air Force neue Jagdflugzeuge mit Düsentriebwerken ein, die es in sich haben. Zwei neue Typen. Die Republic F-84 Thunderjet und Lockheed F-94 Starfire, treten nun vermehrt auf und machen es unseren ME 262 und den russischen MIG 15 das Leben schwer.

Und die amerikanischen Piloten sind gut ausgebildet.

Wenn ein deutscher Jäger abgeschossen wird, verlieren die Amerikaner vier Jäger. Die Amerikaner verlieren einen Jäger gegenüber zwei russischen Jägern.

Die Deutschen und die russischen Jagdmaschinen sind allerdings in der Minderzahl. Die Amerikaner haben doppelt so viele Jagdflugzeuge.

Nach einer Besprechung der höchsten deutschen und sowjetischen Offiziere in Ulan Bator, kehren Hans und ich zu unseren Einheiten zurück. Aufmerksam stehen unsere Panzermänner um uns herum.

„Männer! Als erstes: Die oberste Heeresleitung ist stolz auf uns! Wir haben ganze Arbeit geleistet und haben auch in schwierigsten Situationen standhaft unsere Pflicht erfüllt. General Latzke und ich haben eine ganze Reihe von Euch zum EK I und EK II eingereicht.

Unsere Einheit verbleibt in Ulan Bator zur Auffrischung. Wir erhalten neues Material und neue Männer aus der Panzerschule.

Auch werden wir nun die Berichte über die X-7 Panzer-abwehrrakete sowie über die halbautomatischen Ladesysteme bei den Panzern mit einer 12,8 cm-Kanone und die neuen Granaten einreichen. Das Ministerium erwartet von uns detaillierte Berichte über die Funktionalität und Zuverlässigkeit der neuen Technik.
Wir werden uns etwas ausruhen können. Genießt die Zeit. Sie wird nicht lange sein. Denn wir werden schon in 14 Tagen wieder eingesetzt werden. Alles verstanden?"
„Jawoll, General!", tönt es aus Dutzenden von Mündern.
„Gut. Abtreten".

In den nächsten Tagen kommt der versprochene Nach-schub und wird eingegliedert bzw. verteilt. Die Techniker und Mechaniker kontrollieren die Abnutzung der neuen Systeme und protokollieren zusammen mit den Panzer-männern die Erfahrungen und Einsatzfähigkeiten.

Folgendes wird im Bericht festgehalten:
Die X-7 Raketen sind auf den Panzern fast nutzlos. Wäh-rend der Fahrt kann der Schütze, meist der Kommandant, mit der Fernbedienung überhaupt nicht zielen und trifft oft nicht. Auch ist die Reichweite von 1.200 Metern nicht besonders groß. Allerdings wird eine klare Empfehlung einer tragbaren Variante für die Infanterie ausgesprochen. In einem Versteck lauernd ist diese Panzerabwehrrakete effizient einsetzbar.
Die neuen halbautomatischen Ladesysteme für die gro-ßen 12,8 cm-Kanonen haben sich bewährt. Klemmer gab es nur selten. Aber einige mechanische Teile müssen nachgebessert werden, um die Zuverlässigkeit zu erhö-hen. Die einteiligen 12,8 cm-Granaten haben etwas an Durchschlagskraft verloren. Es wird empfohlen, auch die

zweiteiligen Granaten zu verwenden. Diese brauchen zwar etwas länger, um geladen zu werden, aber die Wahrscheinlichkeit einen sehr stark gepanzerten Gegner zu zerstören, steigt durch die Verwendung dieser zweiteiligen Munition. Beide Granatenarten können durch leichte Anpassungen an der Granatenaufnahme des Selbstladesystems verwendet werden. Die Empfehlung zur Aufmunitionierung eines Panzers beträgt fünf einteilige Granaten zu einer zweiteiligen Granate.

Es ist der 4. Mai 1950.
Der Boden ist wieder befahrbar. Die Rote Armee bereitet zusammen sich mit der deutschen Führung eine weitere Offensive vor. Eifrig werden neue Einheiten hinzugezogen, eingegliedert und eingewiesen auf die kommenden Operationen.

Unsere technische Erprobungseinheit steht etwa 20 Kilometer südöstlich von Ulan Bator. Unsere Verluste wurden wieder aufgefüllt.

Folgende Panzer sind nun einsatzbereit:
14 E-100 Flakpanzer
14 E-100 Autolader
14 E-100 12,8 cm
24 E-25 10,5 cm Ausf. B
24 E-25 Moskito
14 E-25 lang 12,8 cm
14 Skorpion G
12 E-60 „Schwarzwolf"

Das sind insgesamt 130 kampfstarke Panzerfahrzeuge!

Es ist früher Mittag.

Hans und ich weisen die neuen Panzermänner in die örtlichen Gegebenheiten ein und unterweisen sie über die Kampftaktiken des Gegners.

Die Panzermänner stehen in Gruppen um ihre Kommandanten und hören den Ausführungen aufmerksam zu.

Ein Kradmelder kommt in unsere weitläufige Stellung. Bollernd hält das Motorrad mit dem Boxermotor neben mir an. Der Fahrer macht den Motor aus und nimmt die Fahrerbrille ab. Das Gesicht ist verschmutzt. Außer der Teil des Gesichts, wo eben noch die Brille war.

„General Witte! Eine Nachricht von der vor uns liegenden 12. deutschen Panzerdivision. Ich soll auf Antwort warten." Ich nehme den Zettel und lese ihn. Hans schaut mich an. Er sieht, wie mein Gesicht ernst wird. Er geht auf mich zu und stellt sich neben mich. Ich schaue hoch zum Kradmelder: „Sagen Sie dem General der 12. Panzerdivision, daß wir uns fertig machen und kommen." Wir grüßen uns militärisch. Der Kradmelder setzt die Brille wieder auf, kickt die BMW an und fährt wieder los.

Ich schaue in das Gesicht von Hans. „Es ist das Gerücht um den neuen Panzer der Amis, Klaus?" „Vermutlich, Hans. Die 12. hat gemeldet, daß die neben ihn liegende sowjetische Panzerbrigade um Hilfe funkt. Und sie berichten von einem Panzer, der einen seltsamen Turm hat und unglaublich schnell feuern kann." Hans zieht die Augenbrauen hoch. „Ein Autolader?" „Offensichtlich."

25 Minuten später ist unsere komplette Erprobungseinheit abfahrbereit. Das durchdringende Brummen der vielen Motoren läßt den Boden erbeben.

Ich schaue auf die 14 E-100 Autolader. Werden sie nun einen ähnlichen Gegner haben? Alle anderen Panzer mit dem halbautomatischen Ladesystem machen die Sache leichter, sind aber kein vollwertiges Ladesystem wie beim E-100 Autolader.

Wucherle, mein Funker, schaut mich an. Ich nicke ihm zu. Schon gibt er das Kommando zum Abrücken. Augenblicklich brüllen Dutzende Motoren auf. Die Panzer rucken an und quietschend rollen sie los in Richtung der 12. Panzerdivision.

20 Minuten später.
Ich stehe im Turm des E-100 Autoladers und suche mit dem Fernglas die Gegend ab. Am Horizont stehen viele Rauchsäulen. Wir kennen diese Säulen. Sie kommen von abgeschossenen Panzern.
„Wucherle, nimm Kontakt auf mit der 12. Panzerdivision. Wir müssen wissen, was uns erwartet." „Jawoll, Herr General." Schon hängt mein Funker am Funkgerät. Ich suche wieder aufmerksam den Horizont ab.
„Herr General, die 12. teilt mit, daß sie zusammen mit der 87. sowjetischen Panzerbrigade im schweren Abwehrkampf sind. Besonders die sowjetische Panzerbrigade wird attackiert. Sie erbitten um sofortige Hilfe."
Ohne zu zögern nehme ich mein Mikrofon vom Funkgerät in die Hand: „An alle Panzer! Volle Fahrt auf die Stellungen der 87. sowjetischen Panzerbrigade. Nicht anhalten! Durchbrechen und den Gegner angreifen!" Ich drehe mich zu Wucherle: Gib der 12. mein Kommando durch, damit sie wissen, was wir machen." Mein Funker führt umgehend den Befehl aus.

Ich schaue mich um. Alle Panzer um uns herum geben Vollgas. Neben den laut brüllenden Panzermotoren hören wir nun immer deutlicher Kanonendonner.

Über dem Schlachtfeld fliegen russische Iljuschin Il-10 Schlachtflugzeuge. Sie werden von amerikanischen P-51 „Mustang" angegriffen. Weit oben im Himmel liefern sich deutsche, russische und amerikanische Düsenjäger heftige Luftkämpfe.

Wir kommen dem Kampfgeschehen schnell näher. Ich ziehe mich in das Innere meines E-100 Autoladers zurück und schließe die Luke.

Die dunkle Wand aus schwarzen Rauchsäulen kommt näher. Wir fächern aus. Die letzten Kommandanten haben die Luken geschlossen. Vor uns die ersten Stellungen der sowjetischen Panzerbrigade. Zwischen den etlichen zerstörten russischen Panzern stehen die Reste der russischen Einheit.

Wir fahren an den zerstörten T-54-1, JS-4 und JS-7 vorbei. Einige Jagdpanzer Objekt 704 stehen ebenfalls brennend in den Stellungen. Die russische Brigade hat wirklich bluten müssen. Überall sehen wir russische Panzermänner. Unverletzte Russen versorgen verletzte Kameraden. Ich würde am liebsten anhalten und helfen. Aber wir werden unseren russischen Waffenbrüdern anders helfen. Wir werden sie schützen.

Als wir durch die russischen Stellungen rollen, salutieren einige russische Männer vor uns. Ich salutiere zurück. Im Bewußtsein, daß ich nicht gesehen werden kann. Denn ich sitze im Panzer.

Durch den Rauch und Qualm sehen wir sie.... die chinesischen und amerikanischen Panzer!

Unmengen chinesischer „Shermans" stehen um schwere amerikanische T29 und T30 herum und schießen. Auch einige chinesische „Pershings" feuern auf die Russen.

„Sofort Feuer eröffnen!", rufe ich ins Funkgerät. Schon feuern alle unsere Panzer auf den Gegner. Die riesigen überschweren E-100 12,8 cm, E-100 Autolader, E-100 Flakpanzer. Die dahinter fahrenden E-25 Moskito, E-25 10,5 cm und die E-25 lang 12,8 cm feuern einen Moment später. Die Jagdpanzer Skorpion G und die innovativen E-60 „Schwarzwolf" fahren einen großen Bogen und werden versuchen, den Gegner in die Flanke zu packen.

Wir brechen zwischen den russischen Panzern hervor und überraschen den Gegner. Feuernd kommen wir näher und vernichten eine ganze Reihe der „Shermans". Mit konzentriertem Feuer auf einzelne schwere Panzer, eine russische Taktik, die wir aus dem großen Krieg übernommen haben, vernichten wir mehrere T29 und T30.
Nun reagieren die Chinesen und Amerikaner. Die chinesischen „Shermans" rotten sich in Rudeln zusammen und fallen über einzelne Panzer her. Sie versuchen, von vorn links und rechts den einzelnen Panzer zu beschießen. Wenn sie ganz nah dran sind, wird der einzelne Panzer umrundet und von hinten abgeschossen. Diese Taktik kostet allerdings viele Panzer.
Die amerikanischen T29 und T30 stehen jetzt schräg zu uns. Sie decken sich gegenseitig mit ihren Wannen. Ihre schweren breiten Türme drehen sich hin und her und neben uns ins Visier. Ein T30 feuert seine 155 mm-Kanone auf uns ab. Sie ist recht langsam. Ich sehe, wie die Granate uns entgegenkommt. Sie prallt an unserer Turmseite ab und fliegt krachend in einem schräg hinter uns fahren

E-25 Moskito. Der flache Jagdpanzer fliegt in einem Feuerball auseinander. Die große 10,5er Kanone wird nach vorne katapultiert und fällt polternd zu Boden. Verdammt.......meine Männer.....

Ich lasse den gewaltigen Turm mit der Zwillingskanone 12,8 cm auf dem T30 richten. Schon wummern unsere Kanonen zwei Mal. Der Rückstoß läßt unseren Panzer vibrieren. Die verbesserten Granaten rauschen mit fast 1.000 Metern in der Sekunde dem Panzer entgegen. Sie schlagen zwischen Wanne und Turm ein. Die Explosion hebt den Turm etwa einen Meter hoch. Dann explodiert im Inneren des Panzers die Munition. Eine weitere Explosion schleudert den Turm etwa vier Meter hoch und fällt dann brennend neben seiner Wanne zu Boden.
Wir merken fast nicht, daß unser Panzer mindestens fünf Mal getroffen worden ist. Aber es wird nichts beschädigt. Dumpfe Schläge sind zu hören. Weitere Granaten treffen uns. Wir rücken in geschlossener Formation vor. Wir feuern. Die Granaten schlagen in die Gegner ein. Die Chinesen wehren sich verzweifelt, aber sie haben keine Chance. Sie werden einfach überrannt. Ihre Strategie des Umrundens funktioniert nur wenige Male. Auch die chinesischen „Pershings" werden in schneller Folge abgeschossen.
Über uns donnern mehrere P-51 „Mustangs" hinweg. Ihre Bordwaffen haben keine Wirkung auf uns. Die Treffer ihrer Bordwaffen klingt fast wie Regen auf ein Blechdach.
Dann kommen in Tiefflug mehrere Il-10 mit Raketen bewaffnet über das Kampffeld. Sie feuern die Raketen ab und zerstören eine ganze Gruppe „Shermans".

Einige T29 nehmen einen schweren E-100 12,8 cm unter Feuer. Sein Turm zeigt nach rechts auf einen T30. Mehrere 105 mm-Granaten treffen den E-100 in die Turmseite. Schwere Beschädigungen sind zu sehen. Der E-100 bewegt sich nicht mehr. Nun feuern zwei T29 noch mal auf die Turmseite. Die Granaten durchdringen die lädierte Turmseite. Der Panzer brennt.

Nun feuern zwei E-100 Flakpanzer über das Feld und nehmen die Gruppe der T29 unter Feuer. Hektisch ziehen sie sich hinter Panzerwracks zurück. Einem jedoch erwischt es die Kette. Die Besatzung bootet aus.

Zwölf schwere T30, begleitet von 18 chinesischen „Pershings", wollen unsere Formation durchbrechen. Sie überschütten uns mit ihren schweren Granaten. Etliche Panzer werden beschädigt. Einem E-100 Autolader zerreißt es die rechte Kette. Ein weiterer Autolader erhält mehrere Treffer von 155er Granaten. Er bleibt brennend stehen. Nur zwei Panzermänner booten aus.

Nun visieren die T30 einige unserer Jagdpanzer weiter hinten an. Die großen Türme drehen sich. Schüsse lösen sich. Die schweren Granaten rasen zu den E-25. Ihre dünne Front kann dem nichts entgegensetzen. Insgesamt sieben E-25 verschiedener Versionen werden zerstört.

Nun halten unsere Autolader in den Pulk der amerikanischen Panzer. Der erste E-100 Autolader jagt seine vollen Magazine raus: „Bamm!! Klack. Bamm!! Klack. Bamm!! Klack. Bamm!! Klack. Bamm!! Klack. Bamm!! Klack. Bamm!! Klack. Bamm!!"

Acht 12,8er Granaten rauschen rüber zu dem feindlichen Panzer. Etliche Treffer. Haben sie Wirkung? Wissen wir nicht. Weitere E-100 Autolader feuern. Wieder hört man das charakteristische Feuern der Zwillingskanonen. Etliche Granaten rauschen in den Panzerpulk und explodieren. Dichter Qualm nimmt uns die Sicht. Wir warten kurz, bis der Qualm abzieht. Nur vier „Pershings" und sechs T30 haben es überlebt. Der Rest steht zerstört und teils brennend auf dem Schlachtfeld.

Wir drängen die Chinesen und Amerikaner langsam zurück. Die Reste der chinesischen Panzereinheiten und die angeschlagenen amerikanischen Panzereinheiten fahren kämpfend rückwärts.

Wir setzen nach. Entschlossen, den Gegner weiter zurückzuwerfen, rollen wir den Amerikanern hinterher. Wir erreichen jetzt die abgeschossenen schweren Panzer. Ich schaue durch die Kommandantenluke. Diese riesigen Panzer sind so was von zäh. Ich schaue auf den Lauf eines brennenden T30. Eine furchterregende Kanone! Sie hat schon etliche unserer Panzer vernichtet.
Was war das? Im Augenwinkel sehe ich etwas hinter einem Hügel verschwinden. Sofort nehme ich das Funkgerät: „Hans! Da rechts. Da war was. Ein Panzer. Der hatte einen seltsamen Turm." „Was meinst Du genau, Klaus?" „Kann ich Dir nicht sagen. Aber das war weder ein Chinese noch ein dicker Brummer der Amis."

Ist er das? Der neue amerikanische Panzer.....?
Kaum denke ich den Gedanken, schlagen schon in unsere Flanke etliche Granaten ein. Es klingt so, als ob ein riesiges Maschinengewehr auf uns feuert. Wir hören es....die Treffer tun unserem E-100 Autolader nicht gut. Rauch entwickelt sich. Wir brennen! Die automatische Löschanlage verrichtet ihren Dienst. Wir steigen aus. Die Luft im

Panzer ist nicht mehr atembar. Wir springen vom Panzer und rennen in Deckung.
Ich schaue mich um. Sind alle Männer da? Ich zähle....Ja! Alle da!

Und da ist er! Der neue amerikanische Panzer!!
Er fährt hinter einem brennenden Wrack hervor.
Ich schaue ihn mir ganz genau an. Ich will mir so viele Details wie möglich einprägen.
Seine Wanne ist der vom „Pershing" relativ ähnlich. Nur läuft die von diesem Panzer vorn sehr spitz zu. Es scheint eine gegossene Wanne zu sein. Das Fahrwerk ist bis auf das hier hochgesetzte hintere Triebrad wohl identisch.
Der Turm jedoch sieht sehr seltsam aus! Hinten ist er recht eckig und hat einigen Abstand zur Wanne. Vorn läuft der Turm bis zur Kanonenaufnahme spitz zu und scheint aus Gußstahl zu sein. Die Bauweise ist ein Wiegeturm. Nicht nur die Kanone, sondern der gesamte obere Turm läßt sich rauf und runter bewegen. Zwischen dem oberen und der unteren Turmteilen ist eine Stoffplane gespannt. Das Kanonenrohr selber ist extrem lang und scheint eine 105 mm-Kanone zu sein.
Nun hält der amerikanische Panzer, dreht zügig seinen Turm und visiert etwas an. Ich schaue in Richtung seines Ziels: Es sind drei E-100 12,8 cm.
„Bam! Bam! Bam! Bam!" Ein kurzer Dreh des Turms.
„Bam! Bam! Bam! Bam!" Die beiden beschossenen schweren E-100 brennen. Der Turm des amerikanischen Panzers dreht sich um etwa 40 Grad nach links. Dort steht ein Skorpion G. „Bam!" Die Ketten des deutschen Jagdpanzers brechen. Nun gibt der Panzer Vollgas und verschwindet hinter den schwarzen Rauschwaden der Panzerwracks.

Ich sitze mit offenen Mund in der Deckung. Dann schaue ich meine Männer an. Sie sind ebenso ungläubig und erstaunt. „Herr General, hat der Ami eben tatsächlich ohne nachzuladen neun Schuß abgegeben?" Ich nicke......

Trotz unserer schweren Verluste haben sich die Amerikaner und Chinesen zurückgezogen.

Die russische Panzerbrigade ist fast vollständig aufgerieben worden. Von den 68 Panzern habe gerade mal 15 die schweren Kämpfe überlebt.
Aber auch unsere technische Erprobungseinheit, die im Prinzip eine vollständige Kampfeinheit geworden ist, hat beträchtliche Verluste hinnehmen müssen. Von unseren 130 Panzerkampffahrzeugen sind noch 69 einsatzbereit. Nach der ersten Sichtung der abgeschossenen und beschädigten deutschen Panzer können noch 17 wieder einsatzbereit gemacht werden. Die übrigen 44 Panzer sind so dermaßen stark beschädigt worden, daß sie nicht mehr zu retten sind.

Das Schlachtfeld wird geräumt. Die reparablen Panzer werden geborgen. Die Toten begraben.

Ich gehe grübelnd zwischen den qualmenden Panzerwracks. Ich schaue in die Richtung, wohin die Amerikaner sich zurückgezogen haben. Hans stellt sich neben mich. „Schwirrt Dir der neue Panzer im Kopf rum?" Ohne ihn anzuschauen nicke ich stumm......

179

Kapitel 16 - Die Operation

Zwei Tage später. Es ist der 6. Mai 1950.
Hans und ich haben darauf gedrängt, daß alle wichtigen Panzerführer zu einer Besprechung zusammengerufen werden.

In Ulan Bator sitzen wir im Gebäude des Bürgermeisters im großen Besprechungssaal.
Hans und ich sitzen neben Generalmajor Alexander Tolmachov. Auch unser Verbindungsoffizier Leutnant Wladimir Tarassow ist anwesend. Unser guter Freund Brigadeführer Werner Streicher und weitere deutsche Offiziere sind da. Weitere 23 russische Panzerführer sitzen am großen Tisch. Wir reden angeregt miteinander.
Die Türen gehen auf und Generalfeldmarschall Fritz Steinhuber und Marschall Popow treten ein. Sofort stehen wir alle auf und salutieren. Die beiden obersten Heeresführer grüßen zurück. Marschall Popow ergreift das Wort: „Auf dringenden Gesuch der Generäle Latzke und Witte eröffne ich die außerordentliche Sitzung. General Witte, General Latzke, Sie haben das Wort."
Hans schaut mich an und nickt mir kaum merkbar zu. Ich stehe auf und gehe zum großen Kartenhalter. Ich befestige dort ein Plakat und rolle es aus. Ein Raunen geht durch den Raum. „General Witte, was sehen wir da?"
„Generalfeldmarschall Steinhuber, wir sehen dort die Zeichnung eines völlig neuen amerikanischen Panzers, der eine extrem hohe Kadenz hat, vermutlich mittelschwer gepanzert ist und taktisch beweglich genug, um eine Gefahr darzustellen. Wir trafen auf diesen Panzer vor zwei Tagen und hatte der dort liegenden 87. sowjetischen Panzerbrigade schwerste Verluste zugefügt. Auch

berichtete der Kommandeur der 12. deutschen Panzerdivision, daß etwa zwei Panzerkompanien dieses neuen Typs massives Sperrfeuer legten und etliche unserer Panzer ausschalteten. Meine Herren, der Gegner hat nun eine Panzerwaffe, die der unseren mindestens ebenbürtig ist."

Es ist still im Raum.
„Was gedenken Sie dagegen zu tun, General Witte?", fragt Marschall Popow. Er schaut mich mit seinem durchdringenden Blick streng an.
„Nun, Marschall Popow, meine Idee ist es, daß wir uns Ihre Taktik aus dem großen Krieg zunutze machen. Unsere 3. technische Erprobungseinheit wurde von speziell ausgesuchten sowjetischen Panzerverbänden gejagt. Das sollten wir nun wieder machen. Die amerikanischen Verbände, wo dieser amerikanische Panzer stationiert ist, jagen, stellen und vernichten." „General, wir hatten es wohl offenbar nicht geschafft", lächelt der Marschall leicht. „Ich denke, gemeinsam werden wir unser Ziel erreichen", antworte ich, ebenfalls leicht lächelnd.
Marschall Popow schaut zu Generalfeldmarschall Steinhuber. „Marschall Popow und ich sind einer Meinung. Machen wir es so! Sie haben grünes Licht, General Witte!" „Danke. Wir werden Hilfe benötigen." Ich salutiere kurz. „General Witte, in diesem Raum können Sie die richtigen Offiziere fragen. Stellen Sie eine Spezialeinheit zusammen", antwortet der Generalfeldmarschall.
Die Heeresführer Steinhuber und Popow stehen auf und verlassen den Raum. Die Offiziere stehen auf und salutieren. Nachdem die Tür geschlossen wird, ergreift Hans das Wort: „Die Herren von der Panzertruppe, wir benötigen Ihre Hilfe. Wir brauchen zwei deutsche Panzerabteilungen, eine davon von der 2. SS-Panzerdivision „Das

Reich". Ich schaue Werner an. Er nickt. „Und zwei russische Garde-Panzerbrigaden." Mehrere deutsche und russische Panzerführer melden sich.

Somit haben wir zwei deutsche Panzerabteilungen von je 54 Panzern sowie zwei russische Panzerbrigaden mit jeweils 64 Panzern. Zusammen sind es 236 Panzer. Unsere technische Erprobungseinheit hat 72 Panzer.
Unsere Operation wird mit insgesamt 308 Panzern gestartet. Es ist die Operation „Winfried"!

Vier Tage später. 10. Mai 1950.
Intensiv haben Alexander, Werner, Hans, weitere Panzerführer und ich an den Plänen gearbeitet und Informationen aus den Erkundungsmissionen ausgewertet.

Geschäftig stehen wir in einem für uns extra bereitgestellten Raum im Bürgermeisterhaus von Ulan Bator um den Tisch herum.
Vorschläge werden gemacht. Gegenvorschläge eingebracht. Vermutungen geäußert und Fakten zusammengetragen. Chancen und Risiken abgewogen. Festgelegte Punkte sind dokumentiert. Ideen verworfen und später wieder neu aufgenommen. Diskussionen, Argumentationen, Abwägungen....

Es ist später Abend geworden. Wir sind alle müde. Aber nun steht die Planung!

Ich stehe im Raum an der Tafel: „Meine Herren! Es ist geschafft! Wir werden nun den Gegner aufspüren und ausschalten. Er soll merken, daß wir ihm das Leben schwer machen werden. Und es soll verhindert werden, daß der Gegner mit dem neuen Panzer viele Informationen gesammelt werden. OK, meine Herren. nach den neuesten Informationen gibt es nur ein Panzerbataillon mit diesem neuen Panzertyp. Es wird vermutet, daß dieses Bataillon von einer kompletten Panzerdivision begleitet wird. Hier in dieser Gegend wurden die letzten Fahrzeuge gesehen. Darunter auch zwei abgeschossene Fahrzeuge. Wir haben nun einen Namen für diesen Panzer: T54E1.

Folgende technische Daten wurden uns mitgeteilt
Gewicht: 50 Tonnen
Geschwindigkeit: 43 km/h
Besatzung: 4 Mann
Wannenpanzerung vorn: 105 mm
Turmpanzerung vorn: 127 mm

Die Kanone ist eine sehr lange 105-mm-T140-Kanone. Die Turmpanzerung scheint zwar sehr schwach, ist aber durch die extremen Rundungen und Schrägen sehr widerstandsfähig.

Der erste Auftrag wird sein, die beiden abgeschossenen Fahrzeuge zu inspizieren. Danach werden wir in die Region vorrücken, wo wir dieses Bataillon vermuten.

Die Operation „Winfried" startet morgen früh!"

Der nächste Morgen. Es ist der 11. Mai 1950, 5:30 Uhr. Alle Soldaten wurden eingewiesen. Selten war ein Auftrag so wichtig wie dieser. Wir sind alle total aufgekratzt! Aber auch voller Zuversicht.

Geschäftiges Treiben ist in unseren Bereitstellungen.

Mein Funker Wucherle läuft zu mir: „Die Abteilung der 2. SS-Panzerdivision „Das Reich" von Brigadeführer Streicher ist bereit.

Leutnant Tarassow gibt mir ein Handzeichen und ruft: „Die 90. und die 103. Garde-Panzerbrigaden warten auf Ihren Befehl!"

Ein deutscher Oberst kommt auf mich und Hans zu: „Die Panzerabteilung der 23. Panzerdivision meldet ihre Bereitschaft."

Hans und ich schauen uns an. Wir geben uns die Hand. „Es geht los, mein Freund", sagt Hans zu mir und lächelt mich siegessicher an. „Auf geht's!", antworte ich.

Wir gehen zu unseren Panzern. Hans und ich werden jeweils einen E-100 Autolader in den Einsatz führen. Nach dem Einstieg vergewissern wir uns, daß alle deutschen und russischen Panzereinheiten mit uns per Funk verbunden sind.......ja, sind sie!

„Wucherle, gib das Kommando zum Abmarsch!"

Operration „Winfried" läuft!

Unter lautem Dröhnen fahren unsere 72 Panzer der technischen Erprobungseinheit los. Die Kettenfahrzeuge fahren in drei Kolonnen in Richtung Süd-Osten.

Nachdem wir unsere Stellung bei Ulan Bator verlassen haben, breitet sich vor uns eine große weite Fläche aus. Eine große Fläche mit leichten Hügeln. Es gibt keine Bäume. Im Hintergrund sind Berge zu sehen.

An unserer linken Flanke kommt die Panzerabteilung der 23. deutschen Panzerdivision auf uns zu und gliedert sich ein. Einige Minuten später schließt sich auf unserer rechten Flanke die Panzerabteilung der 2. SS-Panzerdivision „Das Reich" an. Unser Kamerad Werner Streicher meldet sich über Funk: „Melde gehorsamst, wir sind dabei!" Werner grinst zu uns rüber.

Zum Schluß stoßen nun die beiden russischen Garde-Panzerbrigaden zu uns und schließen sich der Formation an.

Leutnant Wladimir Tarassow, unser Verbindungsoffizier der Roten Armee, ist mit dabei. Er steht im Turm seines JS-4 und grüßt uns militärisch. Hans und ich grüßen zurück. Auch mein Schwiegervater Alexander Tolmachow begleitet uns wieder. Es ist beruhigend, einen solch erfahrenen Panzerkommandanten dabei zu haben, dem ich grenzenlos vertraue. Und er mir. Das stärkt die Akzeptanz dieser großen gemischten Truppe ungemein!

Über uns kommen die Aufklärungsflugzeuge zurück. Die Piloten sehen uns und funken uns sofort auf einen geheimen Kanal an: „Hier Spatz 3! Hier Spatz 3! Das vermutliche Operationsziel ist etwa 40 Kilometer von Ihrer Position entfernt! Viel Erfolg!" Wucherle bestätigt.

Ich schaue aus der Luke hervor und blicke zu Hans rüber. Ich signalisiere ihm über Handzeichen die Entfernung zum Ziel. Hans nickt mir zu. Er weiß jetzt bescheid. Dann schaue ich zu Alexander. Er hat es gesehen und nickt mir auch zu.

Nach einer Stunde und 40 Minuten Fahrt sehen wir über uns ein Flugzeug. Es ist eine amerikanische „Liberator". Vermutlich ein Aufklärungsflugzeug.

„Verdammt! Wucherle" Funke sofort die E-100 Flakpanzer an. Die sollen ihn augenblicklich runterholen!" Wucherle antwortet nicht, sondern funkt sofort los.

Keine Minute später ragen die langen Rohre der 8,8 cm Zwillingsflak in den Himmel und visieren das viermotorige Flugzeug an. Der erste der acht Flakpanzer feuert. Die hoch aufragenden Geschütze zucken zurück und stoßen Rauch aus. Um den Panzer herum wirbelt Staub auf. Die zwei Granaten rasen hoch in den Himmel. Gespannt schauen wir hoch. Die Granaten explodieren vor dem Flugzeug. Jetzt feuern drei weitere Flakpanzer. In der Nähe vom Flugzeug sind sechs kleine Explosionswolken zu sehen.
„Los, Jungs. Macht schon. Der Vogel da oben kann unsere Operation gefährden", murmle ich.
„Herr General, der Aufklärer fängt an zu funken." „Los jetzt!! Holt diesen Vogel vom Himmel!!!", rufe ich ins Funkgerät.
Zwei weitere Flakpanzer schicken ihre Granaten der „Liberator" entgegen. Treffer!! Der linke Flügel wird abgerissen. Das Flugzeug trudelt zu Boden.
„Herr General, der Funkspruch ist abgerissen. Der Funker hat vermutlich uns nicht mehr melden können." Ich nicke stumm.
Ich schaue weiter zum Himmel. Können die Piloten aussteigen? Ich sehe fünf Fallschirme. Ich hoffe, daß waren alle.
Wir rücken weiter vor.

Nach etwa 10 Minuten erreichen wir die abgeschossenen T54E1. Wir halten und steigen aus. Die Beschreibungen bestätigen sich. Die Turmform sieht sonderbar aus. Hinten so breit und eckig, vorn sehr schmal zulaufend. Die sehr lange Kanone ist fast angsteinflößend!

Aber nun wollen Hans und ich wissen, wie das Autolader-System funktioniert. Wir steigen ein und finden ein sich großes drehendes 9er Magazin vor. Das erklärt auch die enorme Feuergeschwindigkeit, die beobachtet wurde. Wir sind sichtlich beeindruckt!

Ich reibe grübelnd das Kinn: „Auf diese Idee bin ich gar nicht gekommen. Durch die große und fest eingebaute Trommel, die vor und hinten offen ist, kann man auch schnell laden, wenn sie leer ist. Wir haben immer nur mit Magazinen gearbeitet." „Die Amerikaner sind wirklich einfallsreich. Muß man sagen", fügt Hans hinzu.

Nachdem wir einige Aufnahmen gemacht haben, steigen wir wieder auf die Panzer und fahren weiter.

Die Anspannung kommt. Wir sind nur noch wenige Kilometer vom Operationsziel entfernt.

Ich öffne die Luke und schaue raus. Ich nehme das Funkgerät: „An alle Einheiten! Wir werden gleich..." Schon schlagen Granaten überall ein. Sie prasseln wie Regen auf unsere Panzerplatten. Ich lasse mich ins Turminnere fallen. Schon schlagen eine Vielzahl von Granatsplittern auf die offene Luke und fallen dann runter in den Panzer. „Das war knapp...", murmle ich. Schnell schließe ich die Luke und nehme wieder das Funkgerät: „Sofort Abwehrstellung einnehmen. Ermittelt die Quelle des Feuers. Sofortiges Feuer bei Entdeckung!"

Die vorderen Panzer halten und schützen sich mit ihrer Masse gegenseitig. Der Gegner steht hinter einem leichten Hügel und feuert. Es sind schwere Panzer und Pak.

Schon feuern unsere ersten Panzer. Weitere greifen mit ein. Unsere russische und deutsche Stahlwand steht dem Gegner gegenüber und überschüttet jetzt den Gegner mit massivem Feuer.

Das Feuer des Gegners wird schwächer. „Vorwärts!", rufe ich ins Funkgerät. Schon rucken die Panzer an und rollen auf den Gegner zu. Wir fahren nebeneinander mit rasselnden Ketten und brüllenden Motoren, die schwarzen Qualm ausstoßen. Immer wieder feuern einzelne Panzer bei voller Fahrt. Die Granaten rauschen rüber zum Gegner. Ein, zwei Panzer werden getroffen. Die Granaten prallen ab. Dann feuern die T29 und T30 der Amerikaner. Zwei T-54-1 werden in der Wanne getroffen und explodieren. Fünf JS-7 werden massiv getroffen. Einer fängt an zu brennen und rollt langsam aus. Die Besatzung bootet aus. Die anderen vier JS-7 fahren unbeirrt weiter. Drei E-50 erhalten Treffer in den Ketten und bleiben stehen. Zwei E-75 werden in den Turmseiten getroffen. Die Munition fängt Feuer und zerreißen die Panzer förmlich. Jetzt konzentrieren die Amerikaner das Feuer auf unsere überschweren E-100. Aber außer einer zerrissenen Kette und einem blockierten Turm bleiben alle unbeeindruckt. Wir stehen kurz vor den amerikanischen Stellungen. Sechs JS-7 von Alexander stellen sich vor unseren E-100 Autolader und schützen unsere Türme. Das ist unser Zeichen. Wir drehen sofort unsere Zwillingsgeschütze auf zwei Uhr und feuern quer über das Feld in die feindlichen Stellungen. In diesem Winkel treffen wir die T29 und T30 in ihre Turmflanken. Alle sechs E-100 Autolader machen ihre Magazine leer. Binnen weniger Momente brennen 17 schwere amerikanische Panzer! Sofort stoßen in hoher Geschwindigkeit die T-54-1 durch und greifen die feindlichen Panzer von hinten und von der Seite an. Sie kurbeln quer hinter der ersten Verteidigungslinie und feuern in die Motoren. Aber die Amerikaner haben eine zweite Verteidigungslinie! Dort stehen chinesische „Hellcat" und „Pershings". Sie feuern sofort auf die wild kreuz und quer fahrenden T-54-1. Mehrere werden ausgeschaltet.

Jetzt stoßen die neun schnellen Skorpion G und die zehn E-60 „Schwarzwolf" durch die Lücke und attackieren sofort die „Hellcat" und „Pershings". Die Chinesen erleiden schwere Verluste durch den Angriff der flinken Panzer. Und es nimmt den Druck von den russischen Panzern.

Nun kommen auch die anderen Einheiten der Operation „Winfried" an. Die Verteidigung bricht zusammen! Die Reste der Verteidigungseinheiten versuchen zu flüchten. Wir setzen nach und umrunden einen Hügel. Dahinter ist eine starke Pak-Stellung mit 90-mm-Geschütz M1. Die ersten vorauseilenden Panzer, ein deutscher Skorpion G und ein russischer T-54-1 erhalten Volltreffer. Die russischen Panzer stürzen sich auf die schwere Pak. Ohne Rücksicht auf Verluste. Wie immer. Wir sind direkt hinter ihnen. Und einige von uns sind direkt in ihren vordersten Reihen. Seite an Seite.

Die Angriffsspitze wird schwer beschossen. Es gibt Verluste. Unsere hinterherfahrenden Jagdpanzer halten kurz, visieren an und schießen präzise in die Stellungen. Und die Treffer sitzen! Nun überrollt die Angriffsspitze die Pak-Stellung. Auch diese Verteidigungslinie ist bezwungen.

Wir halten kurz und kümmern uns um die Verwundeten aller Nationen. Es wird aufmunitioniert und getankt.

Nach 20 Minuten rollen wir weiter. Mit 244 Panzern.

Wir erreichen die kleine mongolische Stadt Sainschand, unweit der chinesischen Grenze.
Die ersten Häuser sind zu sehen. Wir beobachten genau die Umgebung. Die Verteidigung wird hartnäckig sein.
Mehrere Meldungen kommen herein. Die ersten Verteidigungsstellungen sind ausgemacht. Sie sind ungefähr 350 Meter von der Stadt entfernt. Es sind wieder die schweren 90-mm-Geschütze M1 in versenkten Stellungen und mit Sandsäcken gesichert.

Etwa 2.000 Meter vor den ersten Stellungen gebe ich den Haltebefehl.
Die Panzer halten nebeneinander. Deutsche E-100 neben russischen JS-4 neben deutschen E-75 neben russischen T-54-1. Alle richten ihre Kanonen gegen die feindlichen Stellungen.
„An alle Einheiten! Zwei Minuten gezieltes Dauerfeuer auf die feindlichen Stellungen und dann schnelles Vorrücken! Feuer frei!"
Sofort feuern die bereits ausgerichteten Geschütze. Die schweren deutschen 12,8 cm-Granaten und russischen 130 mm-Granaten sausen den Stellungen entgegen. Überall explodieren die Granaten und werfen Dreck und Staub hoch. Feuerbälle blühen auf. Explosionen sind im dichten Qualm zu hören. Nun feuern die kleineren deutschen 10,5 cm-Geschütze und die russischen 100 mm-Geschütze auf die feindliche Pak. Unzählige Explosionen und Einschläge sind zu hören.
„Das kann keiner überleben. Nicht ohne in einem Panzer zu hocken", meint Wiehnert, mein Fahrer. „Aber ich wet-

te, wir bekommen gleich heftiges Gegenfeuer, wenn wir anrücken." „Die Wette gehe ich ein", antworte ich.

Die zwei Minuten sind rum. Ich greife zum Funkgerät: „Vorwärts! Voran, voran!!"

Die Motoren brüllen auf. Die schweren Ketten bewegen sich quietschend. Die Panzer rollen los. In der lädierten feindlichen Stellung ist es still. Wir rücken weiter vor. Einige feuern während der Fahrt. Wir sind auf 600 Meter ran. Dann blitzt es vielfach in den feindlichen Stellungen auf. Schon fliegen uns die 90 mm-Granaten um die Ohren. Ich schaue runter zum Fahrer: „Die Wette ist gewonnen."

Die Granaten schlagen in die Fronten unserer Panzer ein. Die meisten Treffer haben keine Wirkung. Einem E-25 Moskito zertrümmert es die Frontplatte. Er brennt. Einem russischen Jagdpanzer Objekt 704 wird die Kanone weggerissen. Mehrere Panzer verlieren ihre Ketten und bleiben stehen, können aber noch feuern.

Wir sind jetzt direkt vor ihren Stellungen. Auf der Entfernung durchschlagen die amerikanischen Granaten auch die Frontpanzerung unserer schweren Panzer. Die letzten 90 mm Pak der Amerikaner feuern. Ein JS-4 wird direkt in die Fahrerluke getroffen. Der schwere Panzer explodiert. Ein E-75 erhält einen Treffer in den Turm. Die Munition geht hoch.....

Wir brechen in die feindliche Stellung ein!
Die verbleibenden amerikanischen Pak werden niedergewalzt. Unter der Last verbiegen die langen Kanonenrohre oder brechen. Die Kanoniere fliehen.

Wir fahren nun direkt auf die Stadt zu.

Ich greife zum Funkgerät: „Teilt Euch auf. Jetzt!"
Sofort drehen etwa 100 unserer Panzer nach Süden ab.
Sie sollen die Ausfallstraße blockieren.
Hans und ich fahren direkt in die Stadt.
Wir erreichen die ersten Häuser. Es gibt keine Abwehr.
„Wo sind die amerikanischen Panzer denn?", frage ich
mich laut im Panzer. Wir fächern sehr weit aus. Weitere
Panzer dringen in die Parallelstraßen ein. Schnell kom-
men wir zum Hauptplatz der kleinen Stadt.

Wir halten. „Wucherle, Gib weiter, daß die Platzzufahr-
ten gesichert werden sollen." „Jawoll, Herr Ge......"
Ein ungeheurer Schlag trifft uns. Mir brummt der Kopf.
„Männer, alles in Ordnung?" „Ja", „Jawoll, Herr General", "Ja", „Geht so." Alle sind heil. Gut. Ich schaue mich
um. Nichts ist kaputt. „Können wir fahren, Wiehnert?"
„Ja, Herr General." „Dann kurz zurücksetzen." Der Treffer war hart, aber wir sind einsatzbereit.
Ich schaue durch die Panzergläser des Kommandantenturms. Mindestens sieben deutsche und russische Panzer
stehen brennend auf dem Platz.
Ich greife nach dem Funkgerät: „Taktischer Rückzug
zum Rand des Hauptplatzes. Formation nicht aufbrechen
lassen! Konzentriertes Feuer auf erkannte Gegner!"
Feuernd ziehen wir uns etwa 100 Meter zurück und
schützen uns gegenseitig.
Ich schaue nach vorn auf ein Uhr. Und da steht er: Ein
amerikanischer T54E1! Er feuert uns drei Granaten entgegen. Sie prallen ab. Dann verschwindet er hinter einem
Haus. Um nur ein paar Sekunden später uns von der Seite
zu beschießen. Er dreht seinen Turm in Fahrtrichtung......
und ich sehe jede Menge weiße Abschußringe am Kanonenrohr.

Kapitel 17 - Das Panzerass

Wir haben unser Operationsziel gefunden! Die amerikanische Spezialeinheit mit den neuen T54E1.

Immer mehr T54E1 huschen zwischen den Häusern umher. Sie versuchen, uns mit einer U-Bewegung zu umgehen und zu attackieren. Die uns direkt gegenüberstehenden Feindpanzer fallen leicht zurück. Gleichzeitig versuchen feindliche Panzereinheit uns links und rechts zu umfassen und uns dann von drei Seiten zu beschießen.

„An alle Einheiten in der Stadt! Zurückfallen lassen. Sofort zurückfallen lassen! Achtet auf die Flanken", befehle ich umgehend.

Ein Funkspruch der Panzertruppe, die nach Süden abgedreht ist: „Hier Brigadeführer Streicher! Haben die Position erreicht. Die Ausfallstraße ist blockiert. Werden attackiert von chinesischen Panzereinheiten. Können die Stellung halten."

Neben den T45E1 kommen nun auch deren Unterstützungspanzer: Die allgegenwärtigen und gefürchteten T29 und T30.

Obwohl wir die Falle erkannt haben, versuchen die Amerikaner weiterhin, uns zu umfassen. Dabei zeigen sie oft ihre Seiten.
Zwei T30 rollen in 300 Meter an meiner rechten Flanke vorbei. Aus voller Fahrt feuern sie auf mich. Beide Granaten gehen vorbei. Wir feuern in stehender Position zurück. Klöppe visiert ein, zieht den Abzug: „Bamm!!

Klack. Bamm!! Klack." Der erste T30 fängt an zu brennen und rollt aus. Kurzer Turmdreh: „Bamm!! Klack. Bamm!! Klack." Aus dem zertrümmerten Turm des zweiten T30 schlagen Flammen raus. Dann explodiert der Turm. Teile fliegen umher. Wir erhalten Treffer in die seitliche Wanne. Es ist der T54E1 mit den weißen Ringen am Rohr.

„Klöppe! 10 Uhr!" Schon dreht mein Richtkanonier den Turm. Aber der T54E1 ist schneller. Er verschwindet wieder hinter einer Häuserwand. „Verdammt! Der Junge im Panzer ist gerissen!", schimpfe ich.

Plötzlich stehen drei T54E1 an unserer linken Flanke und visieren uns direkt an. „Zurück! 9 Uhr!!" Mein Fahrer Wiehnert haut sofort den Rückwärtsgang rein und fährt mit aufbrüllenden Motor nach hinten. Klöppe dreht sofort den Turm ein. Schon schlagen drei Granaten bei uns ein. Vier.....sieben.....neun....elf. Dann endlich sind wir hinter einem Haus. „Nimm die drei T54E1 ins Visier." Schon dreht er der Turm ein und zieht den Abzug: „Bamm!! Klack. Bamm!! Klack. „Bamm!! Klack. Bamm!! Klack." Einen T54E1 zerreißt es förmlich. Krachend fliegt er auseinander. Die anderen beiden Panzer ziehen sich zurück.

„Au weia. Da ist einiges zu Bruch gegangen", brummt Klöppe. „Meldung, Klöppe." „Eine Visiereinrichtung ist hin, eine Kettenschürze ist runtergefallen, die Antenne vom Funkgerät ist abgerissen, die Turmpanzerung hat ein Loch und der Panzer hat jede Menge Beulen." „Danke."

„Wie ist die Reichweite unseres Funkgeräts, Wucherle?" „So um die 500 Meter vielleicht. Ohne Antenne ist das nicht dolle. Da schaut vermutlich nur noch etwas Draht raus, der was empfängt. Aber hier in der Stadt kaum weiter als bis zur nächsten Ecke."

„OK, funke den Einheiten hier an, daß sie weiter zurückziehen und sich sammeln sollen. Wir werden mit geballter Kraft gegen diese Panzer vorgehen. Die schweren Panzer voran. Denn die müssen gleich viel einstecken."

Schon formieren sich die Einheiten um uns herum um. Der Befehl wird etwas umständlich zu den anderen Panzern weitergeleitet.
„Ich wechsle den Panzer. Ich nehme einen intakten E-100 Autolader mit intaktem Funkgerät.

Nach fünf Minuten sind wir soweit.
„Achtung! Fahrt sternenförmig mit den schweren Panzern voran von unserer Position aus in die Straßen. Die Jagdpanzer dahinter. Achtet auf die Flanken. Dort sollen die mittleren Panzer uns begleiten. Vorwärts!"

Schon rollen wir los. Keine Straße soll ausgelassen werden, damit uns der Gegner nicht umfahren kann.

Schon kommen die ersten Meldungen: „Schweres Abwehrfeuer! T29!", „Stoßen auf harten Widerstand!", „Wir werden angegriffen!"
Nun wissen wir immerhin wo der Feind genau steht. Ich erlange nun langsam die Übersicht.
Ich nehme das Funkgerät und drücke die Sprechtaste: „Hier Winfried I! An Winfried II! Werner, hörst Du mich?" „Hallo Klaus! Was gibt's?" „Wir brauchen in der Stadt Deine Unterstützung." „Ja, wir rücken sofort ab und kommen. Wir haben die Chinesen in die Flucht geschlagen. Gib uns ein paar Minuten" „Danke, Werner."

Durch das sternenförmige Vorrücken sind die Angriffsspitzen nicht ganz so stark. Aber nun haben wir mit der Unterstützung der russischen Infanteristen und der deutschen Grenadiere es geschafft, die amerikanische Spezialeinheit zu stellen!
In der Stadt stehen uns die Amerikaner in breitester Front gegenüber. Wir kommen nicht weiter. Aber unser Freund Werner ist unterwegs!

Hans und ich stehen mit unseren E-100 Autolader nebeneinander und halten die schweren Panzer in Schach. Ein Magazin wird leergeschossen, gewechselt. Dann wird weitergeschossen. Wir haben bereits 30 Treffer erhalten. Der Panzer von Hans sieht ähnlich zerbeult aus.
Wucherle erhält einen Funkspruch: „Herr General! Einen Straßenzug weiter sind die Amerikaner durchgebrochen!"
„Funke ihnen, daß wir kommen!", antworte ich. „Hans, bleib Du hier. Ich werde den Durchbruch aufhalten."
Schon fahre ich mit einem weiteren E-100 Autolader sowie zwei E-100 12,8 cm los zum nächsten Straßenzug.

Drei Minuten später.
Wir sehen an einer Ecke mehrere deutsche und russische Panzer, die sich verzweifelt wehren. Sie sind bereits schwer beschädigt.
Ein T54E1 bricht zwischen den Panzern durch und dreht seinen Turm, um die deutschen Panzer von hinten abzuschießen. Sofort feuern wir. Drei Granaten schlagen in den Turm des T54E1 ein. Dieser wird in Stücke gerissen. Jubel ist im Funk zu hören. Wir rollen an unseren Waffenbrüdern vorbei und drehen die Türme auf den Gegner ein. Vor uns steht der T54E1 mit den weißen Ringen. Schon feuert er und trifft uns frontal in die Turmpanzer-

platte. Drei Mal....vier Mal. Unser Panzer schüttelt sich. Die Panzerplatte hält. Wir drehen ein. Schon rollt der Amerikaner in Deckung. Wir schießen....vorbei.

„Er will uns bestimmt wieder umfahren. Los, Wiehnert! zurück und rechts ab. Wir werden ihn entgegenkommen!" Wiehnert haut den Gang rein und fährt los.

Wir kommen um die Ecke....und fangen sofort in schneller Folge drei Granaten ein. Ich bin überrascht. Der Kommandant hat es vorausgesehen!

Wir drehen unseren Turm. Schon will er wieder verschwinden. Wir feuern. Treffer! Teile am Turm fliegen weg. Aber er ist nicht ausgeschaltet.

Wir fahren allein weiter. Unsere Kameraden und Waffenbrüder sind mit der Abwehr am hinteren Straßenzug schwer beschäftigt.

Dieses Mal werden wir nicht reinfallen. Wir fahren bis zur nächsten Ecke und warten.

Er kommt nicht. Vermutlich wartet er auch.

„Los! Zurück und versuchen, ihn von hinten zu greifen."

Wir rollen kurz zurück, drehen und fahren die ursprüngliche Route des T54E1 ab. Zwei Mal abbiegen. Dann sollte er mit dem Heck direkt vor uns stehen. Die letzte Ecke......Er steht mit seiner Front zu uns, feuert drei Mal und fährt sofort rückwärts um die Ecke.

„Langsam werde ich sauer......", murmle ich.

„Vollgas nach vorn! Wir werden das Katz-und-Maus-Spiel jetzt beenden!" Unser riesiger Motor brüllt auf. Der Boden vibriert. Die über einen Meter breiten Ketten walzen der Straßenecke entgegen. Wir umfahren die Ecke. Er ist weg. Ich schaue erstaunt meinen Ladekanonier Müller an: „Das kann doch nicht wahr sein."

Einen Moment später. Hinter uns dröhnt es. An einer Stelle des Hauses etwa 50 Meter hinter uns wird die

Mauer durch ein Rohr von innen nach außen durchstoßen. Dann bricht die Wand zusammen. Die Mauerreste bedecken den durchgebrochenen Panzer. Es ist der T54E1. Sein verstaubtes Rohr zeigt es: Es ist das amerikanische Panzerass, der uns die ganze Zeit hinhält.

„Drehen!!!", schreie ich. Schon dreht sich unser Panzer sowie unser Turm. Der T54E1 dreht auch. Er hat vor uns eingedreht. Sein Geschütz zeigt direkt auf unsere Turmseite.

„Das geht nicht gut." Kaum ausgesprochen, feuert der T54E1. Ein Mal. Teile fliegen von der Panzerung weg. Zwei Mal. Die Panzerung reißt. Uns dröhnen die Ohren. Drei Mal. Die Granate zerschlägt die hintere Panzerung. Die nach innen gebogene Panzerung zerstört unsere Ladeautomatik des linken Geschützes. Aber wir sind noch nicht geschlagen!

„Gib Gas! Fahr um ihn herum und dreh den Turm!"

Unser Panzer rollt los. Unser Turm zeigt nun auf den T54E1. Schon feuert Klöppe. Die Granate schlägt in die Fronpanzerung der Kanone ein. Ein großes Teil der gegossenen Panzerung springt ab. Der Amerikaner gibt Gas, dreht die Kanone auf uns, feuert. Zwei Granaten schlagen in unsere Frontpanzerung ein. Abpraller!

Schon sind wir direkt neben ihn. Wiehnert reißt das Lenkrad rum. Wir drehen. Klöppe dreht sofort den Turm. Die Kanone zeigt nun auf die Turmseite des Amerikaners. Er zieht den Abzug. In dem Moment fährt der Amerikaner vor. Die Granate geht vorbei. Und das auf unter zehn Meter. Klöppe flucht. Wir drehen weiter. Der Amerikaner auch. Auch unsere Türme. Seine Kanone zeigt wieder auf unsere Turmseite. Im letzten Moment drehen wir den Turm. Die Granate prallt ab. Wir fahren weiter und umkreisen uns auf etwa fünf Meter Abstand. Seine

Kanone zeigt auf unseren Turm. Er feuert. Teile der Deckenpanzerung fliegen weg. Dann kommen wir seinem Kommandantenturm nahe. Wir feuern. Die kleine Kuppel fliegt weg. Noch ein weiterer Dreh....unsere Kanonenrohre knallen zusammen. Beide Rohre verkeilen und verbiegen sich. Wir bleiben stehen.

„Waffen nehmen und raus. Motor laufen lassen. Nicht feuern!", befehle ich. Wir steigen aus.

Auch die amerikanische Pazerbesatzung steigt aus. Mit Handfeuerwaffen. Die Amerikaner schauen uns mißtrauisch an. Wir beobachten sie ebenso argwöhnisch. Keiner von uns hebt seine Waffe.

Ich nicke dem amerikanischen Kommandanten stumm zu. Der Amerikaner nickt mir auch zu. Ich stelle mein Sturmgewehr 44 zur Seite. Nun kommt der amerikanische Kommandant unbewaffnet auf mich zu. Er reicht mir die Hand. Ich nehme den Handschlag an. „Captain John Benedict Edwards, U.S. Tank Korps Special Unit, Utah, USA." „General Klaus Witte, technische Erprobungseinheit." Ich schaue auf seine verbogene Kanone. „Sprechen Sie deutsch? Viele weiße Ringe. 36 Abschüsse?" „Yes. Wir können sprechen in deutsch. Yes. Tank kills. Du hast diese legendäre Panzer mit die Twin Kanone." Captain Edwards nickt beeindruckt. "Danke. Ihr Panzer hat ein Trommelmagazin. Sehr interessant. Eine gute Technik." „Danke, General." Captain Edwards schaut auf die verkeilten Kanonenrohre.

Im Hintergrund ist Geschützfeuer zu hören.

„Wir sollten unsere Panzer trennen und zu unseren Einheiten zurückkehren, Captain." „Yes, General."

Captain Edwards und ich lassen unsere Fahrer einsteigen. Mit präziser Einweisung vom Turm aus und von außen, können die verkeilten Panzer voneinander getrennt werden.

Nun ruft mein Ladeschütze vom Turm runter: „Herr General, Das linke Geschütz läßt sich mit der Hand laden. Es ist jetzt feuerbereit."

Captain Edwards versteht, was Müller mir zugerufen hat. Er schaut nun mich an. Ich gebe ihm die Hand: „Captain Edwards, wir müssen jetzt zu unserer Einheit. Ich würde mich freuen, wenn wir uns nach dem Krieg unterhalten könnten." Der Captain nickt: „Unterhalten halte ich besser als killen." Er steckt eine versteckte Handgranate zurück in die Tasche. „General Witte, Sei mir not böse, aber als Gegner möchte ich Dir nicht mehr begegnen. Du bist ein harter Gegner." Ich nicke ihm mit einem leichten Lächeln zu: „Das Kompliment kann ich Ihnen auch machen. Sie sind ein Panzerass!" Mit hochgezogenen Augenbrauen antwortet Captain Edwards lächelnd: „Das aus das Mund von ein deutschen Panzergeneral zu hören, ist ein großartiges Kompliment!"

Wir grüßen uns militärisch und steigen in unsere schwer beschädigten Panzer.

Nach über zwei Stunden schwerster Gefechte haben sich die Amerikaner aus der kleinen Stadt zurückgezogen.

Unsere Einheit der Operation „Winfried" hat so schwere Verlust erlitten, daß wir nicht nachsetzen konnten. Unser Operationsziel wurde nur teilweise erreicht. Die amerikanische Spezialeinheit wurde nicht vernichtet. Aber sie ist immerhin nicht mehr einsatzfähig. Vorerst.

Kapitel 18 - Wem gehört der Himmel?

Nach der Beendigung der Operation „Winfried" kehren wir zurück nach Ulan Bator.

Von den insgesamt 308 Panzern haben es nur 97 Panzer überlebt. In unserer technischen Erprobungseinheit, die mit 72 Panzern ausrückte, sind noch 26 einsatzfähig.

Die Aufklärung meldete, daß die amerikanische Spezialeinheit sich aus der Mongolei zurückgezogen hat und vermutlich nach Peking verlegt worden ist.

Hans und ich bekommen Fronturlaub. Wir sind zusammen nach Berlin zu meiner Familie geflogen. Aber wir sind nicht allein geflogen. Hans wird von Malika und Leutnant Batu begleitet. Denn Batu wird als Trauzeuge gebraucht. Brautzeuge von seiner Schwester Malika. Und ich bin auch Trauzeuge........von Hans. Am 21. Mai 1950 sagen sich Malika und Hans das Ja-Wort in Berlin.
Danach kommt das frisch angetraute Paar und Batu zu Tatjana und zu mir in das Haus von meinem Onkel.
Tante Lotte ist froh, daß wieder mehr Leben im Haus ist. Sie hat den Tod ihres Mannes, meinem Onkel Manfred, noch immer nicht verwunden. Daher genießt sie jede Abwechslung.

Nach der kleinen Hochzeitsfeier im Haus bleiben Malika und Hans noch lange wach. Ich vermute, ich werde auch wohl noch bald Patenonkel werden......

Wir verbringen in den nächsten zwei Wochen eine schöne Zeit. Zwei Ehepaare, die einfach das Leben genießen.

Aber dann müssen wir wieder zurück. Und lassen unsere Ehefrauen zurück in Berlin.......

Nachdem die amerikanische Spezialeinheit sich zurückgezogen hat, haben der deutsche Generalfeldmarschall Steinhuber, der Oberbefehlshaber der deutschen Streitkräfte in der Mongolei und Marschall Popow, der Oberbefehlshaber der sowjetischen Streitkräfte in der Mongolei, im Geheimen eine große Offensive geplant und organisiert.
Große Mengen von Soldaten, Panzern, Flugzeugen und Material hat Deutschland bereitgestellt. Den Transport hat die Sowjetunion übernommen. Es sind nun weitere 350.000 Soldaten, 1.300 Panzer und 1.000 Flugzeuge in den Süden der Mongolei gebracht worden.

Auch sind riesige Mengen an russischen Soldaten eingetroffen. Und sie haben Tausende Panzer und Flugzeuge mitgebracht.

Die großangelegte Offensive startet am 7. Juni 1950.

An drei breiten Frontabschnitten rücken sowjetische und deutsche Einheiten vor. Aber die Amerikaner und Chinesen haben es vorausgesehen und sich vorbereitet. Sie sind auf starken Widerstand gestoßen......

In den nächsten Monaten geht es langsam, aber stetig voran. Wir erzielen Landgewinne und erreichen chinesisches Gebiet an zwei Stellen der Front. Doch durch den Einsatz der neuen Düsenjäger und Bomber der Amerikaner werden die Aktivitäten der russischen und deutschen Truppen erschwert.

Die neuen amerikanischen Flugzeuge der Amerikaner, die Düsenjägertypen Republic F-84 Thunderjet und Lockheed F-94 Starfire und der schwere Düsenbomber Convair B-36 sowie der leichte Bomber North American B-45, werden nun in großen Mengen eingesetzt.

Die Republic F-84 Thunderjet ist zwar der deutschen ME-262 und den russischem MiG-15 unterlegen, aber sie werden in Massen eingesetzt. Die Russen verstärken ihre Frontgeschwader mit MiG-15.

Die Lockheed F-94 Starfire, ein hochfliegender Allwetterabfangjäger, macht es den sowjetischen mittelschweren Bombern des Typs Iljuschin Il-28 schwer, ihre Einsätze erfolgreich durchzuführen.

Der riesige Düsenbomber Convair B-36 mit seiner Spannweite von über 70 Metern hat eine Bewaffnung von 16 20-mm-Kanonen. Er trägt mit 39 Tonnen eine gewaltige Bombenlast. Dieser Bomber fliegt mit seiner großen Reichweite Angriffe gegen Krasnojarsk, Tomsk, Irkutsk und Nowosibirsk und bedroht somit unsere sichere Versorgung.

Der leichte Bomber North American B-45 greift Truppenansammlungen und Städte in der Mongolei an. Dieser Bomber ist sehr schnell, allerdings nur leicht bewaffnet.

Diese Flugzeugtypen machen uns das Leben schwer......

Es ist der 21. Oktober 1950.

Wir sind von der mongolischen Stadt Sainschand über 340 Kilometer weit über die Grenze nach China bis zur Stadt Saihantalazhen vorgerückt.

In dieser chinesischen Stadt sind starke Verteidigungsanlagen aufgebaut worden. Hunderte Pak-Geschütze, jede Menge Artillerie- und Flak-Batterien sind in Bereitschaft. Die Chinesen haben über 1.000 Panzer bereitgestellt. Die Amerikaner auch noch mal 600 schwere Panzer.

Der Grund, warum diese Stadt so stark gesichert ist, daß sie einen der größten Flugplätze in der Region hat, von dem die Amerikaner ihre massiven Luftangriffe führen.

Wochenlang toben die Kämpfe. Beide Seiten erleiden schwere Verluste. Aber in der sechsten Woche erlahmen die Kräfte der Verteidiger. Wir können sie aus der Stadt rausdrängen. Das Hauptziel ist erreicht!

Nachdem die Kampfhandlungen beendet wurden, kommen Vertreter des deutschen Generalstabs in die eroberte Stadt. Hans und ich werden zu einer Besprechung mit den Vertretern beordert. In einem Nebenhaus des schwer beschädigten Bürgermeistergebäude sitzen wir in einem Raum mit 20 Plätzen. Wir sind allein. Hans und ich wissen nicht, warum wir hier sind.
Die Tür geht auf und zwei Generäle, mehrere hohe Offiziere und einige Offiziere der Luftwaffe treten ein. Wir stehen auf und grüßen militärisch. Wir werden zurückgegrüßt. Wir setzen uns alle hin.
Ein General ergreift das Wort: „Nun, die Generäle Witte und Latzke. Sie haben hier gute Arbeit geleistet.

Ich bin General Breitenbacher. Sie beide werden für eine Sonderaufgabe abgestellt. Ihre Einheit wird mit Flakpanzern des Typs E-100 Flakpanzer und E-25 „Sperber" ordentlich ausgestattet. Dann erfährt Ihre Einheit eine Auffrischung. Ihre Aufgabe wird darin bestehen, den großen Flugplatz in dieser Stadt zu schützen und mit allem was Sie haben zu verteidigen. Vor Angriffen vom Boden aus und aus der Luft. Besonders die Angriffe aus der Luft haben wir zu fürchten." Ich frage den General: „Wir sollen Objektschutz machen? Wir sind doch quasi eine Kampfeinheit und keine Wacheinheit." „Ja, genau, General Witte. Das ist Ihre Einheit. Und genau deswegen brauchen wir Sie hier. Der Flugplatz ist frontnah und von enormer Bedeutung. Und nur eine gute fronterfahrene Kampfeinheit traue ich es zu, dieses Objekt effektiv zu schützen. Der Grund, wird Ihnen der Oberstleutnant der Luftwaffe Hinrich Sellhorn-Timm erläutern. „Danke, General Breitenbacher", ergreift der Luftwaffen-Offizier das Wort. „Dieser Flugplatz wird die Hauptbasis unserer neuesten Düsenflugzeuge sein. Hier passen eine große Anzahl von Flugzeugen rauf und sie können von hier aus praktisch alle Kampfgebiete erreichen. Auch die feindlichen, rückwärtigen Versorgungsplätze sind dann ebenfalls erreichbar. Und, meine Herren, die nächste Generation unserer Flugzeuge wird hier stationiert werden. Es wird nicht mehr lange dauern und die neuen Flugzeuge werden von hier aus starten und die wichtigsten Versorgungszentren der Amerikaner, Tokio und Taipeh, bombardieren." Ich ziehe die Augenbrauen hoch: „Oberstleutnant Sellhorn-Timm, diese Städte sind doch über 2.000 Kilometer entfernt. Und dann müssen die Flugzeuge noch die gleiche Strecke zurückfliegen." „Das ist mir bewußt, General Witte."

Die Sitzung ist beendet.
Wir erhalten noch einige weitere detaillierte Informationen und werden uns vorbereiten

Es ist der 26. Oktober 1950.
Seit einigen Tagen richten wir uns um den Flugplatz ein und befestigen unsere Verteidigungsstellungen.
Auch wurden vor zwei Tagen uns 24 Flakpanzer E-100 und 48 E-25 „Sperber" mit Mannschaften zugeführt.

Am 28. Oktober 1950 stellt die sowjetische Armeeführung uns eine selbständige Panzerbrigade mit 41 schweren Panzern mit den Typen JS-4 und JS-7 und eine selbständiges Panzerbataillon mit 15 schweren Sturmgeschützen mit dem Typ Objekt 704 zur Verfügung. Der Kommandant dieser Einheiten ist Alexander Tolmachov.

Ein Tag später.
Alle Einheiten sind eingerückt und positioniert.
Alexander, Hans und ich sind mit einem Kübelwagen durch die Stadt gefahren. An einer abgelegenen Stelle stellen wir das Auto ab und spazieren durch die schwer beschädigten, aber geräumten Straßen. Wir reden über unsere kommende Aufgabe, bis wir verdächtige Geräusche aus einem Haus hören. Ein Wimmern. Wir schauen uns an und laufen zum Haus. Dann hören wir Schreie. Hans tritt sofort die Tür ein....und wir erstarren. Vor uns sehen wir zwei russische und zwei deutsche Soldaten, die sich an einer chinesischen Frau vergehen.
Einer der deutschen Soldaten steht auf, zieht seine Hose hoch und stammelt: „Das ist nicht das,,. wonach es aussieht. Wir....." Alexander zieht seine Pistole und schießt den deutschen Soldaten in die Brust. Er bricht tot zu-

sammen. Dann richtet er die Waffe auf den zweiten deutschen Soldaten. Ein Schuß....und auch er sackt tot zusammen. Nun richtet er die Pistole gegen den ersten russischen Soldaten und sagt: „beschestiye!" (Schande!) „Nejt!", ruft der Rotarmist. Ein Schuß. Der Russe fällt tot um. Sofort richtet er die Pistole gegen den vierten Soldaten und drückt ab. Alexander steckt die Pistole wieder ein und schaut uns an. Sein Blick ist grimmig: „Das hat es im großen Krieg zu oft gegeben. Keine Gnade gegenüber diesen Verbrechern."

Hans und ich hätten die Männer vor ein Kriegsgericht gestellt.....und sie danach erschießen lassen.........

Wir bringen die Frau ins Lazarett......

Das sind die dunkelsten Seiten des Krieges. Mein Gefühl sagt mir, daß es schlimmeres gibt als das Töten.....

Am 2. November 1950 treffen wir uns mit dem Oberstleutnant der Luftwaffe Hinrich Sellhorn-Timm.

Der Oberstleutnant eröffnet das Gespräch: „Gut, meine Herren. Folgendes: Der Düsenjäger ME 262 und der Düsenbomber AR 234 sind Auslaufmodelle geworden. Die neuen amerikanischen Flugzeuge haben gleichgezogen und teilweise uns überholt. Daher werden wir Morgen auf diesem Flugplatz die neuesten Flugzeuge stationieren. Es ist der Düsenjäger ME 262 HG III, eine deutlich verbesserte Version der ME 262 mit stärker gepfeilten Flügeln und die Arado AR 555. Die AR 555 ist ein sechsstrahliger Düsenbomber in Nurflügler-Bauweise mit einer Höchstgeschwindigkeit von 860 km/h. Mit einer Reichweite von fast 5.000 Kilometern kann der Bomber 4.000 kg Bomben ins Ziel bringen. Das Flugzeug hat zwei Piloten und ist mit vier 20 mm-Kanonen bewaffnet.

Meine Herren, diese Maschinen sollen die Macht der amerikanischen Luftwaffe brechen. Und diese Maschinen gilt es, sie bedingungslos zu verteidigen. Denn sie sind womöglich kriegsentscheidend."
Wir verstehen den Ernst der Lage.

Der nächste Morgen.
Wir warten. Immer wieder schauen wir zum Himmel. Lauschen. Dann hört Hans was: „Ich glaube, sie kommen." Er schaut angestrengt in den Himmel. „Dort! Da sind sie!" Sie sind kaum zu sehen. Nur Punkte am Himmel. Und wir hören ein leises Rauschen. Nach kurzer Zeit wird es zum Fauchen. Wir sehen die Flugzeuge in Formation anfliegen. Es sind 24 Flugzeuge. Dann donnern sie über uns hinweg. Es sind die neuen Düsenjäger ME 262 HG III. Sie haben lange schlanke Rümpfe und stark gepfeilte Flügel. Sie landen nicht, sondern drehen eine lange Runde. Dann kommen die Düsenbomber. Die ersten sechs AR 555 setzen zur Landung an. Die anderen 18 Bomber fliegen über uns hinweg.
Die gelandeten Maschinen werden auf ihre Plätze eingewiesen. Sie bestehen quasi nur aus Flügel mit einer kurzen fast ganz verglasten Nase. Sie haben an den Flügelenden Seitenleitwerke.
Nach und nach landen die neuen Flugzeuge. Schon kommen weitere Flugzeuge. Während die zweite Welle landet, kommt die dritte Welle. Und das geht den gesamten Tag so weiter, bis es dunkel wird.

Am Abend stehen 288 ME 262 HG III und 144 AR 555 auf ihren Bereitschaftsplätzen.

Oberstleutnant Sellhorn-Timm meldet der Armeeführung die Ankunft und Einsatzbereitschaft der drei Geschwader.

Hans und ich treffen uns mit Oberstleutnant Sellhorn-Timm zu einem Kaffee.
Wir sitzen in einem Unterstand einer Flakpanzer-Batterie und wärmen uns am kleinen Ofen. Es wird langsam kalt.
Ich möchte die Stimmung lockern: Wenn es ok ist, dann können wir uns duzen. Ich bin Klaus." „Ich bin Hans."
„Dann bin ich Hinrich." „Gut, Hinrich. Dann haben wir das geklärt", grinse ich. „Das macht einiges einfacher", sinniert Hinrich. Wir stoßen mit Kaffee an und lachen.

Wir erzählen uns gegenseitig, was wir machen und wie wir dazu gekommen sind.

Hinrich erzählt, daß er Probleme hatte, zu den Jagdfliegern zu gehen, da er eine Familie hat. Er ist verheiratet und hat drei Söhne. Er sollte eigentlich zu den Transportfliegern gehen, konnte aber dann doch bei den Jagdfliegern bleiben. Er wurde vor kurzem zum Geschwaderkommodore ernannt.

„Sag mal, Hinrich....wie viele Luftsiege hast Du errungen?", frage ich unseren neuen Freund. „Ich habe 87 bestätigte Luftsiege." Wir nicken beeindruckend. „Selber wurde ich drei Mal abgeschossen und ein Mal fiel ich von selber runter." Wir lachen, bis uns die Bäuche weh tun. Hier haben sich Kameraden gesucht und gefunden.

Der Abend wird lang.......

Am nächsten Morgen werden wir von Triebwerksgeräuschen geweckt. Ich schaue auf die Uhr. Es ist 9 Uhr.
Ich ziehe mich an und gehe raus. Da steht Hans bereits am Rand des Flugfelds und schaut den Flugzeugen zu, die langsam zur Startbahn rollen. „Was ist los, Hans?" „Keine Ahnung. Lass uns mal fragen."
Wir gehen zu Hinrich.

Er begrüßt uns freundlich: „Die Herren Generäle. Klaus, Hans. Wie geht es Euch?" „Hallo Hinrich. Was ist los?", frage ich. „Die Armeeführung hat heute Morgen angerufen. Wir sollen sofort einen massiven Angriff gegen Peking führen. Der Einsatz der neuen Flugzeuge soll wie ein Paukenschlag für den Gegner sein." Wir merken, wie begeistert Hinrich ist. Ich sehe mich in ihm....zu unserer Anfangszeit......als alles begann.
„Fliegst Du nicht mit?" „Nein, leider nicht, Klaus. Ich habe leider heute andere Aufgaben."

432 Jäger und Bomber der neuesten Generation starten und fliegen in Formation nach Süden in das 500 Kilometer entfernte Peking.
Ich bin gespannt, wie der Einsatz ausgehen wird......

Vier Stunden Später.

„Sie kommen!!! Sie kommen zurück!!!", ruft ein Soldat des Bodenpersonals.

Über uns drehen die Staffeln der Bomber ein. Einige setzen zur Landung ein. Wir können nicht erkennen wie viele es sind. Aber es sind weniger als beim Start.

Nachdem alle gelandet sind, gehen wir zu Hinrich und hören den Ausführungen der zurückgekehrten Piloten mit zu.

Ein Leutnant erzählt: „Unterwegs wurden wir von Flak beschossen. Einige von uns wurden getroffen und stürzten ab. Etwa 200 Kilometer vor Peking kamen sie dann. Jede Menge Jäger!! Die Arado AR 555 stiegen auf über 12.000 Meter Höhe. Und schon konnten die F-84 Thunderjet ihnen nicht mehr folgen. die F-84 Thunderjet und die F-94 Starfire wurden von den ME 262 HG III angegriffen. Eine unglaubliche Kurbelei ging los. Aber die amerikanischen Jäger sind bei weitem nicht so wendig wie die ME und wurden reihenweise abgeschossen. Dann sind die AR 555 über die Stadt geflogen und haben - nachdem sie von 13.000 auf 6.000 Meter abgestiegen sind - die Militärbasen und Flugfelder der Amis bombardiert. Als die Bomber wieder abflogen, war alles voller Rauch und wir konnten nichts mehr sehen."

Nach der Bestandsaufnahme des Einsatzes wird festgestellt, daß 13 AR 555 abgeschossen worden sind. Die Einheiten der ME 262 HG III haben 24 Maschinen verloren. Die Amerikaner haben 154 Düsenjäger verloren.
Hinrich ist zufrieden.

In den nächsten Tagen werden weitere Einsätze gegen amerikanische und chinesische Stellungen und Einrichtungen mit Erfolg angegriffen. Besonders die Einheiten der F-84 Thunderjet haben hohe Verluste.
Die U.S. Air Force ihrerseits startet Angriffe gegen das Flugfeld von Saihantalazhen.
Die ersten Angriffe werden von sowjetischen MiG-15 abgefangen. Aber am 3. Dezember 1950 starten die Ame-

rikaner einen massiven Angriff mit schweren Bombern des Typ Convair B-36. Die insgesamt 80 Bomber werden von 150 leichten Bombern des Typs B-45 begleitet. Beschützt werden sie von 200 F-94 Starfire und 650 F-84 Thunderjet.

Der große amerikanische Verband wird von einem sowjetischen Aufklärer entdeckt und meldet ihn sofort.

Unsere 198 ME 262 HG III steigen auf und werden von 400 MiG-15 begleitet.
Sicherheitshalber steigen auch die 110 AR 555 auf, damit sie durch mögliche Bombeneinschläge nicht zerstört werden.

Etwa 80 Kilometer vor unserem Flugfeld prallen die Luftflotten aufeinander.
Die MiG-15 und ein Teil der ME 262 HG III werden von den amerikanischen Jägern gebunden.
Eine Spezialeinheit eines ME 262 HG III-Geschwaders ist mit ungelenkten R4M-Raketen ausgestattet. Sechs der mit diesen Raketen ausgestatteten ME 262 HG III steigen zu den Bombern auf und verfolgen sie. Sie hängen sich hinter einem Bomberpulk von 15 B-36 und feuern ihre Raketen ab. Drei der riesigen Bomber werden schwer getroffen und kippen zur Seite. Brennend trudeln sie dem Boden entgegen.

Nun eröffnen die schwer bewaffneten Bomber das Feuer. Dutzende 20 mm-Kanonen feuern auf die abdrehenden Angreifer. Drei werden getroffen. Einer stürzt brennend ab, die beiden anderen Düsenjäger ziehen sich mit einer Rauchfahne hinterher ziehend zurück.

Die Gegner verbeißen sich regelrecht ineinander. Dann brechen acht B-36 durch und fliegen direkt auf uns zu.

Sofort gebe ich Befehl: „Achtung! Achtung! Acht Bomber auf etwa 11.000 Meter Höhe sind durchgebrochen. Anvisieren und Feuer!!"

Die E-100 Flakpanzer mit ihren präzisen Visiereinrichtungen recken ihre Rohre hoch in den Himmel und feuern. Die Flugabwehrgranaten rasen mit etwa 3.600 km/h dem Gegner entgegen und legen vor ihnen eine Barriere aus explodierenden Granaten. Unbeirrt fliegen die riesigen Maschinen weiter. Da! Einer wird getroffen! Sie brennt und dreht ab. Eine weitere wird getroffen. Sie explodiert in der Luft. Sind noch sechs übrig. Unsere insgesamt 48 Flakpanzer feuern was das Zeug hält. Eine weitere B-36 wird getroffen. Die Bomber sind fast da. Die vierte Maschine wird getroffen. Dann öffnen die vier letzten Bomber ihre Bombenschächte.....und geben ihren Inhalt frei. Fast 160 Tonnen Bomben fallen in langen Ketten auf uns zu. „In Deckung!!!!", schreie ich. Die Männer rennen in den splittersicheren Unterständen.

Dann schlagen die Bomben ein........

Hans und ich wachen langsam im Unterstand auf. Wir sind halb verschüttet. In der Ferne hören wir Schreie. In unserer Nähe ist ein schwaches Stöhnen zu vernehmen. „Klaus? Alles ok?" „Nein, Hans...." Ich reibe mir den Kopf. „Na, dann ist ja gut."

Wir graben uns raus und schauen uns um. Der Flugplatz ist schwer getroffen worden. Überall sind Brände. Auch sehen wir einige unserer E-100 Flakpanzer brennen.

„Das waren nur vier Bomber.....was wäre wohl passiert, wenn ein paar Dutzend durchgekommen wären", sage ich zu Hans. „Das willst Du nicht wissen, Klaus." „Ja....wir dürfen das auch nicht zulassen."

In den nächsten Stunden bergen wir dutzende Tote und Verletzte. Trümmer und Wracks werden beiseitegeschafft. Die Schäden an der Rollbahn werden repariert.

Wir treffen Hinrich wieder. Er ist sichtlich ungehalten: „Die Amerikaner haben uns kräftig in den Hintern getreten. Auch unsere Jagdgeschwader haben bluten müssen. Eure Flak und die sowjetischen MiG-15 haben das Schlimmste vermieden. Auch die ME mit den Raketen haben gute Arbeit geleistet. Aber wir brauchen mehr Unterstützung."

Einige Wochen später. Es ist der 3. Januar 1951.
Es ist kalt. Bitterkalt. Aber es liegt kein Schnee.

Die Verluste der Geschwader wurden wieder aufgefüllt. Jedes Geschwader ist um eine Gruppe mit 48 Maschinen erweitert worden.

In der Zwischenzeit fliegt die russische Luftwaffe zahlreiche Angriffe gegen die U.S. Air Force. Aber die Verluste sind hoch.

Nun sind wir wieder voll einsatzbereit und werden mit unseren Geschwadern einen neuen schweren Angriff gegen Peking führen.
Um 10 Uhr starten wieder die Maschinen staffelweise und formieren sich in der Luft. Es sieht wirklich beeindruckend aus!

Die drei Geschwader verschwinden nach Süden in Richtung Peking. Unterwegs treffen sie sich noch mit zwei sowjetischen MiG-15-Geschwadern.

Nach knapp vier Stunden kommen sie wieder. Wir schauen hoch. „Sag mal, Hans.....das sind dieses Mal aber wenige Maschinen. Sind die anderen woanders gelandet?" Hans schaut hoch. „Das sind aber wirklich wenige. Ich habe da ein ganz mieses Gefühl......"

Wir fahren zum Rollfeld.
Die ersten Maschinen landen. Es sind Arado AR 555. Fast alle sind beschädigt. Einer AR 555 fehlt das komplette rechte Seitenleitwerk. Eine weitere AR 555 ist durch Maschinengewehrfeuer völlig durchsiebt.

Hans, ich und weitere Soldaten helfen den Piloten auszusteigen. Viele sind verletzt.

Ein verletzter Arado-Pilot schimpft: „Ein Desaster! Was für ein Desaster!!" Er krümmt sich liegend auf der Trage vor Schmerz. „Was ist passiert?", frage ich. Der Pilot sieht meinen Rang und will sofort wieder von der Trage aufstehen, um strammzustehen. „Bleiben Sie liegen, Mensch! Liegenbleiben." „Danke, General. Die Amerikaner sind uns, wie erwartet, entgegengetreten. Aber dieses Mal waren das andere Maschinen. Die waren viel wendiger, schneller und teilweise besser bewaffnet. Bei einem Flugzeugtyp waren die Flügel auch nach hinten gepfeilt. Sie sind durch die Russen geschnitten wie ein heißes Messer durch Butter. Dann haben sie uns vorgeknöpft. Die ME 262 HG III haben uns, so gut sie konnten, verteidigt. Wir konnten nicht eine einzige Bombe auf

215

Peking werfen. Wir haben den Angriff abbrechen müssen. Ein Desaster......"
Hans und ich schauen uns an. „Das klingt nicht gut, Hans. Das klingt gar nicht gut......"

In den nächsten Wochen steigen die Verluste der sowjetischen und deutschen Luftwaffe sprunghaft an.
Die drei hier stationierten vergrößerten Geschwader haben fast drei Viertel ihrer Maschinen verloren. Zum Glück konnten sich die meisten Piloten über unser Gebiet retten und wurden dann geborgen.

Unser Flugplatz ist wiederholt Ziel verschiedener Luftangriffe geworden. Dabei haben wir fast die Hälfte unserer Flak verloren.

Am Abend nach einem weiteren schweren Angriff der U.S. Air Force sitzen Hinrich, Hans und ich gedankenverloren in unserem Unterstand.
Wir schweigen alle. Dann durchbricht Hinrich die Stille:
„Es wird Zeit für unsere neuen Flugzeuge......"

Kapitel 19 - Nurflügler

Die Amerikaner haben es tatsächlich geschafft!
Die Bomberströme mit hochmodernen Flugzeugen, die im Hinterland Industriestätten und Transportwege erreichen und angreifen. Die Jagdbomber, die Truppeneinheiten und einzelne Fahrzeuge attackieren. Und die Jäger, die uns die Luftüberlegenheit entrissen haben, haben uns in die Defensive gedrängt.
Unsere Vormärsche wurden aus der Luft gestoppt.
Der Einsatz immer neuerer amerikanischer Düsenflugzeuge in großen Mengen hat zu immer größeren Verlusten der sowjetischen und deutschen Luftwaffe geführt.
Hervorragende Bodeneinheiten und auch unsere technische Erprobungseinheit haben praktisch im Vorbeiflug erfahrene Soldaten verloren.

Es ist der 7. März 1951.
Generalfeldmarschall Fritz Steinhuber kommt aus Berlin zurück.
In der Stadt Ulan Bator sitzen alle deutschen Kommandeure im Konferenzraum und warten auf dem Oberbefehlshaber.
Die Tür geht auf, er kommt herein. Sofort stehen wir alle auf und salutieren. Er grüßt zurück. „Setzen Sie sich, meine Herren. Ich komme mit einer guten Nachricht aus Berlin. Der Reichskanzler Konrad Adenauer hat den Einsatz der neuen Nurflügler genehmigt! Wir werden in den nächsten Wochen einen für die Amerikaner unbekannten frontnahen Flugplatz nutzen, um die neuesten Typen der Horten H IX Nurflügler dort zu stationieren. Weitere Flugplätze werden folgen. Mir wurde in Berlin zugesichert, daß weitere Flugzeugtypen bereits fertig entwickelt

sind und sich nun in der Fertigung befinden. Dies alles allerdings unterliegt noch der Geheimhaltung.

Mehrere Kampfeinheiten der Wehrmacht werden für die Sicherung und Verteidigung der frontnahen Flugplätze abgestellt. Meine Herren! Es wird wieder vorangehen!"

Der Generalfeldmarschall verläßt den Raum. Einer seiner Adjutanten ruft nun die Einheiten auf, die den ersten Flugplatz sichern sollen. Unsere technische Erprobungseinheit ist auch dabei.......

Am 15. April 1951 ist es soweit. Wir werden abgezogen und gelangen nach drei Stunden Fahrt in eine abgelegene Gegend mitten im Nirgendwo. Und wir staunen nicht schlecht! Hier ist ein riesiger Flugplatz mit mehreren Rollbahnen. Überall stehen Flakbatterien aller Kaliber und auch die neue Boden-Luft-Rakete „Rheintochter" 2b.

Als wir anrücken, kommt uns ein Kübelwagen entgegen. Es ist Hinrich! Wir begrüßen uns herzlich.

„Mensch, Hinrich! Du hier? Wir hatten Dich schon vermißt. Ohne was zu sagen, bist Du ja abgezogen worden."

„Klaus, das hatte einen sehr triftigen Grund", antwortet Hinrich lachend. „Ich zeige erst mal Eure Quartiere und Stellungen und dann werde ich Euch die unterirdischen Hangars zeigen. Ihr werdet staunen!"

Nach einer Stunde sind wir an den Hangartoren. Sie sind riesig. An der Seite ist eine kleine Tür. Wir gehen zu dieser Tür und treten ein.

Kaum sind wir drin, stehen Hans und ich mit offenen Mündern vor langen Reihen von Nurflüglern.

„Meine Freunde.....das sind die neuen Horten H IX.

218

Die alten Modelle, die Horten H IX V3, die im großen Krieg die alliierten Bomber reihenweise vom Himmel holten, wurden behutsam weiterentwickelt.

Folgende Maschinen sind hier einsatzbereit:

Der erste Typ ist die Horten H IX A6. Ein schneller Jäger mit vier 30 mm-Kanonen und über 1.100 km/h Höchstgeschwindigkeit.
Der zweite Typ ist die Horten H IX A7, ein zweisitziger Nachtjäger, ebenfalls mit vier 30 mm-Kanonen und knapp 1.100 km/h Höchstgeschwindigkeit.
Der dritte Typ ist die Horten H IX A8, ein zweisitziger schwerer Jäger mit vier 30 mm-Kanonen und lenkbaren X-4 Luft-Luft-Raketen." Hans hakt nach: „Lenkbare Raketen?" „Ja, richtig. Der zweite Pilot kann die Rakete per Fernlenkung ins Ziel fliegen lassen. Durch Leuchtsätze kann der zweite Pilot die Rakete sehen. Akustische Sensoren registrieren die Motorengeräusche der Feindflugzeuge und lassen die Rakete nah am Feind explodieren."

„Hinrich, was weißt Du über die neuen amerikanischen Flugzeuge?" „Nun, Klaus, die Amerikaner haben ganz schön nachgelegt! Die neuen Maschinen haben uns überrascht.
Zunächst haben sie einen neuen Allwetterjäger in Dienst gestellt. Es ist die Northrop F-89 Scorpion. Sie ist schwer bewaffnet, über 1.000 km/h schnell, aber nicht sonderlich wendig. Aber diese Maschine hat eine sehr große Reichweite.
Die zweite neue Maschine ist der wendige und mit über 1.100 km/h schnelle Jäger North American F-86 Sabre.

Er ist etwas wendiger als die MiG-15, aber nicht so wendig wie unsere Horten H IX.
Und die dritte Maschine ist der Bomber Boeing B-47 Stratojet. Er hat eine Traglast von elf Tonnen und fliegt fast 1.000 km/h schnell. Seine Geschwindigkeit macht es schwierig, ihn einzuholen und abzufangen.

Aber meine Herren, unsere sowjetischen Waffenbrüder waren auch nicht untätig. Die Russen haben vor ein paar Tagen einen neuen Standardjäger in die Truppe eingeführt: Die MiG-17! Dieser neue sowjetische Jäger ist schneller, vielseitiger und nun gegenüber den neuen amerikanischen Jägern wieder auf Augenhöhe."

Uns gefällt es, was wir da hören.

Hans und ich machen uns auf dem Weg zu unserer technischen Erprobungseinheit und sichern zusammen den großen Flugplatz......

Hinrich Sellhorn-Timm geht zum Hauptquartier des Flugplatzes. Er steuert den Funkerraum an. „Ist der Einsatzbefehl endlich raus?" „Noch nicht, Oberstleutnant Sellhorn-Timm." „Geben Sie mir sofort Meldung, sobald sie reinkommt". Hinrich verläßt den Funkerraum.
Er ist unruhig......

Aber er wird noch warten müssen. Die deutsche Luftwaffe läßt noch weitere Flugplätze bauen, wo weitere Nurflügler stationiert werden. Solange werden diese Maschinen nicht eingesetzt. Hier bedient sich die Luftwaffe der sowjetischen Strategie: Material sammeln und zurückhalten bis zur großen Offensive.

Es ist der 4. Mai 1951.

Es ist soweit!

„Oberstleutnant!!! Oberstleutnant Sellhorn-Timm!!! Der Befehl! Er ist da!" Sofort läuft Hinrich zum Funkerraum, wo ihm der Funker bereits entgegenkommt. Keuchend nimmt er den Zettel entgegen. „Endlich!"
Schon ist er auf dem Weg zu den Pilotenunterkünften. Er macht die Tür auf und tritt ein: „Meine Herren! Kommen Sie. Alle Mann in den Haupthangar. Und sagen Sie den anderen Piloten bescheid." „Jawoll, Oberstleutnant!"

Sechs Minuten später.
Der Haupthangar ist voller Piloten der deutschen Luftwaffe.
„Meine Herren! Es ist soweit. Der Befehl ist vor 20 Minuten reingekommen. Morgen werden wir mit unseren Geschwadern aufsteigen und alle frontnahen Flugplätze der Amerikaner angreifen. Wir werden ihre Flugzeuge am Boden zerschmettern!" Ein Leutnant melde sich: „Oberstleutnant Sellhorn-Timm........ähm.......wie soll das gehen? Die Amerikaner haben ein lückenloses Radarnetz. Sie werden uns orten." „Leutnant, erinnern Sie sich, daß nie irgendwelche Radarposten Sie anfunkten, wenn Sie ihnen nahe kamen?" „Äh.......ja. Das war seltsam." „Ja, richtig. Das war seltsam. Aber auch nachvollziehbar. Die Radaranlagen konnten Ihre Flugzeuge nur schlecht wahrnehmen." Gemurmel macht sich im Hangar breit. „Denn Ihre H IX hat durch ihre Form und die aufgetragene Farbe quasi eine Tarnkappe. Sie sind für das Radar schlecht erkennbar." Hinrich schaut in etliche verdutzte und ungläubige Gesichter. „Ja, ich weiß. Das klingt fast wie

Zauberei. Aber Sie werden es Morgen im Einsatz merken. Bereiten Sie sich vor, meine Herren!"
Wir grüßen uns militärisch und gehen an die Arbeit.

Den ganzen Tag werden die Angriffspläne erstellt, wo welche Staffel mit wem und wann angreift. Es sind viele Pläne....

Der Tag der Großoffensive. Der 5. Mai 1951.

An der gesamten Front starten von acht Flugplätzen insgesamt 1.500 Horten H IX aller Versionen. Auch sämtliche Nachtjäger werden eingesetzt.

Oberstleutnant Hinrich Sellhorn-Timm macht sich ebenfalls bereit. Er zieht seinen Pilotenanzug an, setzt die Pilotenkappe mit der Maske auf und besteigt seine Horten H IX A6. Er drückt die Schalter an. Die Cockpitleuchten gehen an. Nun kontrolliert er die Anzeigen. Es ist alles in Ordnung. Hinrich drückt den Startknopf. Die Turbinen laufen langsam an. Die Triebwerke heulen synchron auf mit dem charakteristischen Pfeifen, bis sie ihre richtige Drehzahl erreicht haben. Nun löst er die Bremse. Die Horten rollt langsam aus der Halle raus. Draußen stehen bereits Dutzende H IX auf ihre Startpositionen. Hinrich reiht sich mit ein.

Jetzt ist soweit! Das Zeichen zum Start!
Die ersten H IX heben bereits ab. Auf dem Flugfeld herrscht Gedrängel. Immer mehr Düsenjäger erheben sich in die Luft. Nun sind Hinrich und fünf weitere Piloten dran. Langsam rollend, warten sie, daß die Jäger vor ihnen Fahrt aufnehmen. Dann erhöht er den Schub auf

Volllast. Die Turbinen drehen hoch. Die Maschine schiebt mit aller Kraft nach vorn. Dann hebt Hinrich ab. Er ist in der Luft. Das Land unter ihm wird kleiner.
Er schließt sich dem Geschwader an und fliegt neben seinen Kameraden in Formation.
Ein Blick nach links, ein Blick nach rechts. Kurzes Handzeichen. Alles in Ordnung. Dann drückt er den Knopf des Funkgeräts: „Hier ist Kommodore Sellhorn-Timm! Männer! Wir sind Teil einer großangelegten Operation, um den Amerikanern einen vernichtenden Schlag zu versetzen. Der Befehl ist bekannt und ich erwarte von Euch, daß er rigoros durchgeführt wird. Achtet auf Euer Heck. Viel Erfolg, Männer!"

Achtet auf euer Heck. Als Hinrich als kleiner Leutnant anfing, sagte das immer sein Ausbilder in der Fliegerschule. Hinrich hat es zu seinem Leitspruch gemacht und jedes Mal, wenn er seine Piloten in den Kampf führt, sei es als Staffelkapitän, Gruppenführer oder nun als Geschwaderkommodore, sagt er es zu seinen Piloten. Denn der Tod kommt meist von hinten.....

Weit ausgefächert fliegen die Geschwader den amerikanischen Flugplätzen entgegen.
Hinrich schaut aus seiner Kanzel. Über ihm.....rechts und links......überall fliegen die modernen Nurflügler in Formation. Ihn ergreift ein erhebendes Gefühl. Er erinnert sich den Spruch der Luftwaffe: Flieger sind Sieger!

Der erste Flugplatz ist in Reichweite.
Die ersten Staffeln gehen runter und visieren an. Auch Hinrich ist dabei. Er sieht, wie die amerikanischen Piloten zu ihren Düsenjägern laufen.

Im direkten Anflug visiert Hinrich an. Drückt den Abzug. Die 30 mm-Kanonen rattern los. Die kleinen Granaten rasen zu den parkenden F-86. Jedes dritte Geschoss ist ein Leuchtspurgeschoss. Sie treffen eine Maschine. Sie ist vollgetankt und geht sofort in Flammen auf. Dann rattern wieder die Kanonen. Die zweite, die dritte F-86 brennt. Die amerikanischen Piloten sind zu spät. Sie werden nicht mehr abheben können.

Hinrich zieht seine H IX hoch. Im Augenwinkel sieht er einige Punkte südlich vom Flugplatz. „Achtung Männer! Ankommende Flugzeuge aus dem Süden." Schon drehen einige Maschinen bei und die Staffel unter Hinrich fliegt den Punkten entgegen. Nach zwei Minuten erkennen sie sie: Es sind F-86 Sabre! 14 Maschinen.

„Feuerstoß in den Pulk, dann steil nach oben, damit sie uns folgen. Dann in den Innenkampf. Wenn wir rumkurbeln, dann packen wir sie. Wir sind deutlich wendiger. Los!"

Schon rattern die 30 mm-Kanonen. Eine F-86 wird getroffen und zerbricht. Sofort fliegen unter Volllast alle Horten in einer steilen Kurve hoch. Die amerikanischen F-86 Sabre versuchen den Nurflüglern zu folgen. Schon sind die H IX hinter den Amerikanern. Die Kanonen rattern. Drei, vier F-86 trudeln zu Boden. Eine F-86 klemmt sich hinter einer Horten und feuert mit ungelenkten Raketen. Zwei der weit streuenden Raketen treffen die Maschine. Der Pilot rettet sich mit dem Fallschirm.

Die Amerikaner verlieren den Kampf. Keiner entkommt. Nur zwei Horten wurden abgeschossen. 2 : 14. Ein gutes Verhältnis!

Über Funk erhält Hinrich die Bestätigung zur erfolgreichen Ausführung des Befehls. Der Flugplatz ist ein einziges Trümmerfeld. Schon wird der nächste Flugplatz angegriffen.

Nach 20 Minuten Flug sind sie da.
Dieses Mal sind die Amerikaner vorbereitet. Die deutschen Flieger werden mit massivem Flakfeuer empfangen.
Es stellen sich amerikanische F-89 uns entgegen. Sie sind in der Manövrierbarkeit noch schlechter als die F-86, sind dafür aber bedeutend schwerer bewaffnet.
Als den Horten mehrere Staffeln entgegenkommen, lösen sich feine Rauchlinien von den Flügeln der Amerikaner. Hinrich ruft sofort ins Mikrofon: „Raketen!!" Schon drehen viele H IX ab oder versuchen, auszuweichen. Aber ein halbes Dutzend schaffen es nicht. Sie fallen brennend zu Boden.
Schon sind die deutschen Staffeln nah am Gegner. Eine wilde Kurbelei beginnt. Im Getümmel der Luftkämpfe stürzen immer wieder getroffene Maschinen ab. Meistens sind es F-89. Das Abschußverhältnis ist 1:9.

Nach 50 Minuten ist der zweite Flugplatz frei von Feindflugzeugen.

Die Nurflügler müssen zurück. Der Treibstoff geht zur Neige.

Unterwegs kommen Flugzeuge entgegen. Es sind Unsere! Düsenbomber Arado AR 555. Und sie werden begleitet von sowjetischen MiG-17! Diese russisch-deutschen Verbände werden die nächsten amerikanischen Flugplätze angreifen.

Nach der Rückkehr werden die Horten aufmunitioniert und betankt. Einige Maschinen sind so schwer beschädigt, daß sie nicht aufsteigen können.

Von dem Flugplatz sind 432 Maschinen gestartet. Das sind drei Geschwader. Davon sind 407 Maschinen sind zurückgekehrt. Die Amerikaner haben nach ersten Schätzungen über 500 Maschinen in diesem Überraschungsangriff verloren.

Und der Tag ist noch nicht zu Ende........

Wieder steigen die Nurflügler-Geschwader auf. Es sind jetzt 387 Maschinen in der Luft.
Die Piloten sind hochkonzentriert. Hinrich gibt ein paar Befehle durch.

Der nächste amerikanische Flugplatz wird angeflogen. Dieses Mal erwartet die Piloten starken Widerstand. Jede Menge Staffeln von F-86 und F-89 werfen sich den deutschen Nurflüglern entgegen.
Wieder feuern die Amerikaner massenhaft ihre Raketen ab. Aber dieses Mal sind wir vorbereitet. Unsere Formation ist aufgelockert und nur wenige Horten werden getroffen.
Ein Teil der Horten gehen runter und greifen den Flugplatz an. Ungelenkte R4M-Raketen werden für Bodenziele verwendet. Und sie treffen. Laster, Tanker, Einrichtungen und Gebäude werden getroffen. Am Himmel entbrennt ein heftiger Kampf. Die F-89 haben keine Chance. Reihenweise werden sie abgeschossen. Die F-86 erweisen sich wieder als zäherer Gegner.

Hinrich hängt sich hinter zwei F-86 ran. Er drückt den Feuerknopf. Die 30 mm-Kanonen rattern los und lassen die kleinen Granaten in die erste F-86 einschlagen. Schwarzer Rauch kommt aus der Maschine. Der Jäger kippt zur Seite und zieht einen langen Schweif hinter sich her. Jetzt nimmt er sich den zweiten Düsenjäger vor. Dieser fliegt nach rechts und nach links und weicht den Garben der Kanonen aus. Hinrich hört Einschläge in seiner Horten H IX. Hinter ihm sind drei F-86. Sofort fliegt er eine enge Kurve. Die Amerikaner können so eine enge Kurve nicht fliegen. Schon hängt Hinrich hinter der ersten der drei F-86 und drückt er den Feuerknopf. 30 mm-Granaten sägen sich durch den Flügelwurzel und läßt den Flügel abbrechen. Die Maschine trudelt zu Boden. Wieder erhält Hinrichs H IX Treffer. Teile seiner Flügelverkleidung fliegen weg. Er reißt den Steuerknüppel nach links und fliegt eine enge Kurve und geht dabei sofort in den Steigflug. Er verschwindet in den Wolken. Die Amerikaner verlieren in aus den Augen. 30 Sekunden später stößt er wieder durch die Wolken nach unten. Und direkt vor ihm ist eine F-89. Sofort zieht er den Steuerknüppel nach rechts.....und dem Amerikaner direkt vor seine Rohre. Schon feuert er. Hinrich ist aber schneller. Schon fliegt er wieder eine Kurve, setzt sich hinter der F-89 und feuert. Die F-89 trudelt schwer getroffen.

Nach 40 Minuten ist der Kampf am Himmel vorbei. Die Amerikaner haben das Nachsehen. Aber dieses Mal sind unsere Verluste höher........

Nach fünf Tagen sind die schweren Luftkämpfe vorbei. Die Luftüberlegenheit ist wieder an die Russen und die Deutschen übergegangen.

Die deutsche Luftwaffe hat 137 Totalverluste. Die russischen Waffenbrüder haben 372 Maschinen verloren. Die Amerikaner jedoch haben über 1.700 Flugzeuge verloren, wovon etwa 600 Maschinen am Boden zerstört wurden.

Die Horten H IX hat zwar einen Rumpf aus metallbeplankten Stahlrohrgerüst, ist aber sonst vollständig aus Holz. Die Triebwerke sind Jumo-004 B5 und lassen das Flugzeug auf über 15.000 Metern steigen. Auch ist die Horten mit einem selbstverschließenden Tank ausgestattet.
Erstaunlicherweise läßt sich die Maschine recht schnell fertigen und hat keine Probleme wegen Rohstoffmangel an Holz. Davon gibt es genug in Deutschland. Auch kann eine beschädigte Maschine ohne Probleme schnell wieder repariert werden.

Es ist der 12. Mai 1951.
Die stark bedrängten Bodentruppen erholen sich. Die Versorgungslinien können wieder fast unbehelligt benutzt werden und die sowjetischen Industrieanlagen werden durch amerikanische Bomber nicht mehr angegriffen.

Die Luftüberlegenheit erlaubt es, die Fronten weiterzutreiben. Die sowjetischen Truppen machen sich bereit, auf Peking zu zielen, die Hauptstadt des riesigen Landes.
In Peking bricht fast Panik aus. Die Amerikaner erkennen, daß sie verlieren werden, wenn sie nicht reagieren. Sofort verschiffen die Amerikaner Tausende F-86 Düsenjäger und schicken weitere 1.000 Boeing B.47 Stratojet Düsenbomber nach China.
Aber die Amerikaner haben noch einen Plan B.....

Kapitel 20 - Feuer am Himmel

Zwei Monate später. Es ist der 7. Juli 1951.

Mit Sorge hat die deutsche und sowjetische Armeeführung die massive Aufrüstung der U.S. Air Force in China beobachtet.
Generalfeldmarschall Fritz Steinhuber lädt alle wichtigen deutschen Kommandeure zur großen Sitzung ein.
Der Generalfeldmarschall tritt ein. Wir stehen auf und grüßen militärisch. Steinhuber grüßt zurück. „Setzen Sie sich, meine Herren!" Er legt einige Unterlagen auf den Tisch. „Meine Herren, die Lage spitzt sich zu. Wir sind zwar in der Offensive und haben die Luftüberlegenheit, aber der Amerikaner schickt so viel Kriegsmaterial nach Taiwan, China und Japan, daß die Kämpfe eskalieren werden. Ich weiß nicht, wie lange wir das personell aushalten werden. Seit 1939 stehen wir fast ohne Pause im Krieg und die Reserven unseres Landes sind begrenzt.

Daher hat Berlin nun unsere letzte große Waffe freigegeben. Und auch die Sowjets haben ebenfalls ihre letzte große Waffe auf dem Weg nach Deutschland gebracht." Wir schauen uns alle verwirrt an. Der Generalfeldmarschall läßt ein Transparent aufhängen. Wir sind total überrascht. Was ist das? „Meine Herren, das ist unser Langstreckenbomber Horten H XVIII C. Ein Nurflügler mit fünf Mann Besatzung und einer Bombenlast von etwa 8.000 Kilogramm. Das Flugzeug hat eine Flügelspannweite von etwa 52 Metern und fliegt 900 km/h. Die Bewaffnung besteht aus vier 20-mm-MG213C. Die Reichweite liegt bei etwa 6.000 Kilometern.

Diese Bomber werden Morgen hier ankommen. Es werden zwei Geschwader mit insgesamt 208 Maschinen sein. Weitere 16 H XVIII C stehen in Deutschland bereit. Diese speziell vorbereiteten Bomber werden eine Reichweite von 12.000 Kilometer haben.

Jetzt fragen Sie sich, was es mit den Russen und ihrer letzten großen Waffe zu tun hat. Welche Waffe ist das? Ich werde es Ihnen sagen. Die Sowjets haben eine Atombombe." Im Raum wird es unruhig. „Ja, ich weiß. Eine sehr unschöne Waffe. Aber für den Fall der Fälle haben wir die 16 H XVIII C für die Aufnahme der russischen Atombomben vorbereitet.

Und wenn es sein muß........von Deutschland nach bis New York sind es 6.000 Kilometer.

Wir stehen an der Schwelle eines neuen Zeitalters."

Wir sind geschockt und zugleich fasziniert.

„Die Herren Kommandeure, bereiten Sie sich vor. Veranlassen Sie alles Nötige. Behalten Sie Stillschweigen. Wenn wir jetzt Fehler machen, kann die gesamte Sache vollständig eskalieren. Denn die Briten werden ebenfalls immer unruhiger. Und diesen möglichen neuen Konflikt will der Kanzler Adenauer auf keinen Fall riskieren."

Die Besprechung wird etwa 20 Minuten später beendet. Wir verlassen alle den Raum. Hinrich geht mit mir und Hans durch den Flur.

„Tja, Jungs. Das wird ja was. Ich habe keine Lust eine Atombombe abzuwerfen", sagt Hinrich mit besorgter Stimme. „Ich möchte davon nicht getroffen werden!", fügt Hans hinzu.......

Der nächste Morgen. Es ist der 8. Juli 1951.

Wir sind aufgeregt. Heute sollen die riesigen Nurflügler-Bomber von Horten kommen.

Und dann ist es soweit. „Da!! Da sind sie!!"
Wir schauen zum Himmel. Wir sehen zunächst nur Striche. Wir hören ein leises Fauchen. Dann erkennen wir Konturen. Eine Kanzel. Lufteinlässe. Das Fauchen wird lauter. Und dann donnern sie über ins hinweg. Riesige leicht nach hinten gepfeilte Nurflügler mit acht Turbinen. Sie drehen. Die ersten drei H XVIII C setzen zur Landung. an.
Hinrich, Hans und ich sind fasziniert. Fasziniert von dieser Ästhetik. Es ist die Ästhetik des Todes......

In den nächsten Tagen werden die beiden Nurflügler-Bombergeschwader und die Nurflügler-Jagdgeschwader intensiv vorbereitet.

Es ist der 12. Juli 1951.
Wieder geht Oberstleutnant der Luftwaffe Hinrich Sellhorn-Timm mit anderen hohen Offizieren zur Besprechung mit Generalfeldmarschall Fritz Steinhuber.

„Meine Herren, ich komme auf dem Punkt. Die Bombergeschwader werden Morgen werden zwei Ziele angreifen. Dies sind die Hauptversorgungsbasen der Amerikaner, die Städte Tokio und Taipeh. Die Hälfte der Strecke werden die H IX die Bomber begleiten und ihnen die amerikanischen Jäger vom Leib halten. Dann müssen unsere Düsenjäger zurück und tanken und aufmunitionieren. In der Zwischenzeit steigen die H XVIII C auf ihre

Maximaldienstgipfelhöhe von über 16.000 Metern und somit fast unerreichbar von den Amerikanern. Nach der Bombardierung und Rückkehr der Bomber werden sie wieder auf etwa der Hälfte der Strecke von unseren H IX in Empfang genommen und begleiten sie sicher zurück zu den Flugplätzen. Und, meine Herren..... wir werden jeden Tag diese Angriffe führen!"

Mit weiteren Details erhalten die Offiziere ihre Befehle.
Sie salutieren und gehen.
Morgen wird der erste Bomberangriff mit den Horten XVIII C Nurflügler-Bomber geführt werden. Begleitet von Nurflügler-Jäger H IX.

Der nächste Morgen bricht an. Der 13. Juli 1951.

Die Bomberpiloten steigen in ihre riesigen voll mit Bomben beladenen achtstrahligen Düsenbomber. Die Turbinen laufen an. Acht Triebwerke fauchen los. Was für eine infernalische Akustik! So voller Kraft. Die H IX-Piloten sind begeistert.
Dann steigen die ersten Bomber auf. Weitere folgen und schließen sich den Formationen an. Jetzt folgen die Jäger H IX und begleiten die großen Düsenbomber.

Hinrich begleitet die ganz vorn fliegenden Bomber.

Sie tragen alle mittlerweile Druckanzüge, da die Flugzeuge sehr hoch steigen können. Auch haben sich die Kämpfe teilweise in höchsten Höhen verlagert.

Nach 30 Minuten kommen sie! Amerikanische F-86 Sabre Düsenjäger. Sofort attackieren die H IX die ankom-

menden Amerikaner. Hinrich sieht durch seine Kanzel drei entgegenkommende F-86. Er drückt den Abzug. Vier Maschinenkanonen rattern. Der anvisierte Jäger weicht aus, wird aber am Flügel getroffen. Er dreht und zieht sich zurück. Die beiden anderen Jäger feuern auf Hinrich, aber er hat seine Maschine bereits hochgezogen. Die beiden Amerikaner wollen ihm folgen, kommen aber nicht hinterher. Hinrich fliegt eine enge Kurve. Schon ist eine F-86 vor seinem Bug. Er drückt den Abzug. Der amerikanische Jäger wird getroffen und zieht einen Rauchschweif hinter sich her. Dann erhält Hinrich von links heftiges Feuer. Die Treffer zerlöchern den Flügel. Er merkt, wie der Tank getroffen wird. Er fängt kein Feuer. Der Tank ist selbstverschließend. Dann donnert eine F-86 über ihn hinweg. Hinrich drückt die Taste vom Funkgerät: „Hier Sellhorn-Timm! Bin getroffen. Fliege zurück. Wir sehen uns am Rollfeld. Ende." Dann dreht er um.
Beim Rückflug sieht er, wie immer wieder Maschinen brennen abstürzen. Er kann nicht sehen, ob es deutsche oder amerikanische Maschinen sind.

20 Minuten später.
Immer wieder schaut Hinrich zu seinem linken Flügel. immer wieder fliegen Teile weg. Er merkt, wie unruhig die Maschine wird. Dann bricht der Flügel in der Mitte ab. Schon beginnt das Flugzeug zu trudeln.
„Hier Sellhorn-Timm! Hier Sellhorn-Timm! Wenn mich jemand hört, ich stürze etwa 10 Kilometer südöstlich von der Stadt Ulanqab ab."
Die Maschine ist nicht mehr zu halten. Hinrich steigt aus. Der Fallschirm öffnet sich. Er sieht, wie seine H IX trudelnd sich dem Boden nähert. Dann schlägt sie auf. Ein Feuerball blüht auf.

Hinrich kommt dem Boden entgegen. Er zieht die Beine an....und er hat wieder die Erde unter den Füssen. Sofort schnallt er den Fallschirm ab und läuft nach Nordwesten. Seinen Absturz haben bestimmt die Chinesen gesehen. In einem trockenen Flußbett läuft er entlang. Über das weitläufige Gelände zu laufen, wo man Menschen über Kilometer sehen kann, ist keine gute Idee. Er ist mit einer Pistole des Typs Mauser HSc bewaffnet. Den Druckanzug hat er ausgezogen.

Hinrich ist etwa 20 Kilometer von der Front abgestürzt. Ob er es schaffen wird? Schicken die Deutschen oder die Russen einen Rettungstrupp? Für einen Mann?

Nach einer Stunde muß er das Flußbett verlassen. Vor ihm breiten sich endlose Felder aus, bestellt von chinesischen Bauern.
In etwa drei Kilometern sieht er einen Bauernhof. Er hofft, dort ein Fahrzeug zu finden und damit in Richtung Front fahren zu können.

Unterwegs wird er von Bauern entdeckt. Sie rufen ihn. Hinrich läuft weg. Die Bauern laufen hinterher. Als sie ihn fast erreicht haben, zieht er die Pistole und zielt auf die Bauern. Die Bauern lassen ab von ihm. Er läuft weiter zum Bauernhof. Aber jetzt ist er unter Zeitdruck. Er ist entdeckt worden. Zum Glück nicht von Soldaten. Aber es ist nur noch eine Frage der Zeit, bis auch sie ihn entdecken werden. Und die Soldaten lassen sich nicht so einfach mit einer Pistole verjagen........

Kurz bevor er am Bauernhof ankommt, hört er Motorengeräusche. Es sind chinesische Laster und Panzer. Schon springt er in Deckung. Hinter einem Busch hockend sieht er, wie chinesische Soldaten von den Lastern springen und anfangen, die Gegend zu durchkämmen.

Er versucht die chinesischen Soldaten zu umgehen. Vorsichtig und leise entfernt er sich, läuft nach Südwesten und nach 800 Metern wieder nach Norden.

Plötzlich hört er hinter sich einen Ruf. Ein Chinese hat ihn entdeckt. Er ruft nach den Soldaten. Sofort läuft Hinrich in Richtung des Bauernhofes, wo er hofft, daß die Laster nur noch von wenigen Soldaten bewacht werden.

Als er ankommt, sind nur zwei Soldaten mit Gewehren bei den Lastern. Die Panzer sind nicht mehr da.

Mit vorgehaltener Pistole fordert Hinrich die Soldaten auf, ihre Waffen weit wegzuwerfen. Dann springt er in einen Laster, startet ihn und braust mit aufheulendem Motor davon. Hinrich drückt das Gaspedal durch. Der Laster holpert über den Feldweg. Die beiden Soldaten schießen dem Laster hinterher. Hinrich hört zwei, drei wirkungslose Treffer am Laster.

Ich schaffe es, denke er. Dann schlägt neben ihm eine Granate ein. Hinrich verreißt das Lenkrad, fängt aber den Laster wieder ein. Er schaut nach rechts......und sieht im letzten Moment einen chinesischen M24 Chaffee. Dann schlägt noch eine Granate links von ihm ein. Eine dritte zischt über den Laster. Die vierte Granate trifft die hintere Achse.......und der Laster kippt um. Hinrich fällt aus dem Laster raus. Er rappelt sich benommen auf. Er hört Panzermotoren, die näher kommen. Dann donnert eine Panzerkanone. Er hört einen Treffer in seiner Nähe. Teile fliegen umher. Es sind Panzerteile. Dann krachen noch zwei Panzerkanonen. Hinrich nimmt Deckung hinter dem ungestürzten Laster. Er hört harte Einschläge. Wieder fliegen Teile umher. Direkt vor ihm schlägt eine verbeulte Frontpanzerplatte ein. Es ist die Platte eines M24 Chaffee. Die Chinesen werden beschossen!

Wieder schlagen Granaten ein. Panzermotoren sind zu hören. Stimmen. Hinrich kann sie nicht verstehen. Er hat noch Pfeifen in den Ohren. Die Stimmen kommen näher. „Verdammt, wo ist der Junge?! Es soll endlich mal rauskommen!" Hinrich erkennt die Stimme. Er springt auf. „Hans! Bist Du das?" „Hinrich? Hinrich! Klaus!! Er ist hier!"

Sofort komme ich angelaufen. „Mensch, Hinrich! Du machst aber auch Sachen. Komm, steig ein. Die Chinesen sind uns auf den Fersen. Aber die werden wir abhängen."

Schon springt Hinrich in einen E-25 Moskito. Dann rücken wir ab. Mit insgesamt sechs Skorpion G und sechs E-25 Moskito haben Hans und ich uns auf dem Weg gemacht, nachdem wir seinen Funkspruch aufgenommen hatten. Nicht nur, weil er ein guter Freund und Kamerad ist....er ist ein hoher Offizier und Geschwaderkommodore und Geheimnisträger.

Ohne Verluste bringen wir Hinrich zum Flugplatz.

Nach fünf Stunden kommen die H XVIII C-Bomber und H IX-Jäger zurück.

Trotzdem der massiven Aufrüstung der U.S. Air Force sind nur wenige Bomber verlorengegangen. Die Radarstationen der Amerikaner haben sie nicht erkannt. Und die Horten H IX haben ganze Arbeit geleistet.

Die Amerikaner konnten wieder nur sehr spät reagieren, weil die Flugzeuge oft nur schlecht durch das Radar erkannt wurden.

Am nächsten Morgen starten die Nurflügler-Geschwader wieder. Vor dem deutschen Einsatz haben die Russen mit ihren neuen MiG-17 die Amerikaner schwer beschäftigt.

Die Amerikaner können nur noch reagieren, aber nicht mehr die Initiative ergreifen.

Aber es gibt Gerüchte............

Nach vier Tagen haben die Amerikaner sich darauf eingestellt. Die Verluste der Nurflügler-Bomber steigen.

Drei Tage später werden die Angriffe ausgesetzt.

72 Horten H IX werden mit externen Zusatztanks ausgestattet. Damit wird die Reichweite deutlich vergrößert. Sie wird so weit vergrößert, daß sie die Bomber bis zu ihren Zielen - Tokio und Taipeh - begleiten können. Aber diese Ausrüstung hat zwei große Nachteile. Der erste Nachteil ist, daß die Maschinen nun leichter vom Radar gesehen werden können. Und der zweite Nachteil ist, daß die Maschinen ihre überragende Manövrierfähigkeit verlieren. Allerdings kann bei einem Kampf die Tanks abgeworfen werden.

Die Piloten sind alles andere als begeistert.........

Am frühen Abend des 21. Juli 1951 ist es soweit.

Die Nurflügler starten wieder!

Hinrich gehört zu den Piloten, dessen H IX mit Zusatztanks ausgestattet ist.

Er steigt ein, läßt sich in den schmalen Pilotensitz nieder, kontrolliert die Instrumente. Alles ist in Ordnung. Dann

schnallt er sich an. Er schaut nach außen. Er bekommt ein Handzeichen. Fertig zu Start!
Hinrich startet jetzt die Turbinen. Die Verdichterschaufeln laufen an und entwickeln dieses charakteristische Fauchen. Er schließt die Kanzel.

Nach fünf Minuten sind er und seine Kameraden in der Luft. Sie schließen sich einige Kilometer später den riesigen Horten-Bombern an.

Die Amerikaner entdecken sie dieses Mal früher. Sofort steigen ihre F-86 auf. Nur sind nicht nur die Nurflügler im Pulk, sondern auch unsere russischen Waffenbrüder mit ihren MiG-17. Die MiGs stürzen sich auf die Amerikaner. Der Bomberpulk und die H IX mit den Zusatztanks fliegen weiter.

Die Nurflügler verlassen das Festland und fliegen zum Meer hinaus in Richtung japanische Insel. Ohne Zwischenfälle kommen die Maschinen an der japanischen Küstenlinie an. Die Flaksperren feuern. Aber sie sind ungefährlich. Wir fliegen etwa 13.000 Meter hoch. Die schwere amerikanische Flak vom Typ M1 90 mm erreicht nur 10.300 Meter.

Die Abenddämmerung bricht langsam ein. Weiter geht es nach Tokio.

Die H IX lassen sich etwas zurückfallen. Die Bomber steigen auf Maximalhöhe von rund 16.000 Metern. Denn hier sind mehrere Staffeln F-86 Jäger stationiert. Diese erreichen zwar 15.850 Meter, können aber trotzdem die Bomber angreifen. Und da kommen sie schon!

Fünf Staffeln F-86 kommen den Bombern entgegen. Sie steigen bereits auf, um sie ein Mal kurz beschießen zu können.

Nun geben Hinrich und die anderen H IX Volllast!

Sie visieren ein.....und feuern! Die Amerikaner sind völlig überrascht. Sie haben nicht damit gerechnet, daß Jäger die riesigen Bomber begleiten. Schon stürzen die ersten F-86 ab. Die Amerikaner ändern ihren Plan. Sie greifen nun die Horten-Jäger an.

Die Horten-Jäger haben aber keinen Vorteil mehr. Sie sind nun genau so manövrierfähig wie die F-86. Die Zusatztanks sind noch nicht leer. Abwerfen können die Piloten die Tanks nicht, denn dann kommen sie nicht mehr nach Hause. Aber die Tanks sind voller hochentzündlicher Dämpfe.

Hinrich bekommt eine F-86 vor den Bug. Er drückt den Feuerknopf. Vorbei. Der Jäger zieht hoch. Hinrich fliegt hinterher. Aber dieses Mal kann er keine engere Kurve fliegen. Nun muß er sein ganzes fliegerisches Können einsetzen. Der Amerikaner kurbelt wie ein Verrückter. Hinrich hat Mühe, an ihm dranzubleiben. An Hinrichs Horten sausen Leuchtspurgeschosse vorbei. Er wird beschossen! Schon zieht er die Maschine hoch und läßt sie nach links abkippen. Hinter ihm sind zwei weitere F-86. Er fliegt nach links. Er fliegt nach rechts. Er wird sie einfach nicht los. Und sie schießen. Ein paar Treffer sind zu spüren. Dann vollführt Hinrich eine Längsrolle und bricht nach rechts unten aus. Die Amerikaner verpassen die Drehung. Nun müssen sie eine Kurve fliegen.....und Hinrich ist jetzt direkt hinter ihnen. Ein Druck auf den Feuerknopf. Die linke F-86 bricht auseinander. Dann wird die zweite F-86 getroffen. Eine andere H IX hat ihr das Leitwerk zerschossen. Der Düsenjäger trudelt zu Boden.

Die Horten H XVIII C-Bomber sind nun über Tokio. Sie öffnen ihre Bombenschächte. Dann hört Hinrich das Kommando zum Abwurf. Er sieht, wie die Bomben wie Ketten gleich runterfallen. Dann drehen die Bomber in der Abenddämmerung ein.

Die Bomben schlagen in ihre Ziele ein und detonieren. Überall sind die Explosionen und die Druckwellen zu sehen. Brände entstehen.

Die Horten-Jäger folgen den Bombern und entfernen sich vom Abwurfort.

Oberstleutnant Hinrich Sellhorn-Timm schaut nach hinten.......und sieht den Himmel voller Feuer.
Es sieht aus wie ein Pilz.....ein Omen?

Kapitel 21 - Die Entscheidung

Es ist der 4. August 1951.

Die Bombardierungen der Hauptversorgungsbasen der Amerikaner in Tokio und Taipeh zeigen Wirkung.

Deutschland erhält Rohstofflieferungen von der Sowjetunion, um die Produktion der Horten H XVIII C zu steigern.

Peking, die Hauptstadt Chinas, ist eingeschlossen.

Der deutsche Generalfeldmarschall Steinhuber und der russische Marschall Popow stehen im großen Kartenraum in der Nähe von Peking. Alle Kommandeure der wichtigsten Kampfeinheiten sind anwesend. Oberstleutnant Hinrich Sellhorn-Timm, Generalmajor Alexander Tolmachov und Brigadeführer Werner Streicher sind ebenfalls anwesend. Auch Hans und ich sind dabei.

Die Gesichtszüge des deutschen Generalfeldmarschalls und des russischen Marschalls sind ernst.
Generalfeldmarschall Fritz Steinhuber ergreift das Wort: „Meine Herren, wir stehen jetzt am Scheideweg! Zwar sind unsere russisch-deutschen Aktivitäten von Erfolg gekrönt, aber die Amerikaner wären nicht Amerikaner, wenn sie kapitulieren würden. Unser Geheimdienst hat Erkenntnisse gesammelt, daß die Amerikaner drei Atombomben nach Japan gebracht haben und diese für den Abwurf vorbereiten. Weitere drei Atombomben sind in der Nähe von Bosten in den USA. Die Agenten haben erfahren, daß die drei Bomben in Japan in die Sowjetuni-

on getragen werden sollen. Die anderen drei Bomben sollen über Deutschland abgeworfen werfen."
Ich merke, wie ich blaß werde. Hans schaut mich an.

„Und noch eine schlechte Nachricht habe ich, meine Herren. Großbritannien ist kurz davor, in den Krieg einzutreten. An der Seite der USA. Die Briten haben anscheinend ebenfalls neu entwickelt und aufgerüstet.
Auch wenn wir hier militärisch gewinnen.....wir werden verlieren....so oder so. Ich gebe das Wort an Marschall Popow."
Marschall Popow steht auf. Er ist grau im Gesicht: „Moskau und Berlin haben sich dazu entschieden, die fünf vorhandenen sowjetischen Atombomben einsatzbereit zu machen. Die Bomben sind in Deutschland. Eine Bombe wird bereitgestellt, um Großbritannien abzuschrecken. Die anderen vier Bomben sollen im Ernstfall über New York abgeworfen werden.
Heute geht eine Nachricht an die Presse raus, daß wir über einsatzbereite Atombomben verfügen."

Mir wird schlecht. Angst überkommt mich. Tatjana.......
Sonja......Alexander.....meine Familie. Ich höre neben mir Hans schwer atmen. „Hans, was ist?" „Malika...." Hans schaut mich an. Sein Blick....ich habe diesen Blick noch nie bei ihm gesehen. Er hat ebenfalls Angst. „Malika...sie ist schwanger."
Ein russischer General steht auf: „Marschall, Generalfeldmarschall, wir müssen das beenden. Atombomben.....
das ist doch Wahnsinn!" „Ja, General. Das ist Wahnsinn. Und wir werden versuchen, diesen Irrsinn zu verhindern. Wir hoffen alle, daß nun die richtigen Entscheidungen getroffen werden", antwortet Marschall Popow.

Drei Tage später. Es ist der 7. August 1951.
Die Weltpresse überschlägt sich.

Alle leitenden und hohen Offiziere sind im Kartenraum etwa 60 Kilometer nördlich von Peking versammelt, um auf jeder amerikanischen Aktion oder Reaktion sofort zu reagieren zu können.

Der Raum ist voll von Nachrichtenleuten. Die Nachrichten kommen im Minutentakt rein.
Angespannt stehen wir im Raum und beobachten die reinkommenden Informationen.

Aus den USA kommt die Drohung, daß ihre Atombomben eingesetzt werden, wenn die sowjetisch-deutschen Angriffe nicht eingestellt werden.
Umgehend kommt die offizielle Mitteilung aus Moskau und Berlin. Man wisse sehr genau über die amerikanischen Atombomben. Und man werde mit der Auslöschung von New York antworten, wenn die Verstärkung der amerikanischen Truppen nicht aufhöre.
Die amerikanische Regierung teilt Berlin und Moskau mit, daß man nicht daran glaube, daß irgendein Flugzeug die amerikanische Ostküste erreichen könne.
Daraufhin schickt Moskau Bilder von dem russischen Atomtest an die amerikanische Armeeführung in China.

Einen Tag später bestätigt die amerikanische Regierung die Existenz der sowjetischen Atombombe. Aber man rücke nicht ab von der Forderung, die Angriffe sofort einzustellen.
Moskau und Berlin bekräftigen den Stopp der amerikanischen Verstärkungen. Man werde diese weiter angreifen.

Den Amerikanern reicht es.

Am 10. August 1951 stellt der amerikanische Präsident Harry S. Truman ein Ultimatum: Der Stopp aller deutsch-sowjetischen Angriffe bis zum 11. August 1951. Bei Nichteinhaltung starten die amerikanischen Atombomber in Richtung Berlin und Moskau am 12. August 1951!

Die prompte Antwort aus Berlin und Moskau: Beim Start der amerikanischen Atombomber, werden die deutschen Bomber mit den sowjetischen Atombomben vor Ihren Bombern am Ziel sein.

Es ist Ihre Entscheidung, Präsident Truman.

Berlin hat recht. In der Tat sind die schweren amerikanischen Bomber des Typs B-36 Convair 661 km/h schnell. Aber unsere Düsenbomber Horten H XVIII C fliegen über 900 km/h!

Wir haben ein Datum. Ein Datum, daß das Ende bedeuten kann. Das Ende des Lebens, so wie wir es kennen.....

Am 11. August 1951 gehen die Kämpfe unvermindert weiter. Die deutschen und russischen Flugzeuge attackieren weiterhin die amerikanischen Flugplätze und Versorgungsbasen.

Der 12. August 1951 bricht an. Wir sind alle extrem angespannt. Hans und ich konnten keine Nachricht an unsere Frauen nach Berlin schicken. Alle Leitungen sind völlig überlastet.

Eine Nachricht aus Washington erreicht Moskau und Berlin. Sie beinhaltet nur ein Wort: Gestartet.

Die Amerikaner haben ihre Convair B-36 Atombomber tatsächlich starten lassen!
Im Kartenraum ist es totenstill. Wir schauen uns alle an.
Russen.......Deutsche......Mongolen.....in allen Gesichtern sieht man blankes Entsetzen.

15 Minuten später kommt eine Nachricht aus Moskau rein: Mögen unsere Kinder uns verzeihen.
16 Horten H XVIII C mit vier sowjetischen Atombomben sind unterwegs nach New York.

Die in Boston gestarteten amerikanischen Bomber erreichen Berlin in etwa zehn Stunden. Die Bomber, die in China gestartet sind, brauchen ebenfalls etwa zehn Stunden, um Moskau zu erreichen.

Die Horten-Bomber brauchen für die Strecke nach New York etwa sieben Stunden und 30 Minuten.

Die Leitungen glühen!
Militärische Nachrichten werden hin und her geschickt.
Die Russen wollen die Bomber unbedingt abfangen.
Auch in Deutschland versucht man eine Luftverteidigung zu organisieren.

Nach Stunden kommen die ersten verlässlichen Meldungen rein. Die B-36 sind mit Unterstützung massiver Jägerverbände durchgebrochen und sind auf dem Weg nach Moskau. Nur wenige Bomber wurden abgeschossen. Diese Wracks hatten keine Atombomben an Bord.

Über dem Atlantik ist eine Luftabwehr nicht möglich. Die Bomber aus Boston werden erst bei der Ankunft des europäischen Festlands wiederentdeckt werden können.

Eine weitere Meldung kommt rein. Sie kommt vom Horten-Atombomberverband. Ihnen sind über dem Atlantik Convair B-36-Bomber entgegengekommen.
Wir wissen es alle.....das sind sie........

Sechs Stunden sind nun nach dem Start der Amerikaner vergangen. Sie werden in etwa vier Stunden von Moskau und Berlin erreichen.

Der Horten-Bomberverband ist noch etwa 90 Minuten von New York entfernt.
Das primäre Ziel wird Manhattan sein. Ein Atombomber hat ein sekundäres Ziel erhalten: Washington.

Washington meldet sich: Nutzen Sie Ihre letzte Chance. Beenden Sie die Angriffe in China. Und vermeiden Sie die Vernichtung von Berlin und Moskau.

Berlin und Moskau stecken in einem Dilemma.
Geben wir nach, wird die USA mit ihrer Materialübermacht und der Qualität ihrer Waffen uns früher oder später überrollen. Unterstützt von einem chinesischen Millionenheer. Und Großbritannien bereitet den Eintritt in den Konflikt vor. Es käme wieder zu einem Zwei-Fronten-Krieg. Der Krieg muß enden!

15 Minuten später kommt eine Nachricht aus Moskau an die Armeeführung der sowjetischen und deutschen Truppen: Mit Abstimmung mit Berlin werden wir nicht nach-

geben können. Aber wir haben dem amerikanischen Präsidenten Truman folgenden Vorschlag gemacht:
Geehrter Präsident Truman, die Bomber mit ihren alles vernichtenden Bomben fliegen ihre und unsere Städte in diesem Moment an. Wir wissen durch die Atombombenabwürfe über Hiroshima, Nagasaki und Komamoto, was diese Waffen anrichten werden. Wir müssen den Konflikt beenden. Stellen Sie die Kampfhandlungen ein. Ziehen Sie Ihre Bomber zurück. Und die sowjetische und deutsche Armee werden sich auf die mongolischen Grenzen zurückziehen, sämtliche Attacken sofort einstellen und unsere Bomber zurückrufen.

55 Minuten bis zum Bombenabwurf über Manhattan.

Ich bekomme Schweißausbrüche. Ich habe so viel erlebt. Aber jetzt geht es um meine Familie. Sie sind direkt im Zielgebiet.........

Minuten vergehen. 15.....20....25 Minuten.........
Es sind noch 25 Minuten bis zum Bombenabwurf über New York.

Der Fernschreiber tickert. Es kommt eine Nachricht rein. Sie ist direkt vom amerikanischen Präsidenten Harry S. Truman:
Niemals werde ich es zulassen, daß eine Atombombe amerikanischen Boden trifft.
Einverstanden. Wir haben veranlaßt, daß unsere Bomber zurückkehren und haben bereits die Bestätigung bekommen.
Rufen Sie nun Ihre Bomber zurück.
Gez. Harry S. Truman

Der Kartenraum ist in Aufruhr! Die Offiziere jubeln. Nachrichten werden verschickt.

Nach vier Minuten tickert wieder der Fernschreiber: Der Nachrichtenoffizier wird blass. Er dreht sich um und schaut uns an: „Kontakt zu den Horten-Bombern nicht möglich" „Was?! Das kann nicht sein?!?" „Wenn unsere Bomben fallen, wird es eskalieren!" „Wir werden in der Menschheitsgeschichte nicht gut dastehen!", rufen die Offiziere im Raum.

Wieder meldet sich der Nachrichtenoffizier: „Es gibt schwere atmosphärische Störungen, die einen Funkkontakt mit unseren Bombern verhindern."

18 Minuten bis zum Abwurf.

Generalfeldmarschall Steinhuber telefoniert: „Ja.... ja.... ok. Ja. Das hoffen wir alle." Er legt auf. „Meine Herren! Das Bomberkommando in Deutschland hat die Amerikaner kontaktiert. Sie sollen unsere Bomber anfunken." „Und die Bomberpiloten werden es glauben, wenn es von den Amerikanern kommt?", fragt ein General. „Ja, werden sie", antwortet Steinhuber. „Denn wir haben den Amerikanern das Passwort zum Abbruch des Abwurfs gegeben."

Wir warten. Im Raum sagt niemand etwas. Alle warten auf eine Nachricht.

Zehn Minuten bis zum Abwurf.
Acht Minuten.
Fünf Minuten.
Drei Minuten......

Der Nachrichtenticker aus Washington rattert. Der Nachrichtenoffizier schreibt es auf. Es ist ein kurzer Text. Er dreht sich zu uns um. Mit Tränen in den Augen liest er den Text vor: „Das war knapp. Danke."

Tosender Jubel bricht im Raum aus. Russen, Deutsche und Mongolen liegen sich in den Armen. Viele der Russen kommen aus Moskau. Wie viele unserer Offiziere aus Berlin kommen. Unsere Familien werden leben!

Eine Stunde später erfahren wir, daß die Horten-Bomber bereits an Long Island vorbeiflogen und die Bombenschächte sich öffneten. Das Passwort „Falke" kam im letzten Moment.......

Es ist der 14. August 1951.
Alle Kampfhandlungen sind eingestellt worden. Die russischen und deutschen Truppen ziehen sich ohne Zwischenfälle an die mongolische Grenze zurück.
Die Amerikaner haben begonnen, ihre Soldaten und das Kriegsmaterial in die USA abzutransportieren.

Chiang Kai-shek, der nationalistische General der Koumintang und Staatspräsident von China, ist nicht einverstanden mit dem amerikanischen Abzug und fordert nach wie vor die Übergabe der Mongolei an China.
Der amerikanische Präsident hat Chiang Kai-shek mitgeteilt, daß die Chinesen dies allein mit den Russen und Mongolen klären sollen.
Der chinesische General weiß allerdings ganz genau, daß er absolut keine Chance hat.......

Die meisten russischen Truppen werden aus der Mongolei abgezogen.
Die deutschen Truppen packen ihr Kriegsmaterial ein und machen sich auf den langen Weg nach Deutschland. Aber nicht alle. Etliche deutsche Soldaten haben sich in russische Frauen verliebt. Ebenso deutsche Mitarbeiterinnen im Nachrichtendienst, in Krankenhäusern und in der Versorgung. Sie haben sich in Russen verliebt. Hochzeiten werden gefeiert, Kinder werden geboren. Deutsche und russische Familien verbinden sich.

Hans ist stolzer Vater eines Sohnes geworden. Er und seine Frau Malika nennen ihn Lutz.

Deutschland und Russland. Zwei Länder, die kulturell und geschichtlich so eng verbunden sind. In den 30ern und 40ern unendlich getrennt durch grundverschiedene menschenverachtende Ideologien. Gegenseitig haben sie sich millionenfach getötet.

Jetzt....nach dem Krieg in der Mongolei gegen einen gemeinsamen Gegner.....sind die Wunden fast geheilt.
Beide Völker sind wieder zusammengerückt. Verbunden im Krieg. Sie starben Seite an Seite. Teilen sich die Grabfelder in der Mongolei. Vereint im Tod.
Aber nun....sind Deutsche und Russen vereint im Leben.

Und aus Waffenbrüdern werden Freunde.

- Ende -

Flakpanzer E-100

JS-4 und Flakpanzer E-100

JS-7 und E-25 10,5 cm Moskito

E-25 T und JS-7

JS-4 und E-25 10,5 cm Ausf. B

T29, T54E1 und T30

JS-4, Flakpanzer E-100 und JS-7

JS-4 und Flakpanzer E-100

T54E1

Arado AR 555

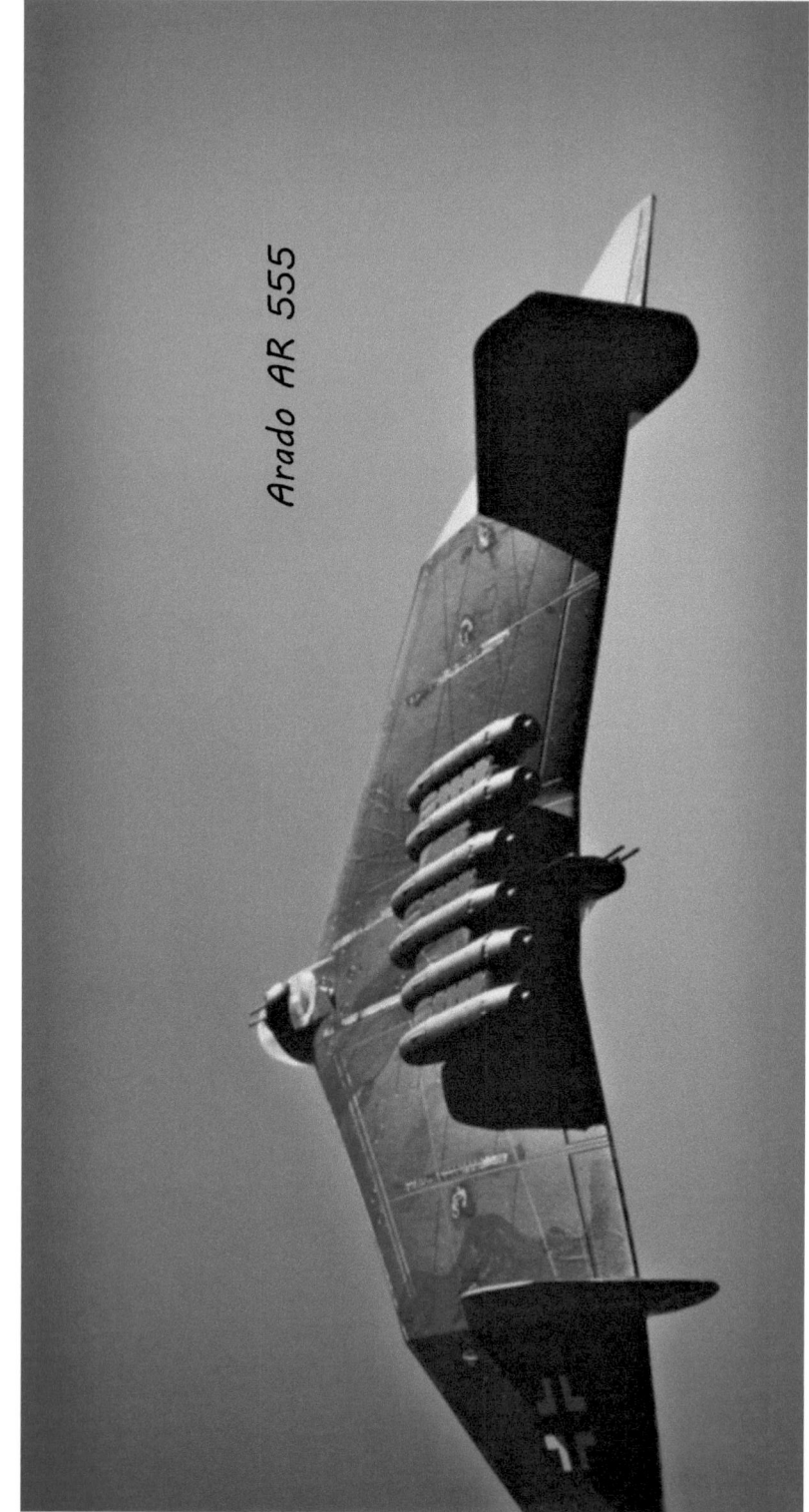

Arado AR 555

Horten H IX

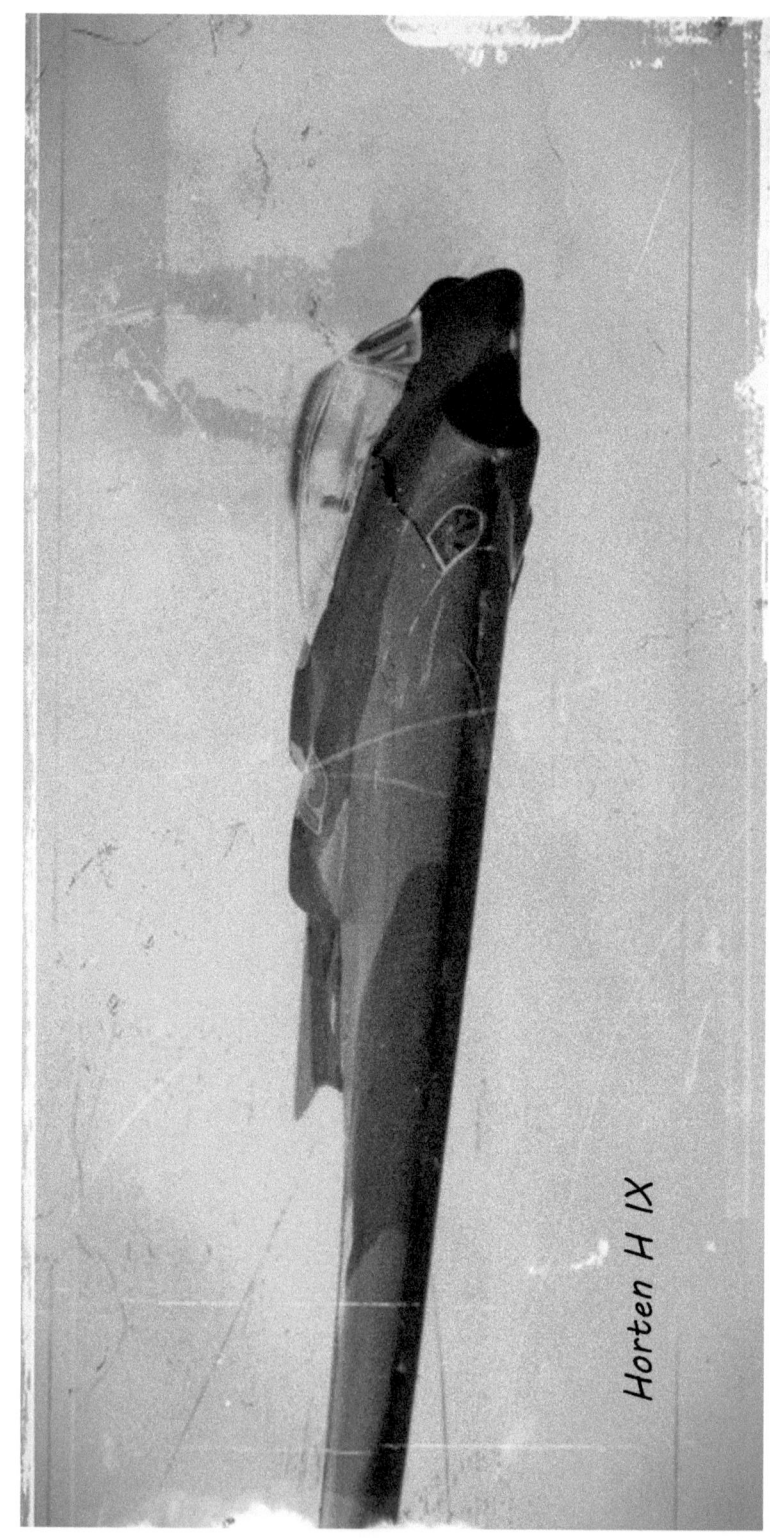

Horten H IX

Horten H IX

Horten H XVIII C

Das Heck einer Horten H XVIII C

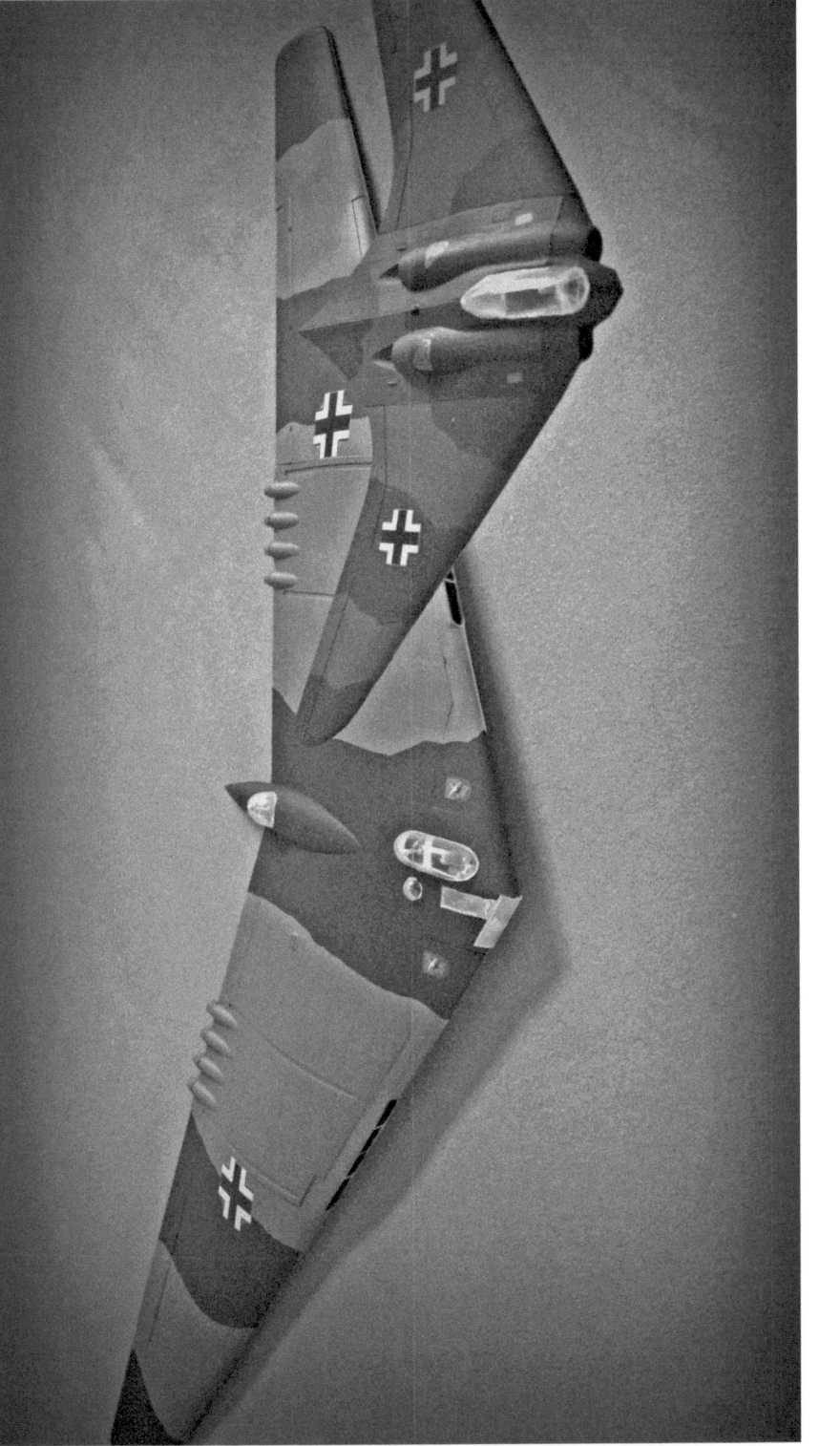

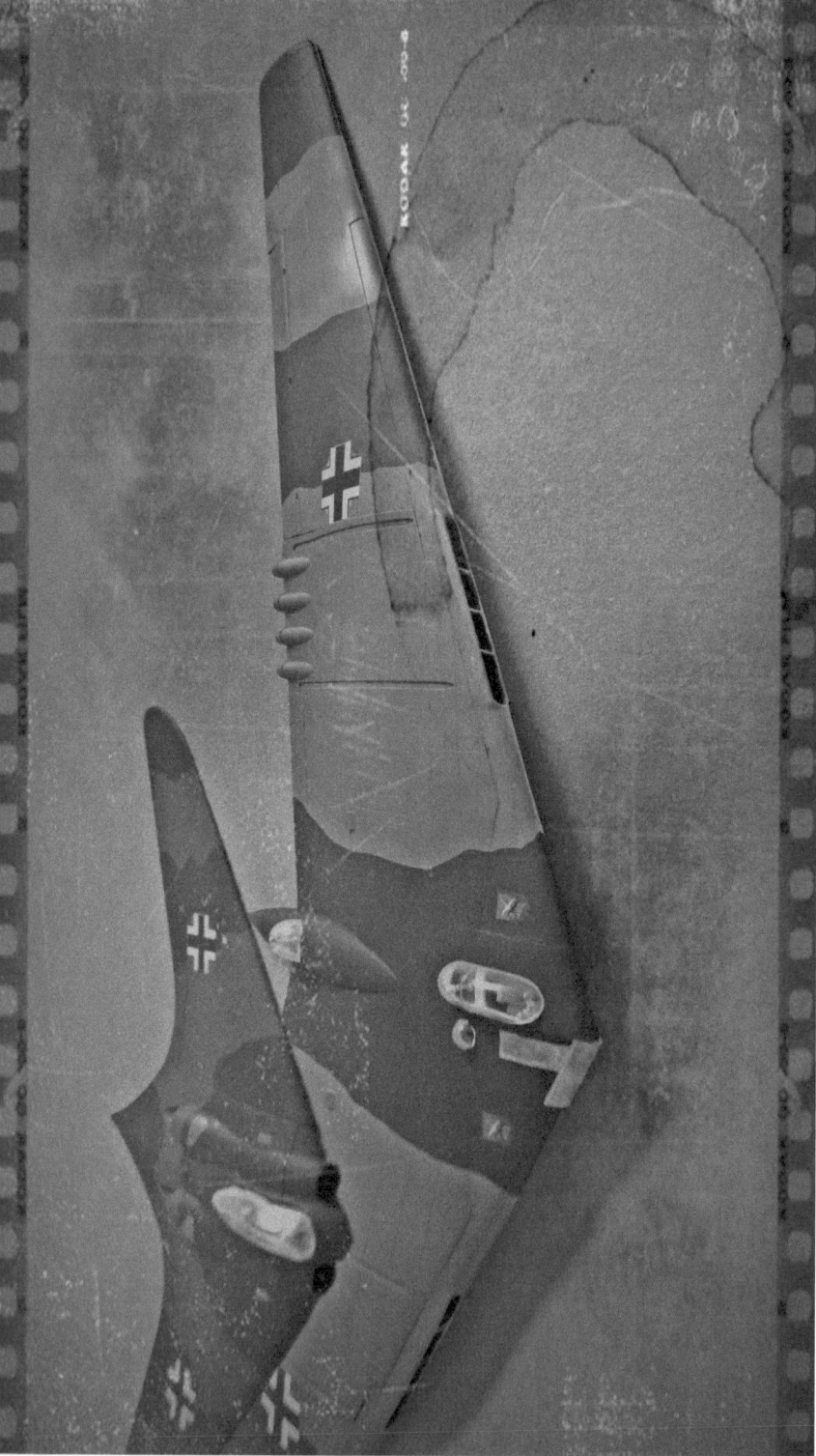